insel taschenbuch 5070
Besuch aus der Schattenwelt

Ein kopfloser Reiter verbreitet Angst und Schrecken; zwei Freunde schließen einen Pakt, der sich auf makabre Weise bewahrheiten wird; eine geheimnisvolle Musik verfolgt einen Mann bis ans Ende seiner Tage, und eine tote Frau kehrt in einer Mondscheinnacht zurück ...

Von Wiedergängern und Besuchen aus dem Jenseits, von furchterregenden Begegnungen zwischen Wahnsinn und Realität und Erlebnissen, die das Blut in den Adern gefrieren lassen, erzählen die hier versammelten Texte der Meister des Unheimlichen: Joan Aiken, Ambrose Bierce, Algernon Blackwood, Julio Cortázar, Washington Irving, Marie Luise Kaschnitz, H. P. Lovecraft, E. A. Poe, Edith Wharton u. a.

BESUCH AUS DER SCHATTENWELT

UNHEIMLICHE GESCHICHTEN

Herausgegeben von
Peter Wenzel

INSEL VERLAG

Erste Auflage 2024
insel taschenbuch 5070
Originalausgabe
© Insel Verlag Anton Kippenberg GmbH & Co. KG, Berlin, 2024
Alle Rechte vorbehalten. Wir behalten
uns auch eine Nutzung des Werks für Text und
Data Mining im Sinne von § 44b UrhG vor.
Quellennachweise am Schluss des Bandes
Umschlaggestaltung: zero-media.net, München
Umschlagabbildung: FinePic®, München
Satz: Satz-Offizin Hümmer GmbH, Waldbüttelbrunn
Druck: CPI books GmbH, Leck
Printed in Germany
ISBN 978-3-458-68370-4

www.insel-verlag.de

INHALT

BESUCH AUS DER SCHATTENWELT

JULIO CORTÁZAR
Park ohne Ende

Er hatte den Roman einige Tage zuvor zu lesen begonnen. Er legte ihn dringender Geschäfte wegen aus der Hand, schlug ihn erneut auf, als er im Zug zum Landgut zurückfuhr; langsam erwärmte er sich für den Plan, für die Zeichnung der Personen. An jenem Nachmittag kehrte er, nachdem er seinem Bevollmächtigten einen Brief geschrieben und mit dem Gutsverwalter die Frage von Genossenschaften erörtert hatte, in der Friedlichkeit des Büros, das auf den Park mit den Eichen hinausschaute, zu dem Buch zurück. Er setzte sich in seinem Lieblingssessel bequem zurecht, mit dem Rücken zur Tür, die ihn wie eine aufreizende Möglichkeit zum Eindringen gestört haben würde, ließ seine linke Hand ein und das andere Mal den grünen Samt liebkosen und begann die letzten Kapitel zu lesen. Sein Gedächtnis hatte mühelos die Namen und Bilder der Hauptpersonen behalten; die Illusion des Romans nahm ihn fast sofort gefangen. Er genoss das schier perverse Vergnügen, sich von dem, was ihn umgab, Zeile für Zeile loszureißen und dabei zu spüren, dass sein Kopf behaglich auf dem Samt der hohen Rückenlehne ruhte, dass sich die Zigaretten in Reichweite seiner Hand befanden, dass jenseits der hohen Fenster die Luft der Abenddämmerung unter den Eichen tanzte. Wort für

Wort wurde er, absorbiert von der niederträchtigen Trennung der Helden, den Bildern nach und nach erliegend, die sich zusammenfügten und Farbe und Bewegung erlangten, Zeuge der letzten Begegnung in der Waldhütte. Zuerst trat die Frau ein, misstrauisch; dann kam der Liebhaber, das Gesicht vom Peitschenhieb eines Zweiges verletzt. Hingebungsvoll stillte sie das Blut mit ihren Küssen, aber er wies die Liebkosungen zurück, er war nicht gekommen, um die Zeremonien einer heimlichen, durch eine Welt von trockenen Blättern und verstohlenen Pfaden geschützten Leidenschaft zu wiederholen. Der Dolch wurde an seiner Brust warm, und darunter, sprungbereit, pochte die Freiheit. Ein inbrünstiges Zwiegespräch floss über die Seiten wie ein Bach von Schlangen, und man spürte, dass alles schon seit eh entschieden war. Sogar jene Liebkosungen, die den Körper des Geliebten bestrickten, als ob sie ihn zurückhalten und bereden wollten, zeichneten abscheulicherweise den Umriss eines anderen Körpers, der zerstört werden musste. Nichts war vergessen worden: Alibis, blinde Zufälle, mögliche Irrtümer. Von Stund an hatte jeder Augenblick seine ihm minuziös zugeteilte Verwendung. Die erbarmungslose zweifache Wiederholung wurde kaum einmal unterbrochen, wenn eine Hand liebkosend über eine Wange strich. Die Nacht brach an.

Ohne sich noch einmal anzusehen, fest an die Aufgabe gefesselt, die sie erwartete, trennten sie sich in der Tür der Hütte. Sie sollte den Pfad einschlagen, der nach Norden ging. Auf dem Weg, der in die andere Richtung führte, wandte er sich einen Augenblick zurück, um sie mit aufgelösten Haaren laufen zu sehen. Auch er rannte nun, sich in den Bäumen und Hecken bergend, bis er in dem malvenfarbigen Nebel der Morgendämmerung die Allee ausmachte, die zum Hause führte. Die Hunde durften nicht bellen, und sie bellten nicht. Der Gutsverwalter würde um diese Zeit nicht da sein, und er war nicht da. Er stieg die drei Stufen der Vorhalle hinauf und trat ein. Aus dem Blut, das in seinen Ohren raste, drangen die Worte der Frau an ihn heran: zuerst ein blauer Saal, danach ein Korridor, eine mit Läufern ausgelegte Treppe. Oben zwei Türen. Niemand im ersten Zimmer, niemand im zweiten. Die Tür zum Salon, und dann der Dolch in der Hand, das Licht der Fenster, die hohe Rückenlehne eines Sessels aus grünem Samt, der Kopf des Mannes in dem Sessel, einen Roman lesend.

EDGAR ALLAN POE
Das verräterische Herz

Wahrhaftig! – reizbar – sehr, fürchterlich reizbar waren meine Nerven gewesen, und sie sind es noch; doch warum meinen Sie, ich sei verrückt? Das Leiden hat meine Sinne geschärft – und keineswegs zerrüttet oder abgestumpft. Schier unvergleichlich scharf war mein Gehörsinn. Ich hörte alle Dinge im Himmel und auf Erden. Ich hörte viele Dinge in der Hölle. Wie? – bin ich darum verrückt? Geben Sie acht! und merken Sie auf, wie grundgesund – wie ruhig ich Ihnen die ganze Geschichte erzählen kann.

Wie der Gedanke zum ersten Mal in mein Hirn drang, lässt sich unmöglich sagen; doch nachdem ich ihn einmal gefasst, verfolgte er mich ständig Tag und Nacht. Ein Zweck war nicht dabei. Auch keine Leidenschaft. Ich mochte den alten Mann gern. Er hatte mir niemals Unbill zugefügt. Er hatte mich nie beleidigt. Nach seinem Geld gelüstete mich's nicht. Ich denke, es war sein Auge! ja, das war's! Er hatte das Auge eines Geiers – ein blassblaues Auge mit einem Häutchen darüber. So-oft dessen Blick auf mich fiel, überlief es mich kalt; und so kam ich denn nach und nach – ganz langsam und allmählich – zu dem Entschlusse, dem alten Mann das Leben zu nehmen und somit des Auges auf immer ledig zu werden.

Hier liegt nun der springende Punkt. Sie meinen, ich sei verrückt. Verrückte sind Wirrköpfe. Nun, da hätten Sie aber einmal *mich* sehen sollen! Sie hätten sehen sollen, wie klug ich vorging – mit welcher Vorsicht – mit welch weiser Voraussicht – mit welcher Verstellung ich zu Werke ging! Nie war ich freundlicher zu dem alten Manne denn während der einen ganzen Woche, eh' ich ihn mordete. Und jede Nacht, um Mitternacht, drückt' ich die Klinke seiner Türe nieder und öffnete sie – oh, so sanft! Und wenn ich sie dann so weit geöffnet, dass mein Kopf hindurchpasste, steckte ich eine Blendlaterne hinein – die ganz dicht geschlossen war, so dass kein Schein nach außen dringen konnte – und dann den Kopf hinterher. Oh, wenn Sie gesehen hätten, wie listig ich das anfing, – Sie hätten lachen müssen! Ich bewegte ihn ganz langsam – ganz, ganz langsam –, um ja den alten Mann nicht im Schlafe zu stören. Es kostete mich eine Stunde, bis ich den Kopf zur Gänze so weit durch die Öffnung gebracht hatte, dass ich den Alten sehen konnte, wie er auf seinem Bette lag. Ha! – wäre wohl ein Verrückter so klüglich verfahren? Und dann, wenn ich den Kopf so recht im Raume hatte, blendete ich behutsam die Laterne auf – oh, so behutsam –, behutsam (denn die Scharniere knarrten) blendete ich sie grad so weit auf, dass ein einziger dünner Strahl auf das Geierauge fiel. Und dieses tat ich sieben lange Nächte lang – stets just um Mitternacht – doch immer fand ich das Auge geschlossen; und so war es unmöglich, zu Werke zu gehen; denn es war ja nicht der alte Mann, der mich quälte, es war sein Böses Auge, war sein Böser Blick. Und jeden Morgen, wenn der Tag dann anbrach, ging ich kühn in seine Kammer und unterhielt mich dreist mit ihm, indem ich ihn in herzlichem Tone beim Namen nannte und mich erkundigte, wie er die Nacht verbracht habe. Sie sehen also – er wäre schon ein sehr schlauer alter Mann gewesen, hätte er geargwöhnt, dass ich in jeder Nacht, genau um zwölf, geschlichen kam, um ihn im Schlaf zu betrachten.

In der achten Nacht war ich beim Öffnen der Türe noch vorsichtiger als gewöhnlich. Der Minutenzeiger einer Uhr bewegt sich geschwinder, denn ich es tat. Niemals vor dieser Nacht noch hatte ich das Ausmaß meiner eignen Kräfte und meines Scharfsinns so tief empfunden. Kaum vermochte ich meinen Triumphge- fühlen zu gebieten. Zu denken, dass ich hier war und langsam, Stück um Stückchen, die Türe öffnete – und dass er nicht einmal im Traume etwas von meinen heim- lichen Taten und Gedanken ahnte! Ich musste förmlich kichern bei dieser Vorstellung; und vielleicht hörte er mich; denn ganz plötzlich bewegte er sich auf dem Bet- te, als habe ihn etwas aufschrecken lassen. Nun denken Sie wohl, ich hätte mich zurückgezogen – aber keines- wegs! In seinem Zimmer herrschte eine Finsternis von dichter Pechesschwärze (denn die Läden waren fest ge- schlossen, aus Furcht vor Einbrechern), und so wusste ich, dass er's nicht sehen konnte, wenn die Tür sich öff- nete, und fuhr denn also fort, sie weiter, immer weiter aufzuschieben.

Ich hatte den Kopf schon drinnen und war eben dabei, die Laterne zu öffnen, da glitt mein Daumen auf dem blechernen Riegel ab, und der alte Mann fuhr im Bette hoch und schrie – »Wer ist dort?«

Ich blieb ganz still und gab keine Antwort. Eine geschlagene Stunde lang bewegte ich keinen Muskel, und während dieser ganzen Zeit hörte ich nicht, dass er sich wieder legte. Er saß noch immer aufrecht in seinem Bett und lauschte; – grad so wie ich es, Nacht um Nacht, getan, das Klopfen der Totenuhren in der Wand zu behorchen.

Jetzt vernahm ich ein leichtes Stöhnen, und ich wusste, es war ein Stöhnen tödlichen Entsetzens. Es war kein Laut des Schmerzes oder Kummers – oh, nein! – es war der leise erstickte Laut, der vom Grunde der Seele sich löst, wenn übermächtiges Grauen auf ihr lastet. Ich kannte diesen Laut nur allzu gut. So manche Nacht schon, grad um Mitternacht, wenn alle Welt schlief, ist er im eignen Busen mir heraufgestiegen und hat mit seinem fürchterlichen Echo die Schrecken noch vertieft, die mich verstörten. Ich sage, ich kannte ihn gut. Ich wusste, was der alte Mann empfand, und eigentlich tat er mir leid, wiewohl in meinem Herzen ein Kichern saß. Ich wusste, dass er wachgelegen hatte – seit jenem ersten leise-leichten Geräusch, mit dem er sich im Bett herumgedreht. Und unablässig seither war die Angst in ihm gewachsen. Er hatte sich vorzustellen versucht, dass sie grundlos sei, doch war's ihm nicht gelungen. »Es ist nichts denn der Wind im Kamine«, hatte er sich zugeredet, »es ist nur eine Maus, die über den Boden läuft« oder »es ist bloß ein Heimchen, das einen einzigen Zirper getan hat«. Ja, mit derlei Mutmaßungen hatte er sich zu trösten versucht: doch war das alles vergeblich gewesen. *Vergeblich* alles: denn der Tod war zu ihm getreten und vor ihm hergeschritten und hatte mit seinem schwarzen Schatten das Opfer eingehüllt. Und es war die Trauerwirkung dieses unsichtbaren Schattens, welche ihn die Anwesenheit meines Kopfes in der Kammer *empfinden* ließ, obschon er sie weder sah noch hörte.

Nachdem ich lange Zeit in aller Geduld gewartet, ohne zu vernehmen, dass er sich niederlegte, beschloss ich, die Laterne um einen kleinen – um einen ganz, ganz kleinen Spalt zu öffnen. Ich tat's – und Sie können sich nicht vorstellen, wie – *wie* verstohlen und leise –, bis schließlich ein einziger trüber Strahl, dünn wie ein Spinnwebfaden, aus der Ritze schoss und voll auf das Geierauge fiel.

Es war offen – weit, weit offen – und Wut überkam mich, da ich darauf starrte. Ich sah es mit vollendeter Deutlichkeit – das hässliche blässliche Blau – mit der scheußlichen Häutchenhülle darüber, deren Anblick mich bis ins Mark der Knochen frösteln ließ; doch von Gesicht oder Gestalt des alten Mannes vermochte ich weiters nichts zu erblicken: denn ganz wie instinktiv hatte ich den Strahl genau auf jenen verfluchten Fleck gerichtet. Und habe ich Ihnen nicht gesagt, dass, was Sie fälschlich für Verrücktheit nehmen, nichts ist denn eine Überschärfe der Sinne? – jetzt, sag' ich, jetzt drang mir zu Ohr ein leiser, dumpfer, hastiger Pochlaut, wie eine Uhr ihn hören lässt, wenn man sie in Kattun gewickelt hat. Ich kannte auch *diesen* Laut sehr gut. Es war das Herz des alten Mannes, das da schlug. Es steigerte meine Wut, wie Trommelschlag den Mut des Soldaten aufspornt.

Aber selbst jetzt noch hielt ich an mich und blieb still. Ich atmete kaum. Die Laterne bewegte sich nicht. Ich versuchte, wie unverrückbar still ich den Strahl auf das Auge gerichtet halten konnte. Derweilen wuchs das höllische Getrommel des Herzens immer mehr. Es wurde rascher und rascher in jedem Augenblick und lauter und immer lauter. Des alten Mannes Entsetzen muss schier ohne Maß gewesen sein! Lauter, so sagte ich, pocht' es, lauter in jedem Moment! – hören Sie auch gut zu? Ich sagte Ihnen doch, dass meine Nerven reizbar sind: das sind sie. Und nun, um die Mittstunde der Nacht, von der furchtbaren Stille jenes alten Hauses umlauert, erregte mich dies sonderbare Geräusch bis zu unbezähmlichem Entsetzen. Doch abermals noch hielt ich minutenlang an mich und stand regungslos. Aber das Schlagen ward lauter, lauter! Ich dachte, das Herz müsste mir zerspringen. Und nun packte mich eine neue Sorge – ein Nachbar könnte das laute Pochen hören! Die Stunde des alten Mannes war gekommen! Mit einem Gellschrei riss ich die Laterne auf und sprang ins Zimmer. Er kreischte – einmal – doch nur einmal noch. Im Augenblick hatte ich ihn auf den Boden gezerrt und das schwere Deckbett über ihn geworfen. Dann lächelte ich fröhlich, dass die Tat so weit getan war. Minutenlang noch freilich schlug das Herz mit dumpf gedämpftem Pochen weiter. Doch störte das mich nicht; durch die Wand hindurch würde man es nicht hören. Endlich dann setzte es aus. Der alte Mann war tot. Ich zog das Bett zurück und untersuchte den Leichnam. Ja, er war tot, mausetot. Ich legte die Hand auf sein Herz und ließ sie mehrere Minuten lang darauf ruhen. Kein Pulsschlag war zu spüren. Er war mausetot. Sein Auge würde mich nie mehr plagen.

Sollten Sie noch immer der Ansicht sein, ich sei verrückt, so werden Sie sofort anders denken, wenn ich Ihnen die raffinierten Vorsichtsmaßnahmen beschreibe, die ich nun ergriff, die Leiche zu verbergen. Die Nacht schritt voran, und ich arbeitete hastig, doch in aller Stille. Zuerst zerlegte ich den Leichnam. Ich schnitt den Kopf herab sowie die Arme und Beine.

Dann hob ich drei Bohlen im Fußboden der Kammer auf und deponierte alles zwischen den Verbundstücken. Darauf brachte ich die Bretter so geschickt, so fachkundig wieder an ihre Stelle, dass kein menschliches Auge – nicht einmal *seines* – etwas Unrechtes daran hätte entdecken können. Es gab nichts wegzuwaschen – kein Fleckchen – keinerlei Blutspur. Dazu war ich denn doch zu schlau gewesen. Ein Zuber hatte alles Derartige aufgenommen – ha! ha!

Als ich diese Arbeiten zu Ende gebracht hatte, war es vier Uhr – und noch so finster wie um Mitternacht. Als die Glocke eben die Stunde schlug, ertönte ein Klopfen von der Haustür herauf. Ich ging mit leichtem Herzen hinunter, zu öffnen – denn was hatte ich *nun* noch zu fürchten? Drei Männer traten ein, die sich mit vollendeter Liebenswürdigkeit als Beamte der Polizei vorstellten. Ein Schrei sei während der Nacht von einem Nachbarn vernommen worden; er habe Verdacht geschöpft, es könne da etwas faul sein; so sei denn Anzeige erstattet worden auf dem Polizeibüro, und sie (die Beamten) habe man abgeordnet, der Sache an Ort und Stelle nachzugehen.

Ich lächelte – denn *was* hatte ich wohl zu fürchten? Ich bat die Herren herein. Der Schrei, so sagte ich, sei mir selber im Traume entfahren. Der alte Mann, erwähnte ich, sei auf das Land gereist. Ich führte meine Besucher durch das ganze Haus. Ich bat sie, doch zu suchen – recht genau zu suchen. Ich zeigte ihnen schließlich *seine* Kammer. Ich wies ihnen seine Schätze – sicher, unversehrt. Im Vollgefühle meines Selbstvertrauens holte ich Stühle ins Zimmer und drängte sie, doch *hier* von ihren Mühen auszuruhen, indessen ich selber im wilden Rausch meines vollkommenen Triumphes meinen eigenen Stuhl genau auf die Stelle rückte, darunter die Leiche des Opfers ruhte.

Die Beamten waren zufrieden. Mein *Verhalten* hatte sie überzeugt. Ich fühlte mich bei blendender Laune. Sie nahmen Platz, und während ich heiter und gelassen antwortete, schwatzten sie über alle möglichen Alltäglichkeiten. Doch gar nicht lange, so spürte ich, wie ich bleich ward, und wünschte sie fort. Mein Kopf schmerzte, und in den Ohren glaubte ich ein Klingen zu hören: doch sie saßen fest und schwatzten weiter. Das Klingen ward deutlicher: – es dauerte an und ward immer deutlicher: ich redete munterer kreuz und quer, um das Gefühl loszuwerden: doch es dauerte an und gewann Entschiedenheit – bis ich denn schließlich merkte: das Geräusch war *nicht* in meinen Ohren!

Zweifellos wurde ich nun überaus bleich; – doch flüssiger noch plauderte ich dahin und mit erhobener Stimme. Doch das Geräusch nahm zu – was konnt' ich nur tun? Es war ein *leiser, dumpfer, hastiger Pochlaut, wie eine Uhr ihn hören lässt, wenn man sie in Kattun gewickelt hat!* Ich rang nach Atem – und doch vernahmen's die Beamten nicht. Ich redete geschwinder – vehement; doch das Geräusch nahm immer weiter zu. Ich sprang vom Stuhle auf und disputierte über Nichtigkeiten, in hochgestochenem Ton und hitzigen Gebärden; doch das Geräusch nahm immer weiter zu. Warum nur wollten sie nicht gehen? Ich ging mit schweren Schritten auf und ab, wie wenn die Bemerkungen der Männer mich in Wut gebracht hätten – doch das Geräusch nahm immer weiter zu. Oh, Gott! was *konnte* ich tun? Ich schäumte – ich tobte – ich fluchte! Ich schwang den Stuhl in die Höhe, auf dem ich gesessen hatte, und schmetterte ihn krachend auf die Bretter, doch das Geräusch nahm zu und übertönte alles. Es wurde lauter – lauter – wurde immer lauter! Und immer noch schwatzten die Männer munter vor sich hin und lächelten. War es denn möglich, dass sie gar nichts hörten? Allmächtiger Gott! – nein, nein! Sie hörten's wohl! – sie hatten schon Verdacht! – sie *wussten!* – sie machten sich nur lustig über mein Entsetzen! – so dacht' ich, und so denke ich noch jetzt. Doch alles lieber noch als diese Qual! Alles ertragen – nur nicht diesen Spott! Ich hielt dies gleisnerische Lächeln nicht mehr aus! Ich fühlt's, ich musste schreien oder sterben! und nun – horch! – wieder! – lauter! lauter! *lauter!* »Ihr Schurken!«, kreischt' ich, »lasst die Heuchelei! Ich will die Tat gestehn! – hier! reißt die Bohlen auf! – hier schlägt's! – hier schlägt sein fürchterliches Herz!«

MARIE LUISE KASCHNITZ
Gespenster

Ob ich schon einmal eine Gespenstergeschichte erlebt habe? O ja, gewiss – ich habe sie auch noch gut im Gedächtnis und will sie Ihnen erzählen. Aber wenn ich damit zu Ende bin, dürfen Sie mich nichts fragen und keine Erklärung verlangen, denn ich weiß gerade nur so viel, wie ich Ihnen berichte, und kein Wort mehr.

Das Erlebnis, das ich im Sinn habe, begann im Theater, und zwar im Old Vic Theater in London, bei einer Aufführung Richards II. von Shakespeare. Ich war damals zum ersten Mal in London und mein Mann auch, und die Stadt machte einen gewaltigen Eindruck auf uns. Wir wohnten ja für gewöhnlich auf dem Lande, in Österreich, und natürlich kannten wir Wien und auch München und Rom, aber was eine Weltstadt war, wussten wir nicht. Ich erinnere mich, dass wir schon auf dem Weg ins Theater, auf den steilen Rolltreppen der Untergrundbahn hinab- und hinaufschwebend und im eisigen Schluchtenwind der Bahnsteige den Zügen nacheilend, in eine seltsame Stimmung von Erregung und Freude gerieten und dass wir dann vor dem noch geschlossenen Vorhang saßen, wie Kinder, die zum ersten Mal ein Weihnachtsmärchen auf der Bühne sehen. Endlich ging der Vorhang auf, das Stück fing an, bald erschien der junge König, ein hübscher Bub, ein Playboy, von dem wir doch wussten, was das Schicksal mit ihm vorhatte, wie es ihn beugen würde und wie er schließlich untergehen sollte, machtlos aus eigenem Entschluss. Aber während ich an der Handlung sogleich den lebhaftesten Anteil nahm und, hingerissen von den glühenden Farben des Bildes und der Kostüme, keinen Blick mehr von der Bühne wandte, schien Anton abgelenkt und nicht recht bei der Sache, so als ob mit einem Male etwas anderes seine Aufmerksamkeit gefangen genommen hätte. Als ich mich einmal, sein Einverständnis suchend, zu ihm wandte, bemerkte ich, dass er gar nicht auf die Bühne schaute und kaum darauf hörte, was dort gesprochen wurde, dass er vielmehr eine Frau ins Auge fasste, die in der Reihe vor uns, ein wenig weiter rechts, saß und die sich auch einige Male halb nach ihm umdrehte, wobei auf ihrem verlorenen Profil so etwas wie ein schüchternes Lächeln erschien.

Anton und ich waren zu jener Zeit schon sechs Jahre verheiratet, und ich hatte meine Erfahrungen und wusste, dass er hübsche Frauen und junge Mädchen gern ansah, sich ihnen auch mit Vergnügen näherte, um die Anziehungskraft seiner schönen, südländisch geschnittenen Augen zu erproben. Ein Grund zu rechter Eifersucht war solches Verhalten für mich nie gewesen, und eifersüchtig war ich auch jetzt nicht, nur ein wenig ärgerlich, dass Anton über diesem stärkenden Zeitvertreib versäumte, was mir so besonders erlebenswert erschien. Ich nahm darum weiter keine Notiz von der Eroberung, die zu machen er sich anschickte; selbst als er einmal, im Verlauf des ersten Aktes, meinen Arm leicht berührte und mit einem Heben des Kinns und Senken der Augenlider zu der Schönen hinüberdeutete, nickte ich nur freundlich und wandte mich wieder der Bühne zu. In der Pause gab es dann freilich kein Ausweichen mehr. Anton schob sich nämlich, so rasch er konnte, aus der Reihe und zog mich mit sich zum Ausgang, und ich begriff, dass er dort warten wollte, bis die Unbekannte an uns vorüberging, vorausgesetzt, dass sie ihren Platz überhaupt verließ. Sie machte zunächst dazu freilich keine Anstalten, es zeigte sich nun auch, dass sie nicht allein war, sondern in Begleitung eines jungen Mannes, der, wie sie selbst, eine zarte, bleiche Gesichtsfarbe und rötlichblonde Haare hatte und einen müden, fast erloschenen Eindruck machte. Besonders hübsch ist sie nicht, dachte ich, und übermäßig elegant auch nicht, in Faltenrock und Pullover, wie zu einem Spaziergang über Land. Und dann schlug ich vor, draußen auf und ab zu gehen, und begann über das Stück zu sprechen, obwohl ich schon merkte, dass das ganz sinnlos war.

Denn Anton ging nicht mit mir hinaus, und er hörte mir auch gar nicht zu. Er starrte in fast unhöflicher Weise zu dem jungen Paar hinüber, das sich jetzt erhob und auf uns zukam, wenn auch merkwürdig langsam, fast wie im Schlaf. Er kann sie nicht ansprechen, dachte ich, das ist hier nicht üblich, das ist nirgends üblich, aber hier ist es ein unverzeihliches Vergehen. Indessen ging das Mädchen schon ganz nahe an uns vorbei, ohne uns anzusehen, das Programm fiel ihm aus der Hand und wehte auf den Teppich, wie früher einmal ein Spitzentüchlein, suivez-moi, Anknüpfungsmittel einer lange vergangenen Zeit. Anton bückte sich nach dem glänzenden Heftchen, aber statt es zurückzureichen, bat er, einen Blick hineinwerfen zu dürfen, tat das auch, murmelte in seinem kläglichen Englisch allerlei Ungereimtes über die Aufführung und die Schauspieler und stellte den Fremden endlich sich und mich vor, was den jungen Mann nicht wenig zu erstaunen schien. Ja, Erstaunen und Abwehr zeigten sich auch auf dem Gesicht des jungen Mädchens, obwohl es doch sein Programm augenscheinlich mit voller Absicht hatte fallen lassen und obwohl es jetzt meinem Mann ganz ungeniert in die Augen schaute, wenn auch mit trübem, gleichsam verhangenem Blick. Die Hand, die Anton nach kontinentaler Sitte arglos ausgestreckt hatte, übersah sie, nannte auch keinen Namen, sondern sagte nur, wir sind Bruder und Schwester, und der Klang ihrer Stimme, der überaus zart und süß und gar nicht zum Fürchten war, flößte mir einen merkwürdigen Schauder ein. Nach diesen Worten, bei denen Anton wie ein Knabe errötete, setzten wir uns in Bewegung, wir gingen im Wandelgang auf und ab und sprachen stockend belanglose Dinge, und wenn wir an den Spiegeln vorüberkamen, blieb das fremde Mädchen stehen und zupfte an seinen Haaren und lächelte Anton im Spiegel zu. Und dann läutete es, und wir gingen zurück auf unsere Plätze, und ich hörte zu und sah zu und vergaß die englischen Geschwister, aber Anton vergaß sie nicht. Er blickte nicht mehr so oft hinüber, aber ich merkte doch, dass er nur darauf wartete, dass das Stück zu Ende war, und dass er sich den entsetzlichen und einsamen Tod des gealterten Königs kein bisschen zu Herzen nahm. Als der Vorhang gefallen war, wartete er das Klatschen und das Wiedererscheinen der Schauspieler gar nicht ab, sondern drängte zu den Geschwistern hinüber und sprach auf sie ein, offenbar überredete er sie, ihm ihre Garderobemarken zu überlassen, denn mit einer ihm sonst ganz fremden, unangenehmen Behendigkeit schob und wand er sich gleich darauf durch die ruhig wartenden Zuschauer und kehrte bald mit Mänteln und Hüten beladen zurück; und ich ärgerte mich über seine Beflissenheit und war überzeugt davon, dass wir von unseren neuen Bekannten am Ende kühl entlassen werden würden und dass mir, nach der Erschütterung, die ich durch das Trauerspiel erfahren hatte, nichts anderes bevorstand, als mit einem enttäuschten und schlechtgelaunten Anton nach Hause zu gehen.

Es kam aber alles ganz anders, weil es, als wir angezogen vor die Tür traten, stark regnete, keine Taxis zu haben waren und wir uns in dem einzigen, das Anton mit viel Rennen und Winken schließlich auftreiben konnte, zu viert zusammenzwängten, was Heiterkeit und Gelächter hervorrief und auch mich meinen Unmut vergessen ließ. Wohin? fragte Anton, und das Mädchen sagte mit seiner hellen, süßen Stimme: Zu uns. Es nannte dem Chauffeur Straße und Hausnummer und lud uns, zu meinem großen Erstaunen, zu einer Tasse Tee ein. Ich heiße Vivian, sagte sie, und mein Bruder heißt Laurie, und wir wollen uns mit den Vornamen nennen. Ich sah das Mädchen von der Seite an und war überrascht, um wie viel lebhafter es geworden war, so als sei es vorher gelähmt gewesen und sei erst jetzt in unserer oder in Antons körperlicher Nähe imstande, seine Glieder zu rühren. Als wir ausstiegen, beeilte sich Anton, den Fahrer zu bezahlen, und ich stand da und sah mir die Häuser an, die aneinandergebaut und alle völlig gleich waren, schmal mit kleinen, tempelartigen Vorbauten und mit Vorgärten, in denen überall dieselben Pflanzen wuchsen, und ich dachte unwillkürlich, wie schwer es doch sein müsse, ein Haus hier wiederzuerkennen, und war fast froh, im Garten der Geschwister doch etwas Besonderes, nämlich eine sitzende steinerne Katze zu sehen. Währenddem hatte Laurie die Eingangstür geöffnet, und nun stiegen er und seine Schwester vor uns eine Treppe hinauf. Anton nahm die Gelegenheit war, um mir zuzuflüstern: Ich kenne sie, ich kenne sie gewiss, wenn ich nur wüsste, woher. Oben verschwand Vivian gleich, um das Teewasser aufzusetzen, und Anton fragte ihren Bruder aus, ob sie beide in letzter Zeit im Ausland gewesen seien und wo. Laurie antwortete zögernd, beinahe gequält, ich konnte nicht unterscheiden, ob ihn die persönliche Frage abstieß oder ob er sich nicht erinnern konnte, fast schien es so, denn er strich sich ein paarmal über die Stirn und sah unglücklich aus. Er ist nicht ganz richtig, dachte ich, alles ist nicht ganz richtig, ein sonderbares Haus, so still und dunkel und die Möbel von Staub bedeckt, so als seien die Räume seit langer Zeit unbewohnt. Sogar die Birnen der elektrischen Lampen waren ausgebrannt oder ausgeschraubt, man musste Kerzen anzünden, von denen viele in hohen Silberleuchtern auf den alten Möbeln standen. Das sah nun freilich hübsch aus und verbreitete Gemütlichkeit. Die Tassen, welche Vivian auf einem gläsernen Tablett hereinbrachte, waren auch hübsch, zart und schön blau gemustert, ganze Traumlandschaften waren auf dem Porzellan zu erkennen. Der Tee war stark und schmeckte bitter, Zucker und Rahm gab es dazu nicht. Wovon sprecht ihr? fragte Vivian und sah Anton an, und mein Mann wiederholte seine Fragen mit beinahe unhöflicher Dringlichkeit. Ja, antwortete Vivian sofort, wir waren in Österreich, in – aber nun brachte auch sie den Namen des Ortes nicht heraus und starrte verwirrt auf den runden, von einer feinen Staubschicht bedeckten Tisch.

In diesem Augenblick zog Anton sein Zigarettenetui heraus, ein flaches goldenes Etui, das er von seinem Vater geerbt hatte und das er, entgegen der herrschenden Mode, Zigaretten in ihren Packungen anzubieten, noch immer benutzte. Er klappte es auf und bot uns allen an, und dann machte er es wieder zu und legte es auf den Tisch, woran ich mich am nächsten Morgen, als er es vermisste, noch gut erinnern konnte.

Wir tranken also Tee und rauchten, und dann stand Vivian plötzlich auf und drehte das Radio an, und über

allerhand grelle Klang- und Stimmfetzen glitt der Laut-
sprecherton in eine sanft klirrende Tanzmusik. Wir wollen tanzen, sagte Vivian und sah meinen Mann an, und
Anton erhob sich sofort und legte den Arm um sie. Ihr
Bruder machte keine Anstalten, mich zum Tanzen auf-
zufordern, so blieben wir am Tisch sitzen und hörten
der Musik zu und betrachteten das Paar, das sich im
Hintergrund des großen Zimmers hin und her bewegte. So kühl sind die Engländerinnen also nicht, dachte
ich und wusste schon, dass ich etwas anderes meinte, denn Kühle, eine holde, sanfte Kühle ging nach wie
vor von dem fremden Mädchen aus, zugleich aber auch
eine seltsame Gier, da sich ihre kleinen Hände wie Saug-
näpfe einer Kletterpflanze an den Schultern meines Mannes festhielten und ihre Lippen sich lautlos bewegten,
als formten sie Ausrufe der höchsten Bedrängnis und
Not. Anton, der damals noch ein kräftiger junger Mann
und ein guter Tänzer war, schien von dem ungewöhn-
lichen Verhalten seiner Partnerin nichts zu bemerken,
er sah ruhig und liebevoll auf sie herunter und manchmal schaute er auf dieselbe Weise auch zu mir herüber,
als wolle er sagen: Mach dir keine Gedanken, es geht
vorüber, es ist nichts. Aber obwohl Vivian so leicht und
dünn mit ihm hinschwebte, schien dieser Tanz, der, wie
es bei Radiomusik üblich ist, kein Ende nahm und nur
in Rhythmus und Melodie sich veränderte, ihn unge-
bührlich anzustrengen, seine Stirn war bald mit Schweiß-
tropfen bedeckt, und wenn er einmal mit Vivian nahe
bei mir vorüberkam, konnte ich seinen Atem fast wie

ein Keuchen oder Stöhnen hören. Laurie, der ziemlich schläfrig an meiner Seite saß, fing plötzlich an, zu der Musik den Takt zu schlagen, wozu er geschickt bald seine Fingerknöchel, bald den Teelöffel verwendete, auch mit dem Zigarettenetui meines Mannes synkopisch auf den Tisch klopfte, was alles der Musik etwas atemlos Drängendes verlieh und mich in plötzliche Angst versetzte. Eine Falle, dachte ich, sie haben uns hier heraufgelockt, wir sollen ausgeraubt oder verschleppt werden, und gleich darauf, was für ein verrückter Gedanke, wer sind wir schon, unwichtige Fremde, Touristen, Theaterbesucher, die nichts bei sich haben als ein bisschen Geld, um notfalls nach der Vorstellung noch etwas essen zu gehen. Plötzlich wurde ich sehr schläfrig, ich gähnte ein paarmal verstohlen. War nicht der Tee, den wir getrunken hatten, außergewöhnlich bitter gewesen, und hatte Vivian die Tassen nicht schon eingeschenkt hereingebracht, so dass sehr wohl in den unseren ein Schlafmittel hätte aufgelöst sein können und in denen der englischen Geschwister nicht? Fort, dachte ich, heim ins Hotel, und suchte den Blick meines Mannes wieder, der aber nicht zu mir hersah, sondern jetzt die Augen geschlossen hielt, während das zarte Gesicht seiner Tänzerin ihm auf die Schulter gesunken war.

Wo ist das Telefon? fragte ich unhöflich, ich möchte ein Taxi bestellen. Laurie griff bereitwillig hinter sich, der Apparat stand auf einer Truhe, aber als Laurie den Hörer abnahm, war kein Summzeichen zu vernehmen. Laurie zuckte nur bedauernd mit den Achseln, aber

Anton war jetzt aufmerksam geworden, er blieb stehen und löste seine Arme von dem Mädchen, das verwundert zu ihm aufschaute und beängstigend schwankte, wie eine zarte Staude im Wind. Es ist spät, sagte mein Mann, ich fürchte, wir müssen jetzt gehen. Die Geschwister machten zu meiner Überraschung keinerlei Einwände, nur noch ein paar freundliche und höfliche Worte wurden gewechselt, Dank für den reizenden Abend und so weiter, und dann brachte der schweigsame Laurie uns die Treppe hinunter zur Haustür, und Vivian blieb auf dem Absatz oben stehen, lehnte sich über das Geländer und stieß kleine, vogelleichte Laute aus, die alles bedeuten konnten oder auch nichts.

Ein Taxistand war in der Nähe, aber Anton wollte ein Stück zu Fuß gehen, er war zuerst still und wie erschöpft und fing dann plötzlich lebhaft zu reden an. Gesehen habe er die Geschwister bestimmt schon irgendwo und vor nicht langer Zeit, wahrscheinlich in Kitzbühel im Frühjahr, das sei ja gewiss ein für Ausländer schwer zu behaltender Name, kein Wunder, dass Vivian nicht auf ihn gekommen sei. Er habe jetzt sogar etwas ganz Bestimmtes im Sinn, vorhin beim Tanzen sei es ihm eingefallen, eine Bergstraße, ein Hinüber- und Herübersehen von Wagen zu Wagen, in dem einen habe er gesessen, allein, und in dem andern, einem roten Sportwagen, die Geschwister, das Mädchen am Steuer, und nach einer kurzen Stockung im Verkehr, einem minutenlangen Nebeneinanderfahren, habe es ihn überholt und sei davongeschossen auf eine schon nicht mehr vernünftige Art. Ob sie nicht hübsch sei und etwas Besonderes, fragte Anton gleich darauf, und ich sagte, hübsch schon und etwas Besonderes schon, aber ein bisschen unheimlich, und ich erinnerte ihn an den modrigen Geruch in der Wohnung und an den Staub und das abgestellte Telefon. Anton hatte von dem allem nichts bemerkt und wollte auch jetzt nichts davon wissen, aber streitlustig waren wir beide nicht, sondern sehr müde, und darum hörten wir nach einer Weile auf zu sprechen und fuhren ganz friedlich nach Hause ins Hotel und gingen zu Bett.

Für den nächsten Vormittag hatten wir uns die Tate-Galerie vorgenommen, wir besaßen auch schon einen Katalog dieser berühmten Bildersammlung, und beim Frühstück blätterten wir darin und überlegten uns, welche Bilder wir anschauen wollten und welche nicht. Aber gleich nach dem Frühstück vermisste mein Mann sein Zigarettenetui, und als ich ihm sagte, dass ich es auf dem Tisch bei den englischen Geschwistern zuletzt gesehen hätte, schlug er vor, dass wir es noch vor dem Besuch des Museums dort abholen sollten. Ich dachte gleich, er hat es absichtlich liegenlassen, aber ich sagte nichts. Wir suchten die Straße auf dem Stadtplan, und dann fuhren wir mit einem Autobus bis zu einem Platz in der Nähe. Es regnete nicht mehr, ein zartgoldener Frühherbstnebel lag über den weiten Parkwiesen, und große Gebäude mit Säulen und Giebel tauchten auf und verschwanden wieder geheimnisvoll im wehenden Dunst.

Anton war sehr guter Laune und ich auch. Ich hatte alle Beunruhigung des vergangenen Abends vergessen und war gespannt, wie sich unsere neuen Bekannten im Tageslicht ausnehmen und verhalten würden. Ohne Mühe fanden wir die Straße und auch das Haus und waren nur erstaunt, alle Läden heruntergelassen zu sehen, so als ob drinnen noch alles schliefe oder die Bewohner zu einer langen Reise aufgebrochen seien. Da sich auf mein erstes schüchternes Klingeln hin nichts rührte, schellten wir dringlicher, schließlich fast ungezogen lange und laut. Ein altmodischer Messingklopfer befand sich auch an der Tür, und auch diesen betätigten wir am Ende, ohne dass sich drinnen Schritte hören ließen oder Stimmen laut wurden. Schließlich gingen wir fort, aber nur ein paar Häuser weit die Straße hinunter, dann blieb Anton wieder stehen. Es sei nicht wegen des Etuis, sagte er, aber es könne den jungen Leuten etwas zugestoßen sein, eine Gasvergiftung zum Beispiel, Gaskamine habe man hier überall, und er habe auch einen im Wohnzimmer gesehen. An eine mögliche Abreise der Geschwister wollte er nicht glauben, auf jeden Fall müsse die Polizei gerufen werden, und er habe auch jetzt nicht die Ruhe, im Museum Bilder zu betrachten. Inzwischen hatte sich der Nebel gesenkt, ein schöner blauer Nachsommerhimmel stand über der wenig befahrenen Straße und über dem Haus Nr. 79, das, als wir nun zurückkehrten, noch ebenso still und tot dalag wie vorher.

Die Nachbarn, sagte ich, man muss die Nachbarn fragen, und schon öffnete sich ein Fenster im nächsten, zur Rechten gelegenen Haus, und eine dicke Frau schüttelte ihren Besen über den hübschen Herbstastern des Vorgärtchens aus. Wir riefen sie an und versuchten, uns ihr verständlich zu machen. Einen Familiennamen wussten wir nicht, nur Vivian und Laurie, aber die Frau schien sofort zu wissen, wen wir meinten. Sie zog ihren Besen zurück, legte ihre starke Brust in der geblümten Bluse auf die Fensterbank und sah uns erschrocken an. Wir waren hier im Haus, sagte Anton, noch gestern Abend, wir haben etwas liegengelassen, das möchten wir jetzt abholen, und die Frau machte plötzlich ein misstrauisches Gesicht. Das sei unmöglich, sagte sie mit ihrer schrillen Stimme, nur sie habe den Schlüssel, das Haus stünde leer. Seit wann? fragte ich unwillkürlich und glaubte schon, dass wir uns doch in der Hausnummer geirrt hätten, obwohl im Vorgarten, nun im hellen Sonnenlicht, die steinerne Katze lag.

Seit drei Monaten, sagte die Frau ganz entschieden, seit die jungen Herrschaften tot sind. Tot? fragten wir und fingen an durcheinanderzureden, lächerlich, wir waren gestern zusammen im Theater, wir haben bei ihnen Tee getrunken und Musik gemacht und getanzt.

Einen Augenblick, sagte die dicke Frau und schlug das Fenster zu, und ich dachte schon, sie würde jetzt telefonieren und uns fortbringen lassen, ins Irrenhaus oder auf die Polizei. Sie kam aber gleich darauf auf die Straße hinaus, mit neugierigem Gesicht, ein großes Schlüsselbund in der Hand. Ich bin nicht verrückt, sagte sie, ich weiß, was ich sage, die jungen Herrschaften sind tot und begraben, sie waren mit dem Wagen im Ausland und haben sich dort den Hals gebrochen, irgendwo in den Bergen, mit ihrem blödsinnig schnellen Fahren.

In Kitzbühel? fragte mein Mann entsetzt, und die Frau sagte, so könne der Ort geheißen haben, aber auch anders, diese ausländischen Namen könne niemand verstehen. Indessen ging sie uns schon voraus, die Stufen hinauf, und sperrte die Tür auf, wir sollten nur sehen, dass sie die Wahrheit spreche und dass das Haus leer sei, von ihr aus könnten wir auch in die Zimmer gehen, aber Licht könne sie nicht anmachen, sie habe die elektrischen Birnen für sich herausgeschraubt, der Herr Verwalter habe nichts dagegen gehabt.

Wir gingen hinter der Frau her, es roch dumpf und muffig, und ich fasste auf der Treppe meinen Mann bei der Hand und sagte, es war einfach eine ganz andere Straße, oder wir haben alles nur geträumt, zwei Menschen können genau denselben Traum haben in derselben Nacht, so etwas gibt es, und jetzt wollen wir gehen. Ja, sagte Anton ganz erleichtert, du hast recht, was haben wir hier zu suchen, und er blieb stehen und griff in die Tasche, um etwas Geld herauszuholen, das er der Nachbarsfrau für ihre Mühe geben wollte. Die war aber schon oben ins Zimmer getreten, und wir mussten ihr nachlaufen und auch in das Zimmer hineingehen, obwohl wir dazu schon gar keine Lust mehr hatten und ganz sicher waren, dass das Ganze eine Verwechslung oder eine Einbildung war. Kommen Sie nur, sagte die Frau und fing an, einen Laden heraufzuziehen, nicht völlig, nur ein Stückchen, nur so weit, dass man alle Möbel deutlich erkennen konnte, besonders einen runden Tisch mit Sesseln drum herum und mit einer feinen Staubschicht auf der Platte, einen Tisch, auf dem nur ein einziger Gegenstand, der jetzt, von einem Sonnenstrahl getroffen, aufleuchtete, ein flaches goldenes Zigarettenetui, lag.

EDITH WHARTON
Allerseelen

So seltsam und unerklärlich die Geschichte auch war, mutete sie auf der Oberfläche doch ziemlich einfach an – damals wenigstens. Da die Geschichten darüber im Lauf der Jahre (und weil es außer Sara Clayburn selbst keine Augenzeugen gab) aber einen so überzogenen und oftmals auch so lächerlich ungenauen Charakter angenommen haben, erscheint es als erforderlich, dass jemand, der in die Angelegenheit verwickelt war, ohne nun auch selber dabei gewesen zu sein – ich wiederhole: zum Zeitpunkt der Geschehnisse hielt sich meine Kusine allein im Hause auf (oder dachte dies zumindest) –, die wenigen wirklich bekannten Fakten schriftlich niederlegt.

In jenen Tagen war ich des Öfteren in Whitegates (wie das Haus schon immer geheißen hatte) – tatsächlich war ich nicht lange vor und unmittelbar nach den sonderbaren Vorkommnissen jener sechsunddreißig Stunden dort. Jim Clayburn und seine Witwe waren beide mit mir verwandt, und deshalb, und weil ich mit ihnen auf äußerst vertrautem Fuße stand, meinen die zwei Familien, bei mir bestünde eine größere Aussicht als bei irgendjemandem sonst, dass es mir gelingt, die Tatsachen zu ermitteln, soweit man überhaupt von Tatsachen sprechen kann und sie irgendjemand zu ermitteln vermag. Also habe ich, so übersichtlich ich dies konnte, den wesentlichen Gehalt der Gespräche aufgeschrieben, die ich mit meiner Kusine Sara führte, wenn sie sich – was nicht oft der Fall war – dazu bewegen ließ, über die Ereignisse jenes mysteriösen Wochenendes zu reden.

Ich las kürzlich in dem Buch eines modischen Essayisten, die Gespenster seien mit der Einführung der Elektrizität auf und davon. Was für ein Unsinn! Der Verfasser scheint zwar ganz versessen darauf zu sein, sich mit seiner Feder im Übernatürlichen zu tummeln, sein Thema aber hat er in gar keiner Weise erfasst. Wenn ich die Wahl hätte zwischen betürmten Trutzburgen voll enthaupteter und kettenrasselnder Unholde und dem komfortablen Vorstadthäuschen mit Kühlschrank und Zentralheizung, bei dem man, sobald man es betritt, spürt, *dass darin etwas nicht stimmt,* so würde ich zwecks Erzeugung einer Gänsehaut allemal letzterem den Vorzug geben! Und ist Ihnen – weil wir gerade dabei sind – nicht auch schon aufgefallen, dass es in der Regel nicht die Überempfindlichen und Phantasiebegabten sind, die Gespenster sehen, sondern die nüchternen Tatsachenmenschen, die nicht an sie glauben und die feste Überzeugung hegen, dass es ihnen nichts ausmachen würde, wenn sie einmal eines sähen? Nun, und genau das war bei Sara Clayburn und ihrem Haus der Fall. Das Haus besaß trotz seines Alters – es wurde, glaube ich, um 1780 erbaut – großzügige, luftige, hohe Räume sowie elektrisches Licht, eine Zentralheizung und viele andere moderne Gerätschaften mehr; und seine Besitzerin war – nun, ihrem Haus sehr, sehr ähnlich. Und überhaupt ist dies gar keine richtige Gespenstergeschichte, und ich habe die Analogie nur deshalb bemüht, weil ich Ihnen verdeutlichen wollte, was für eine Art von Frau meine Kusine war; und wie unwahrscheinlich es erschien, dass das, was in Whitegates passierte, gerade dort – und ihr – passieren sollte.

Als Jim Clayburn starb, dachte die ganze Familie, dass seine Witwe, da das Paar keine Kinder hatte, Whitegates aufgeben und entweder nach New York oder Boston ziehen würde – entstammte sie doch einer alteingesessenen Familie und hatte so viele Freunde und Verwandte, dass man sie in beiden Städten mit offenen Armen empfangen hätte. Doch Sara Clayburn tat selten das, was die Leute erwarteten, und in diesem Fall tat sie genau das Gegenteil; sie blieb in Whitegates.

»Was, das alte Haus im Stich lassen – die Familientradition mit der Wurzel ausreißen und mich in einem dieser neuen Wolkenkratzer in der Lexington Avenue in einen Vogelbauer von Appartement sperren, wo ich statt meines guten Connecticuter Lammfleisches höchstens einen Bund Hornkraut und einen Kuttelfisch bekomme? Nein, danke. Hier gehöre ich her, und hier bleibe ich, bis meine Testamentsvollstrecker die Anlage Jims nächstem Anverwandten überschreiben – diesem dummen fetten Presleyspross ... Ach, ich will lieber nicht von ihm reden. Aber eines sage ich dir – solange ich noch ein Wörtchen mitzureden habe, setzt mir der hier

keinen Fuß auf die Schwelle.« Und das tat er auch nicht –
denn da sie beim Tod ihres Mannes erst Anfang fünfzig
und eine muskulöse, resolute Frauensperson war, hatte
der fette Presleysprössling nicht die geringste Chance
gegen sie, und vor ein paar Jahren ging sie auf seine
Beerdigung, in korrekter Trauerkleidung, und mit einem leisen Lächeln auf ihrem verschleierten Gesicht.

Whitegates war ein freundliches, einladend wirken-
des Haus auf einer Anhöhe, die die stattlichen Windun-
gen des Connecticut River überblickte; aber es war fünf
oder sechs Meilen von Norrington entfernt, der nächsten Stadt, und modernen Dienstboten wäre seine Lage
sicherlich einsam und abgeschieden erschienen. Glück-
licherweise hatte Sara Clayburn jedoch von ihrer Schwiegermutter zwei oder drei alte Perlen übernommen, die
ein ebenso fester Bestandteil der Familientradition zu
sein schienen wie das Dach, unter dem sie lebten; und
mir ist nie zu Ohren gekommen, dass Sara in ihrem Haushalt je irgendwelche Schwierigkeiten gehabt hätte.

Das Haus war in der Kolonialzeit ein quadratisches
Gebäude gewesen, mit vier geräumigen Zimmern im
Erdgeschoss, einer eichenbebohlten Diele, die sie von-
einander abtrennte, dem üblichen Küchenanbau an der
Rückseite und einem großflächigen Dachgeschoss. Doch
als in den frühen Achtzigern das Interesse am »Kolo-
nialstil« wiederaufzuleben begann, hatten Jims Groß-
eltern im rechten Winkel zur Südfassade zwei Flügel
angefügt, so dass der alte »Kreis« vor der Vordertür zu
einem grasbedeckten und an drei Seiten umschlossenen

Hof wurde, in dessen Mitte eine große Ulme stand. So verwandelte sich das Haus in einen weitläufigen Wohnsitz, in dem die letzten drei Generationen der Clayburns eine großzügige Gastfreundschaft gepflegt hatten; doch der Architekt hatte den Charakter des alten Hauses respektiert, und die Vergrößerung machte es komfortabler, ohne seiner Schlichtheit Abbruch zu tun. Ringsum lag weites Ackerland, und wie schon seine Väter vor ihm bestellte es Jim nicht ohne Profit und spielte in der bundesstaatlichen Politik eine beträchtliche und allseits geschätzte Rolle. Die Clayburns wurden im ganzen Verwaltungsbezirk als »positive Kraft« bezeichnet, und die Stadtbewohner freuten sich über die Nachricht, dass Sara dem Anwesen mitnichten den Rücken zu kehren gedachte, obwohl sie, als die Tage kürzer wurden und sich unter den Viererreihen von Ulmen auf dem Gemeindeanger der erste Schnee aufzutürmen begann, bemerkten: »Winters muss es auf diesem Hügel oben ziemlich einsam sein.«

Nun, falls es mir geglückt ist, Ihnen eine hinreichend deutliche Vorstellung von Whitegates und den Clayburns zu vermitteln – die mit ihrem alten Haus eine beruhigende Ordentlichkeit und Würde teilten –, werde ich mich ab nun im Hintergrund halten und die Geschichte erzählen; nicht in den Worten meiner Kusine, denn die waren viel zu wirr und lückenhaft, sondern so, wie ich sie nach und nach aus ihren Beinahe-Geständnissen und ihrem angespannten Schweigen zusammengestückelt habe. Wenn sich die Sache überhaupt jemals zugetragen hat – und das Urteil hierüber muss ich allein Ihnen überlassen – muss sie sich meines Erachtens nach folgendermaßen zugetragen haben ...

I

Der Morgen war bitterkalt gewesen, und es hatte heftig gegraupelt – obwohl man erst den letzten Oktobertag schrieb –, doch nach dem Mittagessen ließ sich durch die flaumigen Wolkenbänke für eine Weile eine wässerige Sonne sehen und lockte Sara Clayburn hinaus. Sie war eine energische Spaziergängerin und pflegte zu jener Jahreszeit täglich drei oder vier Meilen die Talstraße entlangzulaufen und dann durch das Shakerwäldchen zurückzukommen. Sie hatte ihre gewohnte Runde hinter sich und folgte gerade der Hauptauffahrt zum Haus, als sie eine einfach gekleidete Frau überholte, die in dieselbe Richtung ging. Wenn die Szenerie nicht so einsam gewesen wäre – denn der Weg nach Whitegates wurde am Ende eines Herbsttages nicht gerade häufig frequentiert –, hätte Mrs. Clayburn der Frau vielleicht nicht die geringste Aufmerksamkeit geschenkt, da nichts an ihr in irgendeiner Weise auffällig war; doch als sie die ungebetene Besucherin einholte, stellte meine Kusine zu ihrer Überraschung fest, dass es sich um eine Fremde handelte – denn die Herrin von Whitegates brüstete sich damit, die meisten ihrer ländlichen Nachbarn zumindest vom Sehen her zu kennen.

Es war beinahe dunkel und das Gesicht der Frau entsprechend schlecht zu erkennen, aber Mrs. Clayburn sagte mir, sie habe sie als eine Person mittleren Alters in Erinnerung, die gewöhnlich und ziemlich bleich ausgesehen habe.

Mrs. Clayburn grüßte sie und fügte dann hinzu: »Gehen Sie zum Haus?«

»Ja, Ma'am«, erwiderte die Frau mit einem Akzent, den man im Tal des Connecticut in den alten Tagen als »fremdländisch« bezeichnet hätte, der einem an die heutige Vielfalt von Sprechweisen gewöhnten Zeitgenossen aber gar nicht erst ins Bewusstsein vorgedrungen wäre. »Nein, ich könnte unmöglich sagen, woher sie kam«, sagte Sara immer. »Ich fand es nur sonderbar, dass ich sie nicht kannte.«

Sie fragte die Frau höflich, was sie auf ihr Grundstück führe, und die Frau antwortete: »Ich will nur bei einem der Mädchen vorbeisehen.« Diese Antwort war zufriedenstellend genug, und Mrs. Clayburn nickte und schwenkte von der Auffahrt in den unteren Teil des Gartens ein, so dass sie nichts mehr von ihrer Besucherin sah, weder zu diesem Zeitpunkt noch irgendwann danach. Und tatsächlich geschah eine halbe Stunde später etwas, das sie die Fremde völlig vergessen ließ. Die flotte und leichtfüßige Mrs. Clayburn rutschte, als sie sich dem Haus näherte, auf einer zugefrorenen Pfütze aus, verdrehte sich den Knöchel und lag plötzlich hilflos auf dem Boden.

Price, der Butler, und Agnes, die mürrische alte Zofe aus Schottland, wussten natürlich genau, was zu tun war. Im Nu hatten sie ihre Herrin auf ein Sofa gelegt und Dr. Selgrove in Norrington verständigt, der auch unverzüglich erschien. Er beorderte Mrs. Clayburn ins Bett, nahm die notwendigen Untersuchungen vor, bandagierte ihren Knöchel und starrte ihn kopfschüttelnd an, da er befürchtete, dass er gebrochen war. Er meinte jedoch, er könne ihr die Unannehmlichkeit eines Gipsverbandes ersparen, wenn sie schwor, nicht aufzustehen oder die Lage ihres Beines zu ändern. Mrs. Clayburn erklärte sich prompt einverstanden, um so bereitwilliger, als ihr der Doktor zu verstehen gab, dass jede unbesonnene Bewegung sie nur noch länger ans Krankenlager fesseln würde. Ihre lebhafte, gebieterische Art ließ sie diese Aussicht als äußerst unerfreulich empfinden, und sie schimpfte wegen ihrer Ungeschicklichkeit mit sich selbst. Aber das Unheil war nun einmal angerichtet, und sie dachte sofort daran, was für eine Gelegenheit sich ihr da bot, um ihre Bankauszüge durchzugehen und ihre Versäumnisse in Sachen Briefeschreiben nachzuholen. Und so richtete sie sich resigniert in ihrem Bett ein.

»Und Sie werden nicht viel versäumen, wissen Sie, wenn Sie ein paar Tage lang nicht aufstehen dürfen. Es fängt zu schneien an, und es sieht so aus, als ob es eine ganze Weile nicht mehr damit aufhören würde«, bemerkte der Doktor mit einem Blick durchs Fenster, während er seine Utensilien einpackte. »Nun, wir kriegen hier selten so früh schon Schnee; aber irgendwann muss der Winter ja schließlich anfangen«, schloss er philosophisch. An der Tür blieb er stehen, um hinzuzufügen: »Wollen Sie nicht, dass ich Ihnen aus Norrington eine Krankenschwester schicke? Nicht um Sie zu pflegen, wissen Sie; bis zu meinem nächsten Besuch gibt es nicht viel zu tun. Aber mit dem Schnee ist es hier draußen ziemlich einsam, und ich dachte, dass Sie vielleicht –«

Sara Clayburn lachte. »Einsam? Mit meinen alten Dienstboten? Sie vergessen die vielen Winter, die ich hier mit ihnen allein verbracht habe. Zwei von ihnen waren bereits zu Lebzeiten meiner Schwiegermutter bei mir.«

»So ist es«, räumte Dr. Selgrove ein. »In dieser Hinsicht sind Sie weit besser als die meisten anderen Leute dran. Also, lassen Sie mich mal sehen; heute haben wir Samstag. Wir können Sie erst röntgen, wenn die Schwellung zurückgegangen ist. Montag, in aller Frühe, komme ich mit dem Röntgenmann vorbei. Wenn Sie mich eher brauchen, rufen Sie an.« Und weg war er.

II

Anfangs hatte der Fuß nicht allzusehr geschmerzt; nach Mitternacht aber begann er Mrs. Clayburn schrecklich wehzutun. Wie die meisten gesunden und aktiven Menschen war sie eine schlechte Patientin. Da sie nicht daran gewöhnt war, Schmerzen zu haben, wusste sie nicht, wie sie ihnen begegnen sollte, und die Stunden des Wachens und der Bewegungslosigkeit schienen kein Ende nehmen zu wollen. Agnes hatte es ihr, bevor sie sich zurückzog, so behaglich wie möglich gemacht. Sie hatte einen Krug Limonade in Reichweite gestellt und sogar (was Mrs. Clayburn im Nachhinein seltsam fand) darauf bestanden, ein Tablett mit belegten Broten und einer Thermoskanne Tee hereinzubringen. »Falls Sie während der Nacht Hunger bekommen, Madam.«

»Danke; aber ich bekomme während der Nacht nie Hunger. Und heute sicherlich erst recht nicht – nur Durst. Ich glaube, ich habe Fieber.«

»Nun, dafür haben Sie ja die Limonade, Madam.«

»Und die reicht mir auch. Nehmen Sie die anderen Sachen bitte wieder mit.« (Sara hatte es immer gehasst, wenn in ihrem Zimmer »sinnlos Esssachen herumstanden«.)

»Sehr wohl, Madam. Es könnte nur sein –«

»Nehmen Sie sie bitte mit«, wiederholte Mrs. Clayburn gereizt.

»Wie Sie wünschen, Madam.« Doch als Agnes hinausging, hörte ihre Herrin, wie sie das Tablett leise auf ein Tischchen hinter dem Wandschirm stellte, der die Tür verdeckte.

»Eigensinnige alte Gans!«, dachte sie, angerührt von der Beharrlichkeit der alten Frau.

Einmal wach, vermochte sie nicht mehr einzuschlafen, und die langen schwarzen Stunden zogen sich langsamer und langsamer dahin. Wie spät im November der

Tag anbrach! »Wenn ich doch nur mein Bein bewegen könnte«, brummte sie.

Sie regte sich nicht und lauschte angestrengt auf die ersten Schritte der Dienstboten. So wie ihre Herrin standen die Hausangestellten in Whitegates früh auf; es würde nun gewiss nicht mehr lange dauern, bis eine der Frauen kam. Sie war versucht, nach Agnes zu läuten, hielt sich aber zurück. Die Frau war spät ins Bett gekommen, und am Sonntagmorgen durfte der Haushalt immer ein bisschen länger ruhen. Mrs. Clayburn dachte erregt: »Es war dumm von mir, dass ich sie den Tee nicht neben das Bett stellen ließ, wie sie dies wollte. Ich frage mich, ob ich aufstehen könnte, um ihn zu holen.« Aber sie erinnerte sich an die mahnenden Worte des Arztes und wagte sich nicht zu regen. Sie wollte auf gar keinen Fall eine Verlängerung ihrer Gefangenschaft riskieren …

Ah, da schlug die Stalluhr. Wie laut sie in der schneeigen Stille doch klang! Eins – zwei – drei – vier – fünf …

Was? Erst fünf? Noch dreiundeinviertel Stunden, ehe sie darauf hoffen konnte, die Türklinke klicken zu hören … Nach einer Weile döste sie voll Unbehagen ein.

Ein weiteres Geräusch weckte sie. Wieder die Stalluhr. Sie horchte. Doch das Zimmer lag noch immer in tiefem Dunkel, und es ertönten nur sechs Schläge … Sie überlegte, ob sie sich durch das Aufsagen von Gedichten in den Schlaf wiegen sollte; aber sie las nur selten Lyrik, und da sie normalerweise immer sofort einschlummerte, vermochte sie sich keines der gängigen

Mittel gegen Schlaflosigkeit zu entsinnen. Der Verband saß schrecklich eng – ihr Knöchel musste noch weiter angeschwollen sein ... Sie starrte auf die dunklen Fenster und wartete auf den ersten schwachen Schein der Morgendämmerung. Schließlich sah sie das Tageslicht fahl durch die Rollläden sickern. Einer nach dem anderen gewannen die Gegenstände zwischen Bett und Fenster zuerst ihre Konturen und dann ihre räumliche Tiefe zurück und schienen sich nach Gott weiß wie vielen Verschiebungen während der Nacht verstohlen in ihre alten Positionen zu begeben. Welcher Bewohner eines bejahrten Hauses vermag schon recht daran zu glauben, dass das Mobiliar darin sich nächstens nicht vom Fleck bewegt? Mrs. Clayburn bildete sich fast ein, sie sähe ein schlankbeiniges Tischchen verstohlen auf seinen Platz zurückrutschen.

»Es weiß, dass nun bald Agnes kommt, und es hat Angst«, dachte sie humorig. Ihre schlechte Nacht musste ihre Phantasie beflügelt haben, da ihr solcher Unsinn wie der über die Möbel noch nie durch den Kopf gegangen war ...

Schließlich, nach weiteren langen Stunden, wie es schien, schlug die Stalluhr acht. Nur noch eine Viertelstunde. Ihre Augen folgten dem Zeiger der kleinen Uhr neben ihrem Bett über das Zifferblatt ... zehn Minuten ... fünf ... nur noch fünf! Agnes war so pünktlich wie das Schicksal selbst ... in zwei Minuten würde sie nun kommen. Die zwei Minuten vergingen, und sie kam nicht. Arme Agnes – sie hatte in der Nacht davor bleich und müde ausgesehen. Sie hatte zweifelsohne verschlafen – oder vielleicht fühlte sie sich unwohl und würde an ihrer statt das Hausmädchen schicken. Mrs. Clayburn wartete.

Sie wartete eine halbe Stunde; dann langte sie zu der Glocke am Kopfende des Bettes hinauf. Arme alte Agnes – es bereitete ihrer Herrin ein schlechtes Gewissen, sie zu wecken. Aber Agnes tauchte nicht auf – und nach einer beträchtlichen Wartepause läutete Mrs. Clayburn, diesmal mit einer gewissen Ungeduld, erneut. Sie läutete einmal, zweimal, dreimal – doch niemand kam.

Abermals wartete sie, dann sagte sie sich: »Mit dem Strom muss irgendetwas nicht in Ordnung sein.« Nun – sie konnte das leicht herausfinden, indem sie die Bettlampe an ihrem Ellbogen einschaltete (wie bewundernswert praktisch das Zimmer doch in jeder Hinsicht eingerichtet war!). Sie schaltete sie ein – aber es kam kein Licht. Der Strom war ausgefallen; und es war Sonntag, und bis zum nächsten Morgen konnte nichts dagegen getan werden. Außer, es lag nur an einer durchgebrannten Sicherung, die Price reparieren konnte. Nun, jetzt würde ja sicherlich jede Minute jemand an ihre Tür kommen ...

Es schlug neun, ehe sie sich eingestand, dass im Haus etwas ganz und gar Außergewöhnliches vorgefallen sein musste. Sie begann, sich ängstlich und nervös zu fühlen; aber sie war nicht die Frau, um derlei Empfindungen Vorschub zu leisten. Wenn sie sich das Telefon doch nur ins Zimmer hätte legen lassen, und nicht draußen auf den Treppenabsatz! Sie maß im Geiste die zurückzulegende Entfernung, erinnerte sich an Dr. Selgroves Ermahnungen und fragte sich, ob ihr gebrochener Knöchel sie so weit tragen würde. Bei dem bloßen Gedanken an einen Gips graute es ihr, aber sie musste das Telefon erreichen, egal, was geschah.

Sie hüllte sich in ihren Morgenmantel, fand einen Spazierstock und schleppte sich, schwer auf ihn gestützt, zur Tür. In ihrem Schlafzimmer hatte die umsichtige Agnes die Rollläden heruntergelassen, so dass es darin nur unwesentlich heller als bei Anbruch der Morgendämmerung war; doch draußen auf dem Flur wirkte das kalte Weiß des verschneiten Morgens schon fast beruhigend. Geheimnisvolle Dinge – schreckliche Dinge – wurden mit der Dunkelheit assoziiert; doch nun war das wohlig prosaische Tageslicht wieder da, um sie zu vertreiben. Mrs. Clayburn blickte sich um und horchte. Stille. Eine tiefe nächtliche Stille in diesem vom Tageslicht überfluteten Haus, in dem vorgeblich fünf Leute eifrig ihrer Arbeit nachgingen. Es war schon sehr merkwürdig … Sie blickte aus dem Fenster, hoffte sie doch, jemanden über den Hof gehen oder die Auffahrt entlangkommen zu sehen. Aber es war niemand in Sicht, und der Schnee schien das ganze Grundstück für sich allein zu haben: ein stiller, stetiger Schnee. Er fiel noch immer mit sachlich-betriebsamer Regelmäßigkeit, während er die Welt dort draußen in Schicht um Schicht dicken weißen Samtes hüllte und drinnen eine immer tiefere Stille schuf. Eine Welt ohne Geräusche – waren sich die Leute wirklich so sicher, dass sie das wollten: eine Welt ohne jedes Geräusch? Da sollten sie zuerst einmal ein abgeschiedenes Landhaus im Novemberschnee ausprobieren!

Sie schleppte sich durch den Flur zum Telefon. Als sie den Hörer abhob, merkte sie, dass ihre Hand zitterte.

Sie rief im Anrichteraum an – keine Antwort. Sie rief erneut an. Stille – noch mehr Stille! Sie schien sich aufzutürmen wie der Schnee in den Abflussrinnen und auf dem Dach. Wie viele der Leute, die sie kannte, hatten wohl eine Vorstellung davon, was Stille war – und wie laut sie tönte, wenn man ihr nur richtig zuhörte?

Abermals wartete sie: Dann rief sie die »Zentrale« an. Keine Antwort. Sie versuchte es dreimal. Darauf versuchte sie es aufs Neue im Anrichteraum … Demnach war die Telefonleitung unterbrochen; so wie die für den elektrischen Strom. Wer machte sich da unten im Erdgeschoss zu schaffen und ließ es sich angelegen sein, sie von der Welt abzuschneiden? Ihr Herz begann zu hämmern und zu pochen. Zum Glück stand neben dem Telefon ein Stuhl, und sie setzte sich hin, um neue Kräfte zu schöpfen – oder war es neuer Mut?

Agnes und das Hausmädchen schliefen in dem nächstgelegenen Flügel. Bis dahin würde sie es schon schaffen, wenn sie sich nur ordentlich zusammennahm. Hatte sie den Mut dazu –? Ja, natürlich hatte sie den. Sie hatte immer als couragierte Frau gegolten; und hatte sich auch selbst so eingeschätzt. Doch diese Stille –

Ihr fiel ein, dass man durch das Fenster des angrenzenden Bades den Küchenschornstein sehen konnte. Es sollte zu dieser Stunde Rauch aus ihm aufsteigen; und sie dachte, dass sie keine so große Angst mehr haben würde weiterzugehen, falls dies der Fall war. Sie begab sich in das Bad, und als sie durch das Fenster blickte, sah sie, dass aus dem Schornstein kein Rauch aufstieg. Das ließ sie ein noch heftigeres Gefühl der Einsamkeit empfinden. Was immer im Erdgeschoss geschehen war, musste vor Beginn der Morgenarbeit geschehen sein. Die Köchin hatte keine Zeit gehabt, Feuer zu machen, die anderen Dienstboten hatten ihr Tagewerk noch nicht begonnen. Sie ließ sich auf einen Stuhl sinken und kämpfte gegen ihre Bangigkeit an. Was würde sie als Nächstes entdecken, wenn sie ihre Nachforschungen fortführte?

Der Schmerz in ihrem Knöchel erschwerte ihr das Vorwärtskommen; aber sie wurde ihn mittlerweile nur noch als etwas gewahr, das sie am Hasten hinderte. Ganz gleich, wie viel physisches Leid es ihr auch abverlangen mochte; sie musste herausfinden, was sich dort unten abspielte – oder abgespielt hatte. Aber zuerst würde sie zum Zimmer der Zofe gehen. Und wenn das leer war – nun, irgendwie würde sie es so einrichten müssen, dass sie die Treppe hinunterkam.

Sie humpelte durch den Gang und stützte sich unterwegs einmal ab, indem sie ihre Hand auf einen Heizkörper legte. Er war ganz kalt. Dabei wurde in diesem gut geführten Hause die Zentralheizung im Winter nachts zwar gedrosselt, aber niemals ausgeschaltet, und gegen acht Uhr morgens breitete sich in den Zimmern immer eine angenehme Wärme aus. Die Eiseskälte der Rohre bestürzte sie. Es war der Chauffeur, der sich um die Heizung kümmerte – folglich war er ebenfalls in das Geheimnis verwickelt, was immer es war, so wie die Hausangestellten auch. Aber dies vertiefte nur das Problem.

III

An der Tür von Agnes hielt Mrs. Clayburn inne und klopfte. Sie erwartete keine Antwort, und es kam auch keine. Sie öffnete die Tür und ging hinein. Das Zimmer war dunkel und sehr kalt. Sie ging zum Fenster und zog die Rollläden hoch; dann blickte sie sich langsam um, wobei sie eine unbestimmte Angst vor etwaigen unliebsamen Entdeckungen empfand. Das Zimmer war leer, aber was sie erschreckte, war nicht so sehr seine Leere, sondern die Tatsache, dass es peinlich genau aufgeräumt war. Nichts deutete darauf hin, dass sich unlängst jemand darin angezogen – oder in der vorherigen Nacht ausgezogen hatte. Und in dem Bett war nicht geschlafen worden.

Mrs. Clayburn lehnte sich für einen Augenblick gegen die Wand; dann durchquerte sie den Raum und öffnete den Schrank. Darin bewahrte Agnes ihre Kleider auf; und die Kleider waren alle da, ordentlich in einer Reihe aufgehängt. Auf dem Bord darüber lagen Agnes' wenige und unmodische Hüte, Neugestaltungen derer, die ihre Herrin nicht mehr trug. Mrs. Clayburn, die sie alle kannte, sah auf einen Blick, dass einer fehlte. Und ebenso fehlte der warme Wintermantel, den sie Agnes letzten Winter geschenkt hatte.

Die Frau war somit fort; war in der Nacht zuvor fortgegangen, da das Bett unberührt war und niemand die Wasch- und Ankleidevorrichtungen berührt hatte. Agnes, die nach Einbruch der Dunkelheit nie auch nur einen Fuß vor die Tür setzte, die das Kino ebenso verabscheute wie das Radio und sich nie davon überzeugen ließ, dass harmlose kleine Vergnügungen ein notwendiger Bestandteil des Lebens waren, hatte in einer verschneiten Winternacht das Haus verlassen, während im Obergeschoss ihre Herrin hilflos und schmerzgeplagt auf ihrem Krankenlager lag! Warum war sie gegangen, und wohin war sie gegangen? Als sie Mrs. Clayburn in der Nacht davor auszog, ihre Anweisungen entgegennahm und versuchte, es ihr behaglicher zu machen, plante sie da bereits diese rätselhafte nächtliche Flucht? Oder hatte etwas – das geheimnisvolle und schreckliche Etwas, zu dem Mrs. Clayburn nach wie vor den Schlüssel suchte – die Zofe später am Abend dazu veranlasst, in die bitterkalte Nacht hinauszulaufen? Möglicherweise war einer der Männer in der Garage – wo der Chauffeur und der Gärtner wohnten – plötzlich krank geworden, und jemand hatte Agnes eilig aus dem Haus geholt. Ja – das musste die Erklärung sein ... Und dennoch ließ sie so vieles unerklärt.

Neben dem Zimmer von Agnes lag das Wäschezimmer und hinter diesem die Tür des Hausmädchens. Mrs. Clayburn stellte sich davor und klopfte. »Mary!« Niemand antwortete, und sie trat ein. In dem Zimmer herrschte dieselbe makellose Ordnung wie in dem von Agnes, und auch hier war das Bett unberührt und kein Anzeichen dafür zu entdecken, dass sich jemand an- oder ausgezogen hatte. Also mussten die beiden Frauen zusammen fortgegangen sein – fort wohin?

Die kalte, ja frostige Stille des Hauses setzte Mrs. Clayburn immer ärger zu. Sie hatte es nie als ein großes Haus empfunden, doch jetzt, in diesem schneeigen Winterlicht, wirkte es unermesslich und schien voll unheilbringender Ecken zu sein, in die man erst besser gar keine Blicke warf.

Hinter dem Zimmer des Hausmädchens lag der Dienstbotenaufgang. Er stellte den kürzesten Weg nach unten dar, und jeder Schritt, den Mrs. Clayburn tat, vergrößerte den Schmerz in ihrem Fuß; aber sie beschloss, langsam zurückzugehen, die ganze Länge des Flurs, und dann die Vordertreppe zu nehmen. Sie wusste nicht, warum sie dies tat; aber sie spürte, dass ihr logische Erwägungen für den Augenblick nicht weiterhalfen und sie mehr davon hatte, wenn sie sich auf ihren Instinkt verließ.

Mehr als einmal hatte sie zu später Stunde das Erdgeschoss nach den Quellen ungewohnter mitternächtlicher Geräusche durchforscht; aber jetzt war es nicht der Gedanke an irgendwelche Geräusche, der sie erschreckte, sondern diese unerbittliche und feindselige Stille, das Gefühl, dass das Haus am helllichten Tag sein nächtliches Geheimnis gewahrt hatte, dass sie beim Betreten jener leeren, ordentlichen Räume womöglich eine unsichtbare Runde stören würde, der ein Wesen aus Fleisch und Blut besser ihre Ruhe ließ.

Die breiten Eichenstufen waren frisch poliert und so glatt, dass sie sich an das Geländer klammern und Zoll für Zoll hinuntertasten musste. Während sie sich hinabbewegte, bewegte sich die Stille mit ihr hinab – schwerer, tiefer, absoluter noch. Sie schien dicht hinter sich ihre Schritte zu spüren, die ihr leise auf dem Fuß folgten. Sie hatte eine Beschaffenheit, die sie bislang bei keiner anderen Stille gewahr geworden war, so, als sei sie nicht nur eine Abwesenheit von Geräuschen, eine dünne Schranke zwischen dem Ohr und dem auf- und abwogenden Gemurmel des Lebens, das knapp außerhalb dessen Reichweite ertönte, sondern eine undurchdringliche Substanz, die aus dem weltweiten Stillstand jedes Lebens und jeder Bewegung bestand.

Ja, das war es, was sie so frösteln machte: die Empfindung, dass diese Stille ohne Grenzen und ohne Außenrand war und sich nichts hinter ihr befand. Mittlerweile war sie am Fuß der Treppe angelangt und humpelte durch die Eingangshalle auf den Salon zu. Was immer sie darin fand, dessen war sie sich sicher, würde stumm und leblos sein; doch was würde es sein? Die Leiber ihrer toten Angestellten, von irgendeinem wahnsinnigen Mörder niedergemäht? Und was, wenn sie als Nächste an die Reihe kam – wenn er hinter den schweren Vorhängen des Zimmers, das sie gerade betreten wollte, auf sie wartete? Nun, sie musste es herausfinden – egal, welches Los ihrer auch harrte, musste sie sich ihm stellen. Nicht, weil sie so tapfer gewesen wäre – selbst das letzte Quentchen Mut hatte sie längst geflohen –, sondern weil alles, alles besser war, als in diesem eingeschneiten Haus gefangen zu sein, ohne zu wissen, ob sie darin nun alleine war oder nicht. »Ich muss es herausfinden, ich muss es herausfinden«, sagte sie sich in einer Art bedeutungslosem Singsang immer wieder vor.

Das kalte Außenlicht durchflutete den Salon. Man hatte weder die Rollläden heruntergelassen noch die Vorhänge zugezogen. Sie blickte sich um. Der Raum war leer und jeder Stuhl an seinem gewohnten Platz. Ihr Sessel war dicht an den Kamin gerückt, und in der erkalteten Feuerstelle türmte sich die Asche des Feuers auf, an dem sie sich gewärmt hatte, bevor sie zu ihrem schicksalhaften Spaziergang aufgebrochen war. Selbst ihre leere Kaffeetasse stand auf dem Tisch neben ihrem Sessel. Es war offenkundig, dass die Dienstboten nicht in dem Raum gewesen waren, seit sie ihn am Tag davor nach dem Mittagessen verlassen hatte. Und plötzlich keimte in ihr die Gewissheit auf, dass sich ihr der Rest des Hauses so präsentieren würde wie der Salon; kalt, ordentlich – und leer. Sie würde nichts finden, sie würde niemanden finden. Sie befürchtete nicht mehr, dass in jenen stummen Räumen vor ihr irgendwelche alltäglichen menschlichen Gefahren lauerten. Sie wusste, sie hatte ihr Heim ganz für sich allein. Sie setzte sich, um ihren schmerzenden Knöchel zu schonen, und blickte sich langsam um.

Es mussten noch weitere Zimmer in Augenschein genommen werden, und sie war fest entschlossen, sie alle zu durchkämmen – aber sie wusste im Vornhinein, dass sie ihr keine Antwort auf ihre Frage geben würden. Sie erkannte dies, wie es schien, an der Beschaffenheit der Stille, die sie umgab. Nirgendwo in ihr klaffte ein Sprung oder auch nur die allerkleinste Lücke auf. Sie hatte die kalte Stetigkeit des Schnees, der draußen immer noch ununterbrochen fiel.

Sie hatte keine Ahnung, wie lange sie gewartet hatte, ehe sie sich dazu aufraffte, ihre Untersuchung fortzusetzen. Sie spürte in ihrem Knöchel keine Schmerzen mehr; es war ihr nur klar, dass sie ihr Gewicht nicht darauf verlagern durfte. Deshalb bewegte sie sich mit äußerster Langsamkeit voran und stützte sich auf jedes Möbelstück an ihrem Weg. Im Erdgeschoss war kein Rollladen heruntergelassen, kein Vorhang zugezogen worden, und sie gelangte ohne alle Schwierigkeiten von einem Zimmer in das nächste: die Bibliothek, ihr Damenzimmer, das Speisezimmer. In sämtlichen Räumen stand jedes Möbelstück an seinem gewohnten Platz. Im Speisezimmer war der Tisch für das Abendessen des vorangegangenen Tages gedeckt worden, und der Kandelaber mit seinen nicht entzündeten Kerzen spiegelte sich in dem dunklen Mahagoniholz. Sie war nicht die Art von Frau, die sich nur schnell ein pochiertes Ei genehmigte, wenn sie alleine war, sondern begab sich stets ins Speisezimmer hinab, um, wie sie es nannte, zivilisiert zu essen.

Nun blieb noch das Rückgebäude zu besichtigen. Sie trat aus dem Speisezimmer in den Anrichteraum, und auch dort herrschte tadellose Ordnung. Sie öffnete die Tür und spähte in den hinteren Gang mit seinem sauberen Linoleumboden. Die tiefe Stille begleitete sie; sie spürte noch immer, wie sie sich wachsam an ihrer Seite hielt, als betrachte sie sie als ihre Gefangene und warte nur darauf, sich bei einem eventuellen Fluchtversuch sofort auf sie zu stürzen. Sie humpelte in Richtung Küche weiter. Die würde natürlich ebenfalls leer und fleckenlos sein. Aber sie musste sich überzeugen.

Sie lehnte sich für eine Weile in die Nische des Gangfensters, »Es ist wie die ›Mary Celeste‹ – eine ›Mary Celeste‹ auf *terra firma*«, dachte sie, während sie sich das ungelöste Meeresgeheimnis ihrer Kindheit ins Gedächtnis zurückrief. »Niemand hat je erfahren, was an Bord der ›Mary Celeste‹ geschah. Und vielleicht wird niemand je erfahren, was hier geschehen ist. Nicht einmal ich werde es erfahren.«

Bei diesem Gedanken schien ihre latente Furcht eine neue Beschaffenheit anzunehmen. Sie war wie eine eisige Flüssigkeit, die durch jede Ader floss und sich in einer Lache um ihr Herz ausbreitete. Sie begriff nun, dass sie nie zuvor gewusst hatte, was Angst war, und dass die meisten der Leute, denen sie begegnet war, dies höchstwahrscheinlich auch nie gewusst hatten. Denn dieses Gefühl war etwas völlig anderes …

Es nahm sie so gefangen, dass es ihr nicht bewusst wurde, wie lange sie dort lehnen blieb. Doch plötzlich drängte sie ein neuer Impuls zum Weitergehen, und sie nahm Kurs auf die Spülküche. Sie ging als Erstes dorthin, weil in die Wand eine Durchreiche mit einem Schiebetürchen eingelassen war, durch das sie in die Küche lugen konnte, ohne gesehen zu werden; und irgendeine nicht näher zu definierende Ahnung sagte ihr, dass die Küche den Schlüssel zu dem Geheimnis barg. Sie hatte noch immer das starke Gefühl, dass das, was im Haus geschehen war, seinen Ursprung und Mittelpunkt in der Küche haben musste.

In der Spülküche war, wie sie es erwartet hatte, alles sauber und blitzblank. Was immer geschehen war, schien niemanden im Haus überrascht zu haben; nirgendwo ließ sich auch nur das geringste Anzeichen der Verwirrung oder der Unordnung entdecken. »Es sieht ganz so aus, als ob sie im Voraus Bescheid gewusst und deshalb alles weggeräumt hätten«, dachte sie. Sie blickte auf die Wand gegenüber der Tür und sah, dass die Durchreiche offen stand. Und dann, während sie auf sie zutrat, wurde die Stille durchbrochen. In der Küche sprach eine Stimme – die Stimme eines Mannes, leise, aber eindringlich; eine Stimme, die sie noch nie zuvor gehört hatte.

Sie blieb wie angewurzelt stehen, starr vor Furcht. Doch diese Furcht war abermals eine andere. Ihre vorangegangenen Ängste waren rein spekulativer Natur gewesen, geisterhafte Emanationen der ringsum herrschenden Stille, die auf nichts als Mutmaßungen beruhten. Dies war ein gemeines, alltägliches Grauen vor Missetätern. O Gott, warum hatte sie bloß nicht an den Revolver ihres Mannes gedacht, der seit seinem Tod in ihrem Zimmer in einer Schublade lag?

Sie wandte sich um, um sich über den glatten, schlüpfrigen Fußboden zurückzuziehen, aber auf halbem Wege entglitt ihr ihr Stock und fiel krachend auf die Fliesen. Das Geräusch schien in der Leere weiter- und weiterzuhallen, und sie blieb entsetzt stehen. Jetzt wo sie sich verraten hatte, war Fliehen zwecklos. Wer auch immer sich hinter der Küchentür befand, würde sich binnen einer Sekunde auf sie stürzen ...

Doch zu ihrer unsäglichen Verwunderung sprach die Stimme weiter. Es war, als hätten sie weder der Sprecher noch seine Zuhörer gehört. Der unsichtbare Fremde sprach so leise, dass sie nicht verstehen konnte, was er sagte, aber der Tonfall war von leidenschaftlichem Ernst und fast schon bedrohlich. Im nächsten Augenblick wurde ihr bewusst, dass er in einer fremden Sprache sprach, einer Sprache, die sie nicht kannte. Aufs Neue wich ihre Angst dem drängenden Verlangen herauszufinden, was sich da in solcher Nähe zu ihr abspielte, ohne dass sie etwas davon sah. Sie schlich sich zur Durchreiche, spähte vorsichtig in die Küche und sah, dass in ihr dieselbe Ordnung und Leere herrschte wie in den anderen Räumen. Doch in der Mitte des sorgfältig gescheuerten Tisches stand ein Kofferradio, und die Stimme, die sie hörte, kam aus ihm ...

Hierauf musste sie das Bewusstsein verloren haben, nahm sie an; auf jeden Fall fühlte sie sich so schwach und benommen, dass sie sich nur vage erinnern konnte, was als Nächstes geschah. Aber im Laufe der Zeit tastete sie sich in den Anrichteraum zurück und entdeckte dort eine Flasche Kognak oder Whisky – sie wusste nicht mehr, was. Sie fand ein Glas, schenkte sich einen steifen Drink ein, und während er durch ihre Adern strömte, schaffte sie es, sich mit Gott weiß wie vielen schaudernden Verzögerungen durch das verlassene Erdgeschoss, das Treppenhaus und den Flur im ersten Stock zu ihrem Zimmer zu schleppen. Dort, schien es, brach sie auf der Schwelle zusammen, abermals ohnmächtig ...

Als sie zu sich kam, erinnerte sie sich, schloss sie sich als Erstes in ihrem Zimmer ein; dann kramte sie den Revolver ihres Mannes hervor. Er war nicht geladen, aber sie fand ein paar Patronen und lud ihn. Dann fiel ihr ein, dass sich Agnes am Abend zuvor beim Hinausgehen geweigert hatte, das Tablett mit dem Tee und den belegten Broten wegzutragen, und sie fiel mit jähem Hunger über sie her. Dabei fiel ihr auf, dass neben der Thermoskanne ein Fläschchen Kognak stand, was sie irgendwie erstaunte. Agnes hatte ihr Verschwinden also geplant und gewusst, dass ihre Herrin (die nie Schnaps oder dergleichen trank) vermutlich eines Stimulantiums bedürfen würde, ehe sie wiederkam. Sie goss ein wenig von dem Kognak in ihren Tee und trank ihn mit gierigen Schlucken aus.

Danach (erzählte sie mir später) schaffte sie es, im Kamin Feuer zu machen und ging, nachdem sie sich aufgewärmt hatte, zurück ins Bett, wobei sie auf diesem sämtliche Decken, derer sie habhaft werden konnte, übereinandertürmte. Der Nachmittag verging in einem Wirrwarr aus Schmerz, aus dem dann und wann eine verschwommene Angst auftauchte – die Angst, dass sie dort womöglich allein und unbehütet liegen bleiben würde, bis sie vor Kälte und Grauen vor ihrer Einsamkeit verging. Denn sie war sich unterdessen sicher, dass das Haus leer war – vom Speicher bis zum Keller vollkommen leer. Sie wusste nicht, warum sie sich dessen so sicher war; aber sie hatte aufs Neue das Gefühl, dass es mit der eigentümlichen Beschaffenheit der Stille zu tun haben musste – der Stille, die ihr überallhin so beharrlich gefolgt war und nun wie ein Leichentuch über ihr lag. Sie war fest davon überzeugt, dass die Nähe eines noch so stummen oder verschwiegenen anderen menschlichen Wesens im Gefüge dieser Stille einen schwachen Riss erzeugt und sie hätte splittern lassen, so wie ein gegen eine Glasscheibe geworfener Kiesel diese splittern lässt …

IV

»Ist es so besser?«, fragte der Arzt und richtete sich von ihrem Knöchel auf. Er schüttelte missbilligend den Kopf. »Wie ich die Sache sehe, haben Sie sich nicht an die Anordnungen gehalten – eh? Sie sind rumgegangen, stimmt's? Und dabei hat Dr. Selgrove sicher gesagt, dass Sie sich ruhig halten sollen, bis er wieder vorbeischaut, nicht?«

Der Sprecher war ein Fremder, den Mrs. Clayburn nur dem Namen nach kannte. Ihr eigener Arzt war an diesem Morgen an das Bett eines alten Patienten in Baltimore gerufen worden und hatte den jungen Mann gebeten, ihn zu vertreten. Der Neuankömmling (den man in Norrington langsam zu kennen begann) war schüchtern und ein wenig aufdringlich, wie es schüchterne Menschen des Öfteren sind, und Mrs. Clayburn gelangte zu dem Schluss, dass sie ihn nicht besonders mochte. Aber bevor sie ihm dies durch den Tonfall ihrer Antwort zu verstehen geben konnte (und sie war auf dem Gebiet des Tadels und seiner sämtlichen Nuancen eine Expertin), hörte sie Agnes sprechen – ja, Agnes, dieselbe, die gewohnte Agnes, die so ernst und adrett wie eh und je hinter dem Doktor stand. »Mrs. Clayburn muss während der Nacht aufgestanden und im Zimmer herumgegangen sein, anstatt nach mir zu läuten, wie sie es hätte tun sollen«, warf sie mit gestrenger Miene ein.

Das war zu viel! Trotz ihrer mittlerweile mehr als

heftigen Schmerzen lachte Mrs. Clayburn auf. »Nach Ihnen läuten? Wie hätte ich das können, wo es doch im ganzen Haus keinen Strom gibt?«

»Keinen Strom gibt?« Agnes' Verblüffung war meisterhaft. »Ja, seit wann denn das?« Sie drückte ihren Finger auf die Glocke neben dem Bett, und ihr Klingeln schrillte durch den stillen Raum. »Ich habe diese Glocke extra noch einmal ausprobiert, bevor ich Sie letzte Nacht verließ, Madam, und wenn mit ihr irgendetwas nicht in Ordnung gewesen wäre, hätte ich lieber im Ankleidezimmer geschlafen, als Sie hier allein zu lassen.«

Mrs. Clayburn lag sprachlos da und starrte zu ihr hinauf. »Letzte Nacht? Aber letzte Nacht war ich ganz allein im Haus.«

In Agnes' ruhigem Gesicht regte sich kein Muskel. Sie legte ihre Hände resigniert auf ihre fleckenlose Schürze. »Vielleicht haben Ihre Schmerzen Sie ein wenig durcheinandergebracht, Madam.« Sie blickte den Doktor an, der nickte.

»Die Schmerzen in Ihrem Fuß müssen ziemlich arg gewesen sein«, sagte er.

»Das waren sie auch«, erwiderte Mrs. Clayburn. »Aber das war nichts im Vergleich zu dem Grauen, eineinhalb Tage lang in einem Haus ohne Heizung, Strom und ein funktionierendes Telefon allein zu sein.«

Der Arzt blickte sie mit offenkundiger Verwunderung an. Agnes' bleiche Züge überzogen sich mit einer leichten Röte, die aber lediglich auf die Entrüstung über

einen ungerechtfertigten Vorwurf zurückzuführen zu
sein schien. »Aber, Madam, ich habe hier letzte Nacht
mit meinen eigenen Händen Feuer gemacht – und schau-
en Sie, es schwelt noch immer. Ich wollte gerade nach-
heizen, als der Doktor kam.«

»Das stimmt. Sie hat vor dem Kamin gekniet«, be-
kräftigte der Arzt.

Wieder lachte Mrs. Clayburn auf. So raffiniert dieses
Lügengespinst auch gestrickt war, glaubte sie, es immer
noch zerreißen zu können. »Ich selbst habe gestern Feuer gemacht – es war ja sonst niemand da«, sagte sie an
die Adresse des Arztes, ohne jedoch die Augen von ihrer Zofe zu lassen. »Ich bin zweimal aufgestanden, um
Kohle nachzulegen, da das Haus so kalt war wie ein
Grab. Die Zentralheizung muss seit Samstagnachmit-
tag aus gewesen sein.«

Agnes reagierte auf diese unglaubliche Behauptung
nur mit einem Ausdruck höflichen Kummers; aber dem
jungen Doktor schien es offensichtlich peinlich zu sein,
in einen unverständlichen Streit verwickelt zu werden,
für den er nun wirklich keine Zeit hatte. Er sagte, dass
er den Mann mit dem Röntgenapparat mitgebracht habe,
die Schwellung des Knöchels für den Augenblick aber
eine Durchleuchtung ausschließe. Er bat Mrs. Clayburn,
seine Hast zu entschuldigen, da er neben seinen eigenen auch alle die Patienten von Dr. Selgrove zu versorgen habe, und versprach, am Abend zurückzukommen,
um zu entscheiden, ob sie dann geröntgt werden konnte
und ob, was er offenbar befürchtete, der Knöchel ein-

gegipst werden musste. Dann gab er Agnes seine Anweisungen und verabschiedete sich.

Mrs. Clayburn verbrachte einen fiebrigen und schmerzerfüllten Tag. Sie fühlte sich zu lethargisch, um ihren Disput mit Agnes weiterzuführen; sie verzichtete auf eine Befragung der übrigen Dienstboten. Sie döste immer wieder ein und begriff, dass ihr das Fieber die Sinne verwirrte. Agnes und das Hausmädchen pflegten sie mit der gewohnten Aufmerksamkeit, und als der Doktor am Abend wiederkehrte, war ihre Temperatur gefallen; aber sie beschloss, sich erst dann auszusprechen, wenn Dr. Selgrove zurück war. Es hieß, dass er am folgenden Abend wieder da sein werde; und der neue Doktor wollte lieber auf ihn warten, ehe er über einen Gipsverband entschied – obwohl er befürchtete, dass sich ein solcher nun nicht mehr vermeiden ließ.

V

An jenem Nachmittag ließ mich Mrs. Clayburn telefonisch zu sich rufen, und ich kam am nächsten Tag in Whitegates an. Meine Kusine, die bleich und nervös aussah, deutete lediglich auf ihren Fuß, der eingegipst worden war, und dankte mir für mein Kommen. Sie erklärte, dass Dr. Selgrove in Baltimore einen plötzlichen Schwächeanfall erlitten hatte, der junge Mann, der ihn vertrat, aber einigermaßen kompetent zu sein schien. Sie machte keinerlei Anspielungen auf die seltsamen

Ereignisse, die ich beschrieben habe, aber ich spürte sofort, dass sie innerlich so aufgewühlt war, dass dies selbst ein noch so schmerzender Knöchel nicht zu erklären vermochte.

Schließlich, eines Abends, erzählte sie mir die Geschichte jenes sonderbaren Wochenendes, so wie sie sich ihrem ungewöhnlich klaren und akkuraten Verstand präsentiert hatte, und so wie ich sie umseitig niedergelegt habe. Sie erzählte sie mir erst mehrere Wochen nach meiner Ankunft; aber sie war zu diesem Zeitpunkt noch immer im Obergeschoss und gezwungen, ihre Tage zwischen ihrem Bett und ihrem Sofa aufzuteilen. Während der dazwischenliegenden, endlosen Wochen, sagte sie mir, hatte sie alles überdacht; und obwohl ihr die Geschehnisse jener rätselhaften sechsunddreißig Stunden noch immer lebhaft vor Augen standen, hatten sie doch bereits etwas von ihrem quälenden Grauen verloren, und so hatte sie schließlich den Beschluss gefasst, das Thema gegenüber Agnes nicht mehr anzuschneiden und auch mit den übrigen Hausangestellten nicht darüber zu sprechen. Dr. Selgroves Genesung hatte sich wesentlich länger hingezogen, als ursprünglich erwartet. Er war noch immer nicht zurück, und es hieß, sobald seine Verfassung dies gestatte, würde er an einer Kreuzfahrt in die Karibik teilnehmen und erst im Frühling wieder in Norrington praktizieren. Wie meine Cousine nur zu gut wusste, war Dr. Selgrove der Einzige, der zu beweisen vermochte, dass zwischen seinem Besuch und dem seines Nachfolgers sechsunddreißig Stunden verstrichen waren; und Letzterer, ein schüchterner junger Mann, den sein jäher Patientenzuwachs erheblich belastete, sagte mir (als ich mit ihm ein kurzes Gespräch unter vier Augen riskierte), Dr. Selgrove sei so überstürzt abgereist, dass seine einzigen Instruktionen in Bezug auf Mrs. Clayburn folgendes knappes Memorandum gewesen seien: »Gebrochener Knöchel. Röntgen lassen.«

Da ich den autoritären Charakter meiner Kusine kannte, erstaunte mich ihr Entschluss, die Sache gegenüber den Dienstboten nicht mehr zu erwähnen; aber als ich darüber nachdachte, gelangte ich zu dem Urteil, dass sie recht hatte. Sie waren alle genauso, wie sie vor den unerklärlichen Ereignissen gewesen waren: tüchtig, ergeben, respektvoll und respektabel. Sie war auf sie angewiesen und kam bestens mit ihnen zurecht, und sie zog es offensichtlich vor, die Angelegenheit, soweit sie dies konnte, aus ihrem Kopf zu verbannen. Sie war sich vollkommen sicher, dass in ihrem Haus etwas Sonderbares vorgefallen war, und ich war fester denn je davon überzeugt, dass sie einen Schock erlitten hatte, dem ihr gebrochener Knöchel in gar keiner Weise Rechnung trug; aber am Ende musste ich zugeben, dass es nichts einbrachte, die Hausangestellten und den neuen Doktor lang und breit auszufragen.

Während jenes Winters und des folgenden Sommers war ich praktisch die ganze Zeit in Whitegates, und als ich meine Kusine früh im Oktober verließ und endgültig nach New York zurückfuhr, erfreute sie sich bester

Laune und Gesundheit. Dr. Selgrove war für den Sommer in die Schweiz beordert worden, und diese weitere Verzögerung der Wiedereröffnung seiner Praxis schien die Geschehnisse des seltsamen Wochenendes endgültig aus ihrem Kopf verbannt zu haben. Ihr Leben ging wieder seinen gewohnten friedlichen Gang, und ich reiste völlig unbesorgt und ohne einen einzigen Gedanken an das Rätsel, das nun fast ein Jahr zurücklag, ab.

Ich lebte damals in einer kleinen Junggesellenwohnung in New York und hatte mich eines sehr späten Abends – am letzten Oktobertag – kaum darin niedergelassen, als ich meine Glocke läuten hörte. Da meine Haushälterin an diesem Abend frei hatte und ich allein war, ging ich selbst zur Tür, und auf der Schwelle sah ich zu meiner Verwunderung Sara Clayburn. Sie war in einen Pelzmantel gehüllt und hatte ihren Hut tief in die Stirn gezogen, und ihr Gesicht war so aschfahl und eingefallen, dass ich schon befürchtete, es müsse ihr irgendetwas Schreckliches zugestoßen sein. »Sara«, stieß ich hervor, ohne mir dessen recht bewusst zu werden, »wo um alles in der Welt kommst du zu dieser Stunde her?«

»Aus Whitegates. Ich habe den letzten Zug verpasst und bin per Automobil gekommen.« Sie trat ein und setzte sich auf die Bank neben der Tür. Ich sah, dass sie sich kaum auf den Beinen zu halten vermochte und setzte mich neben sie und legte ihr meinen Arm um die Schulter. »Um Himmels willen, erzähl mir, was geschehen ist.«

Sie blickte mich an, schien mich aber nicht zu sehen.

»Ich habe Nixon angerufen und einen Wagen gemietet. Ich habe fünfeinviertel Stunden gebraucht, um hierherzukommen.« Sie blickte sich um. »Kannst du mich für die Nacht bei dir einquartieren? Ich habe mein Gepäck unten gelassen.«

»Für so viele Nächte, wie du willst. Aber du siehst so krank aus –«

Sie schüttelte den Kopf. »Nein; ich bin nicht krank. Ich habe bloß Angst – tödliche Angst«, wiederholte sie flüsternd.

Ihre Stimme klang so sonderbar, und die Hände, die ich fest in den meinen hielt, waren so kalt, dass ich sie auf die Füße zog und schnurstracks in mein kleines Gästezimmer führte. Meine Wohnung befand sich in einem altmodischen Gebäude mit nicht sehr vielen Stockwerken, und ich pflegte zu dem Personal bessere zwischenmenschliche Beziehungen, als dies in einem der modernen babylonischen Türme möglich ist. Ich telefonierte hinunter und bat, man möge die Koffer meiner Kusine hochbringen, und in der Zwischenzeit füllte ich eine Wärmflasche und brachte Sara, so schnell ich konnte, ins Bett. Ich hatte sie noch nie so willfährig und unterwürfig erlebt, und das erschreckte mich noch mehr als ihre Blässe. Sie war nicht die Art von Frau, die sich wie ein Baby ausziehen und in die Federn stecken ließ; doch sie fügte sich ohne ein Wort, so, als sei ihr klar, dass sie am Ende ihrer Weisheit angelangt war.

»Es tut gut, hier zu sein«, sagte sie sichtlich beruhigter, als ich sie in die Decken packte und die Kissen glattstrich. »Geh bitte noch nicht weg, ja – jetzt bitte noch nicht.«

»Ich lasse dich nicht länger als eine Minute allein – ich bringe dir nur schnell eine Tasse Tee«, versicherte ich ihr; und sie blieb still liegen. Ich ließ die Tür auf, damit sie mich in dem kleinen Anrichteraum auf der anderen Seite des Ganges herumhantieren hören konnte, und als ich ihr den Tee brachte; trank sie ihn dankbar aus, und ihr Gesicht nahm ein wenig Farbe an. Ich saß eine geraume Weile neben ihr, ohne dass einer von uns etwas sagte; doch schließlich begann sie: »Siehst du, es ist genau ein Jahr her –«

Es wäre mir lieber gewesen, wenn sie sich, was immer sie mir auch zu erzählen hatte, bis zum nächsten Morgen aufgespart hätte; aber ihre glühenden Augen verrieten mir, dass sie fest entschlossen war, ihr Herz zu erleichtern, und dass es, bis sie dies getan hatte, sinnlos sein würde, ihr den bereitgestellten Schlaftrunk anzubieten.

»Was ist ein Jahr her?«, fragte ich dümmlich, da ich ihre überstürzte Ankunft noch nicht mit den mysteriösen Geschehnissen des vergangenen Jahres in Whitegates verknüpfte.

Sie blickte mich erstaunt an. »Dass ich diese Frau getroffen habe. Erinnerst du dich denn nicht – die fremde Frau, die an dem Nachmittag, als ich mir den Knöchel brach, die Auffahrt entlangging? Ich habe damals nicht daran gedacht, aber als ich sie traf, hatten wir Allerseelen.«

»Ja«, sagte ich, »ich erinnere mich daran«.

»Nun – und heute haben wir auch Allerseelen, nicht? Ich bin in Bezug auf kirchliche Daten nicht so firm wie du, aber das stimmt doch, oder?«

»Ja, das stimmt. Heute haben wir Allerseelen.«

»Das dachte ich mir ... Nun, heute Nachmittag machte ich meinen gewohnten Spaziergang. Ich hatte Briefe geschrieben und Rechnungen beglichen und brach erst ziemlich spät auf; erst als es schon fast dämmerte. Aber es war ein herrlich klarer Abend. Und als ich mich dem Tor näherte, kam gerade diese Frau herein – dieselbe Frau ... und ging auf das Haus zu ...«

Ich drückte meiner Kusine die Hand, die nun heiß und fiebrig war. »Bist du dir, da es doch dämmerte, ganz sicher, dass es dieselbe Frau war?«

»Oh, ganz sicher, es war ja ein so klarer Abend. Ich erkannte sie, und sie erkannte mich; und ich sah, dass es sie ärgerte, mir zu begegnen. Ich hielt sie an und fragte sie, was sie auf mein Grundstück führe, also genau dasselbe, was ich sie schon einmal gefragt hatte. Und so wie im Jahr davor antwortete sie mit ihrem etwas sonderbaren ausländischen Akzent: »Ich will nur bei einem der Mädchen vorbeisehen.« Da platzte mir plötzlich der Kragen, und ich sagte: »Sie setzen mir keinen Fuß mehr in mein Haus. Verstehen Sie mich? Ich befehle Ihnen zu gehen.« Und sie lachte; ja, sie lachte – sehr leise, aber deutlich. Unterdessen war es ziemlich dunkel geworden, so, als ob plötzlich ein Sturm aufziehe, und obwohl sie sich so dicht bei mir befand, konnte ich sie kaum noch sehen. Wir standen neben der Gruppe von Schierlingstannen an der Biegung in der Auffahrt, und als ich in meinem Ärger über ihre Impertinenz auf sie zutrat, glitt sie hinter die Bäume, und als ich ihr folgte, war sie nicht mehr da ... Nein; ich schwöre dir, sie war nicht mehr da ... Und ich eilte in der Dunkelheit ins Haus zurück, da ich befürchtete, dass sie an mir vorbeischlüpfen und vor mir dort ankommen werde. Und das Merkwürdige daran war das: als ich die Tür erreichte, verzog sich die schwarze Wolke, und es herrschte wieder so klares Zwielicht wie zuvor. Im Haus schien alles beim Alten zu sein, und die Dienstboten gingen eifrig ihrer Arbeit nach; aber es wollte mir einfach nicht aus dem Kopf, dass es die Frau im Schatten der Wolke irgendwie zuwege gebracht hatte, vor mir hineinzugelangen.« Sie legte eine Atempause ein und begann von Neuem. »In der Halle blieb ich am Telefon stehen und rief Nixon an und bat ihn, mir unverzüglich einen Wagen zu schicken, da ich nach New York müsse; und zwar mit einem Fahrer, den er kannte. Und Nixon kam selbst mit dem Wagen ...«

Ihr Kopf sank auf das Kissen zurück, und sie blickte mich an wie ein verängstigtes Kind. »Das war nett von Nixon«, sagte sie.

»Ja; das war sehr nett von ihm. Aber als sie dich gehen sahen – die Dienstboten, meine ich ...«

»Ja. Nun, als ich auf mein Zimmer ging, läutete ich nach Agnes. Sie kam und sah so ruhig und beherrscht wie immer aus. Und als ich ihr sagte, dass ich in einer halben Stunde nach New York aufbrechen würde – ich sagte, es sei wegen einer dringenden Geschäftssache – nun, da ließ sie zum ersten Mal ihre Geistesgegenwart im Stich. Sie vergaß, überrascht dreinzublicken, sie vergaß sogar, irgendeinen Einwand zu erheben – und du weißt, wie gut sich Agnes auf das Erheben von Einwänden versteht. Und während ich sie beobachtete, sah ich in ihren Augen ein verstohlenes Fünkchen der Erleichterung aufblitzen, obwohl sie doch so auf der Hut war. Und sie sagte bloß: ›Sehr wohl, Madam‹, und fragte, was ich mitzunehmen wünsche. Gerade so, als ob es meine feste Angewohnheit sei, in einer Herbstnacht nach Einbruch der Dunkelheit noch schnell in irgendwelchen Geschäften nach New York zu sausen! Nein, sie tat falsch daran, nicht die geringste Verwunderung an den Tag zu legen – und mich nicht einmal zu fragen, warum ich denn nicht meinen eigenen Wagen nehme. Und die Tatsache, dass sie derart den Kopf verlor, erschreckte mich mehr als alles sonst. Denn ich erkannte, dass sie über meine Abreise eine solche Erleichterung empfand, dass sie aus Angst, sich zu verraten oder mich womöglich umzustimmen, kaum den Mund aufzutun wagte.«

Hierauf lag Mrs. Clayburn für lange Zeit schweigend da und atmete in ruhigeren Zügen; und endlich schloss sie die Augen, als fühle sie sich, jetzt, wo sie sich ausgesprochen hatte, viel wohler und wolle nun schlafen. Als ich leise aufstand, um hinauszugehen, wandte sie leicht den Kopf und murmelte: »Ich werde nie wieder nach Whitegates zurückkehren.« Dann schloss sie die Augen, und ich sah, dass sie am Einschlafen war.

Ich habe weiter oben die seltsamen Erlebnisse meiner Kusine aufgeschrieben, wie sie sie mir erzählte, ohne, hoffe ich, etwas Wesentliches auszulassen. Das ist alles, wofür ich mich hinsichtlich der Vorkommnisse in Whitegates verbürgen kann. Der Rest – und natürlich gibt es einen Rest – ist reine Spekulation; und ich lege ihn auch nur als solche dar.

Die Zofe meiner Kusine, Agnes, kam von der Insel Skye, und wie jedermann weiß, sind die Hebriden voll des Übernatürlichen – ob nun in der Form geisterhafter Erscheinungen oder dem fast noch gespenstischeren Sinn unsichtbarer Beobachter, die die langen Nächte dieser sturmumtosten Fleckchen Einsamkeit bevölkern. Auf jeden Fall betrachtete meine Kusine Agnes immer als den – vielleicht unbewussten, auf jeden Fall aber nicht verantwortlich zu machenden – Kanal, durch den die Botschaften von der anderen Seite des Schleiers den unterwürfigen Haushalt in Whitegates erreichten. Obwohl Agnes lange Jahre bei Mrs. Clayburn gewesen war, ohne ihre Affinität zu den unbekannten Mächten in irgendeiner Weise zu offenbaren, hatte die Fähigkeit, mit ihnen zu kommunizieren, vielleicht die ganze Zeit über in der Frau geschlummert und nur auf den Kontakt mit einem wesensgleichen Jemand gewartet; und dieser wesensgleiche Jemand war vielleicht die unbekannte Besucherin gewesen, die meine Kusine zwei Jahre hintereinander am Abend von Allerseelen auf der

Auffahrt von Whitegates getroffen hatte. Zweifelsohne untermauert das Datum meine Hypothese; denn ich nehme doch an, dass sich selbst in dieser phantasielosen Epoche noch ein paar Leute daran erinnern, dass die Nacht von Allerseelen die Nacht ist, in der die Toten über die Erde wandeln können – und in der, aus dem gleichen Grund, auch andere gute oder böse Geister von den Fesseln befreit werden, welche die Lebenden an den anderen Tagen des Jahres vor ihnen schützen.

Wenn die Wiederkehr dieses Datums mehr als ein Zufall ist – und ich für mein Teil glaube, dass dies zutrifft –, dann würde ich sagen, dass die fremde Frau, die zweimal an Allerseelen die Auffahrt von Whitegates entlangging, entweder eine »Geistererscheinung« oder, was noch wahrscheinlicher und noch beunruhigender ist, eine lebende Frau war, in deren Körper eine Hexe steckte. Die Geschichte der Hexerei weist, wie allgemein bekannt ist, eine Vielzahl solcher Fälle auf, und es hätte einer solchen Botin durchaus von den in diesen Dingen obwaltenden Mächten aufgetragen sein können, Agnes und die anderen Hausangestellten zu einem mitternächtlichen »Hexensabbat« an einem verlassenen Ort in der Nachbarschaft zu rufen. Um zu erfahren, was bei solchen geheimen Zusammenkünften geschieht und warum sie auf verzagte und abergläubische Gemüter eine so unwiderstehliche Faszination ausüben, braucht man sich nur an eine der zahllosen Schriften über diese mysteriösen Riten zu wenden. Jeder, der einmal auch nur den leisesten Wunsch verspürt hat, an einem Hexensabbat teilzunehmen, merkt bald, wie sich dieser Wunsch zur Begierde und die Begierde zu einem unbezähmbaren Verlangen steigert, welches, sobald sich ihm eine entsprechende Gelegenheit bietet, sämtliche Hemmungen beiseitefegt, da jene, die einmal an einem Hexensabbat teilgenommen haben, Himmel und Erde in Bewegung setzen, um dies abermals zu tun.

So also lautet meine – auf Mutmaßungen beruhende – Erklärung der sonderbaren Geschehnisse in Whitegates. Meine Kusine sagte zwar immer, sie könne nicht daran glauben, dass sich etwas, das vielleicht in die Einöde der Hebriden passte, im fröhlichen und dicht bevölkerten Tal des Connecticut zu ereignen vermochte; aber wenn sie nicht daran glaubte, so fürchtete sie es doch zumindest – solch moralische Paradoxe kommen nicht selten vor –, und obwohl sie darauf beharrte, dass es für das Rätsel irgendeine natürliche Erklärung geben müsse, begab sie sich nie wieder nach Whitegates, um dort in dieser Richtung Nachforschungen anzustellen.

»Nein, nein«, sagte sie jedes Mal mit einem leisen Zittern, wenn ich darauf zu sprechen kam, ob sie in ihr Haus zurückkehren wolle, »ich will auf keinen Fall riskieren, noch einmal diese Frau zu sehen ...« Und sie kehrte nie zurück.

ALGERNON BLACKWOOD
Besuch von Drüben

Es war elf Uhr nachts. Marriott, eingeschlossen in seinem Zimmer, saß über den Büchern, und der Kopf rauchte ihm vom vielen Studieren. Der junge Mann befand sich im vierten Studienjahr an der Edinburgher Universität und war bei dieser speziellen Prüfung schon so oft durchgefallen, dass seine Eltern ein für allemal erklärt hatten, sie könnten die Mittel für ein weiteres Studium nun nicht länger aufbringen.

Die Unterkunft war freilich billig und dementsprechend desolat. Es waren die Studiengebühren, die das viele Geld verschlangen. So hatte Marriott sich zusammengerissen und den festen Entschluss gefasst, alles auf diesen letzten Versuch zu setzen, bei dem es sozusagen um Tod oder Leben ging. Seit mehreren Wochen schon saß er bis zur Erschöpfung über seinen Büchern und trachtete, die verlorene Zeit und das vertane Geld einzubringen auf eine Art, die nur zu schlüssig bewies, dass er weder Geld noch Zeit richtig zu bewerten verstand. Kein durchschnittlich begabter Mensch – und Marriott gehörte in jeder Hinsicht zum Durchschnitt – kann sich's auf die Dauer leisten, seinen Geist so anzuspannen, wie Marriott dies in letzter Zeit getan hatte, ohne früher oder später die übelsten Folgen davonzutragen.

Unter den Studenten hatte er nur wenige Freunde oder Bekannte, und diese wenigen hatten im Hinblick auf den Ernst der Lage versprochen, künftig von aller nächtlichen Störung abzustehen. So war Marriott mehr denn überrascht, als ausgerechnet heute Nacht die Türglocke ertönte und einen späten Gast ankündigte. Jeder andere hätte in solchem Falle einfach die Klingel blockiert und sich in seiner Arbeit nicht weiter stören lassen. Nicht so unser Student, der ja viel zu irritiert war, als dass ihn die ungelöste Frage, wer denn der nächtliche Besucher sein und was ihn um diese Zeit hierhergebracht haben mochte, nicht die ganze weitere Nacht beunruhigt hätte. So blieb nur übrig, den Draußenstehenden unverzüglich einzulassen – um ihn danach so rasch wie möglich wieder loszuwerden.

Die Vermieterin war nach Gewohnheit Schlag zehn zu Bett gegangen. Nach diesem Zeitpunkt ließ sie sich durch keinerlei Klingelzeichen mehr stören. So riss sich Marriott denn mit einem Ausruf, der nichts Gutes für den Besucher verhieß, von seiner Arbeit los und schickte sich an, nach dem unzeitigen Gast zu sehen.

Die Straßen von Edinburgh waren zu so vorgerückter Stunde sehr still – und für Edinburgh war's eine vorgerückte Stunde. Besonders in der an sich schon ruhigen Umgebung der F-- Street, wo unser Student im dritten Stock zwei Zimmer gemietet hatte, störte um diese Zeit kein Laut mehr die nächtliche Stille. Marriott schritt schon den Korridor entlang, als die Glocke zum andernmal geläutet ward, und dies unnötig heftig.

So schloss er die Tür zu dem engen Treppenhaus auf, schon recht ärgerlich, ja ergrimmt ob der Unverfrorenheit solch wiederholter Störung.

»Die Burschen wissen doch allesamt, dass ich für mein Examen zu arbeiten habe! Wie um alle Welt können sie mich zu so nachtschlafender Zeit noch herausläuten?«

Seine Mitbewohner waren der Hauptsache nach Studenten, manche davon Mediziner wie er, oder aber armselige Juristen. Dann gab's noch ein paar Mieter, denen man ihre Profession nicht so ohne weiteres vom Gesicht ablesen konnte. Die steinerne Wendeltreppe war von Stockwerk zu Stockwerk von je einem Sparbrenner nur dürftig erhellt und wand sich zur Straße hinunter in einer Kahlheit, die von keinem Treppenläufer, ja nicht einmal durch ein Geländer gemildert wurde. Stellenweise waren die Stufen ein wenig sauberer gehalten – doch das hing einzig von der Vermieterin der betreffenden Etage ab.

Die Akustik einer Wendeltreppe scheint ihre Besonderheiten zu haben. So glaubte Marriott, wie er da an der geöffneten Gangtür wartete, das aufgeschlagene Buch noch in der Hand, der Urheber jener Tritte, welche nun die Treppe heraufpolterten, müsse schon im nächsten Moment in Sicht kommen. Das Geräusch der Stiefel war ja so laut und ertönte aus solcher Nähe, dass es dem Besucher voranzueilen schien. Marriott, der sich vergebens fragte, wer dieser späte Störenfried wohl sein mochte, war jedenfalls entschlossen, ihm einen denkbar unfreundlichen Empfang zu bereiten. Doch niemand zeigte sich. Nun hallten die Schritte fast schon unter Marriotts Nase, und noch immer kam ihr Urheber nicht in Sicht.

Eine plötzliche, unerklärliche Furcht wandelte den Wartenden an – und rann ihm als schauderndes Schwächegefühl den Rücken hinunter. Doch kaum verspürt, war es schon wieder überwunden. Marriott schwankte eben zwischen den beiden Möglichkeiten, entweder dem unsichtbaren Besucher über die Treppe entgegenzurufen oder aber die Gangtür zuzuschlagen und sich wieder zu seinen Büchern zu setzen, als an der obersten Treppenwindung die Ursache der Störung sehr langsam in sein Blickfeld tauchte.

Es war ein fremder Mensch von jugendlichem Aussehen und kleiner, jedoch breiter Statur. Das Gesicht war kreideweiß, und die nahezu gespensterhaft schimmernden Augen waren von tiefen Schatten untermalt. Obschon Wangen und Kinn unrasiert waren und die gesamte Erscheinung einen ungepflegten Eindruck erweckte, schien es sich doch um einen Gentleman zu handeln, denn der Fremde war gut gekleidet und hatte eine gewisse Würde an sich. Am befremdlichsten aber war der Umstand, dass er keinen Hut trug – auch nicht in der Hand. Und wiewohl es den ganzen Abend lang ohne Unterlass geregnet, hatte er weder einen Überrock an noch einen Schirm bei sich.

Eine Fülle von Fragen schoss Marriott durch den Sinn und drängte sich ihm auf die Lippen, so dass er schon drauf und dran war, etwas zu rufen wie »Wer sind Sie eigentlich?« und »Was um Himmels willen wollen Sie mitten in der Nacht von mir?« Doch er kam nicht dazu, dergleichen auszusprechen, denn in ebendiesem Augenblick wandte der Besucher ein wenig den Kopf, so dass seine Züge stärker dem Gaslicht ausgesetzt waren. Augenblicks erkannte Marriott sie wieder.

»Field! – Mann, dich gibt es auch noch?«, stieß er in höchster Überraschung hervor.

Unserm verbummelten Studenten gebrach es keineswegs an schneller Auffassung, und so hatte er auf den ersten Blick begriffen, dass hier Behutsamkeit am Platz war. Fast ohne zu denken, erriet er, dass die so oft vorhergesagte Katastrophe nun tatsächlich eingetreten – dass Field von seinem Vater nun endgültig vor die Tür gesetzt worden war. Marriott und Field hatten vor Jahren dieselbe Privatschule besucht, und wiewohl sie einander seit damals nur höchst selten zu Gesicht bekommen hatten, war unser Student dennoch bis ins Einzelne auf dem Laufenden geblieben, denn zwischen ihren Familien herrschten nachbarliche Beziehungen, und die beiderseitigen Schwestern waren dick befreundet. Der junge Field war späterhin auf die schiefe Bahn geraten – Marriott entsann sich dunkel, etwas von Trunksucht, Weibergeschichten, Opium oder dergleichen gehört zu haben, doch wusste er im Moment nicht genau, was es nun eigentlich gewesen war.

»Herein mit dir«, war sein erstes Wort, während sein Ärger sich mehr und mehr verflüchtigte. »Ich kann mir schon denken, was passiert ist! Herein mit dir, und erzähl, was es gegeben hat! Vielleicht, dass ich dir irgendwie von Nutzen –»Aber eigentlich wusste er nicht, was er sagen sollte, und stotterte nur zusammenhangloses Zeug vor sich hin. Die Nachtseiten des Lebens zusamt ihren Schrecknissen gehörten für ihn zu einer Welt, die fernab seiner eigenen, kleinen Enklave aus Büchern und Träumen lag. Das hieß aber nicht, dass er kein Herz dafür gehabt hätte.

Er führte den Freund zur Etagentür, schloss sie dann sorgfältig hinter ihm ab und bemerkte, dass der andere, obschon zweifellos nüchtern, auf recht unsicheren Beinen stand und offensichtlich zu Tode erschöpft war. Marriott hatte zwar seine Prüfungen nicht bestanden, doch war er zumindest fähig, die Symptome des Hungertodes zu erkennen, sobald er sie so unverhohlen vor Augen hatte – und zwar eines unmittelbar drohenden Hungertods, wenn ihn nicht alles täuschte.

»Komm doch weiter«, sagte er aufmunternd und mit echter Herzlichkeit. »Fein, dass du da bist. Ich war gerade dabei, eine Kleinigkeit zu essen – du kommst eben zurecht, mir dabei zu helfen.«

Der Angeredete erwiderte nichts, schlurfte aber so kraftlos weiter, dass Marriott ihn stützend unterfasste. Dabei bemerkte er erstmals, dass dem Freund die Kleider aufs Jämmerlichste um den Körper schlotterten. Die breite Erscheinung war buchstäblich nur Erscheinung und sonst nichts. Was sich darunter verbarg, war so klapprig wie ein Skelett. Dennoch überkam unsern Studenten, sobald er des Fremden Arm genommen, aufs Neue jenes fatale Gefühl aus Schwäche und Furcht. Doch verflog es auch diesmal so schnell, wie es gekommen war, und erklärte sich nur zu natürlich aus dem schockartigen Mitleid, das er beim Anblick des jammervollen Zustands empfunden, darin er einen alten Freund nun wiedersehen musste.

»Ich will dich lieber führen – man sieht ja nicht die Hand vor den Augen bei dieser scheußlichen Gangbeleuchtung! Andauernd beschwer' ich mich darüber«, sagte er leichthin. Gleichzeitig verriet ihm aber der Druck auf seinen Arm, wie bitter nötig der Gast die Stütze hatte. »Aber das alte Ekel von Vermieterin macht nur immer Versprechungen und tut nichts.« Er geleitete den Freund zum Sofa, wobei er sich beständig fragte, woher der andere wohl kommen und auf welche Weise er sich die Adresse verschafft haben mochte. Seit der Zeit ihrer engen Freundschaft an jener Privatschule mussten ja mindestens sieben Jahre vergangen sein.

»Und jetzt entschuldigst du mich für einen Augenblick«, sagte Marriott. »Ich will nur sehen, was sich an Essbarem findet. Du musst jetzt nicht reden, wenn's dich zu sehr anstrengt – mach dir's einfach auf dem Sofa bequem. Ich seh' ja, dass du todmüde bist. Du kannst mir das Ganze ebensogut später erzählen – es wird uns schon was einfallen.«

Der Gast nahm in der Sofaecke Platz und starrte schweigend vor sich hin, während Marriott den Laib

Schwarzbrot, etliche Scones und den großen Topf Marmelade hervorholte, wie ihn jeder Edinburgher Student im Schrank stehen hat. »Seine Augen glänzen, als hätt' er Opium genommen«, dachte der Gastgeber, während er hinter der Schranktür hervor den Freund verstohlen musterte. Noch immer wagte er nicht, ihm offen in die Augen zu sehen. Der Bursche befand sich in elender Verfassung, und so wär' es allzu sehr einer Untersuchung gleichgekommen, hätte man ihn angestarrt und Erklärungen von ihm erwartet. Überdies war er ganz offensichtlich zu sehr erschöpft, als dass er hätte sprechen können. So ließ Marriott ihn aus Gründen des Takts – und noch aus einem andern Grund, den er aber nicht in Worte zu fassen wusste – scheinbar unbeachtet und beschäftigte sich nur mit der Zubereitung des Abendessens.

Er zündete den Spirituskocher an, um Kakao zu machen, und rückte, sobald das Wasser kochte, den Tisch mit all den guten Sachen ans Sofa heran, damit der arme Field sitzen bleiben konnte, wo er war.

»Na, jetzt wollen wir mal«, sagte Marriott. »Und nachher zünden wir ein jeder unsre Pfeife an und reden die Sache in aller Gemütlichkeit aus. Weißt du, ich bin eben dabei, mein Examen zu machen, und esse immer erst um diese Zeit. Nett, dass du mir dabei Gesellschaft leistest.«

Er blickte auf, sah des Gastes Augen direkt auf sich gerichtet und konnte sich eines unwillkürlichen Schauders nicht erwehren: das Antlitz seines Gegenübers war ja totenbleich und von körperlichem wie seelischem Schmerz grässlich gezeichnet.

»Herrgott!«, rief Marriott aufspringend. »Das hab' ich ja ganz vergessen! Ich muss doch noch irgendwo eine Flasche Whisky haben! Was bin ich doch für ein Trottel! Aber ich rühr' das Zeug ja niemals an, sobald ich mich erst richtig ans Studieren gemacht habe.«

Er ging zum Geschirrschrank und goss einen großen Whisky ein, den der andere ganz ohne Wasser in einem Zug hinunterstürzte. Marriott, der ihm beim Trinken zusah, gewahrte dabei eine weitere Befremdlichkeit. Fields Anzug war nämlich über und über mit Staub beschmutzt, und an der einen Schulter zeigten sich sogar Spinnwebreste! Überdies war der Stoff vollkommen trocken, wiewohl der späte Gast durch den strömenden Regen gekommen sein musste, noch dazu ohne Hut, Schirm und Mantel! Dennoch war keine Spur von Nässe an ihm zu sehen, sondern seine Kleider waren sogar staubbedeckt! Also musste er trockenen Fußes hierhergelangt sein. Was mochte das bedeuten? War er am Ende im Haus versteckt gewesen?

Dies alles schien höchst sonderbar, aber Field verlor von sich aus kein Wort darüber. Marriott jedoch hatte mittlerweile beschlossen, keinerlei Fragen zu stellen, ehe sein Gegenüber sich nicht gesättigt und ausgeschlafen hatte. Zweifellos waren dem armen Teufel Essen und Schlaf am nötigsten – bei diesem Gedanken bildete Marriott sich nicht wenig auf die Sicherheit seiner Diagnose ein –, und so wäre es völlig fehl am Platz gewesen, dem Erschöpften mit Fragen zuzusetzen, ehe er sich einigermaßen erholt hatte.

So saßen sie gemeinsam beim Abendessen, während dessen Dauer der Gastgeber eine höchst einseitige Konversation aufrechterhielt – er redete hauptsächlich über sich selbst, seine Prüfungssorgen und »das alte Ekel« von Vermieterin, so dass der Gast kein einziges Wort zu äußern brauchte, er hätte denn von sich aus zu reden gewünscht. Dies war aber ganz offenkundig nicht der Fall. Doch während Marriott dem Essen höchst lustlos und mäßig zusprach, schlang sein Gegenüber die Mahlzeit voll Gier hinunter. Es kam für unsern unerfahrenen Studenten, der keine Ahnung davon hatte, wie es ist, *keine* drei Mahlzeiten täglich zu bekommen, einer Offenbarung gleich, diesen ausgehungerten Menschen kalte Scones, altbackenen Haferkuchen und Schwarzbrot mit Marmelade in sich hineinschlingen zu sehen. Fast gegen seinen Willen starrte er den Essenden an und fragte sich im Stillen, wie dieser es wohl fertigbringen mochte, nicht zu ersticken.

Indes, Field schien ebenso schläfrig wie hungrig zu sein: schon mehrmals war ihm der Kopf vornübergesunken und der Bissen unzerkaut im Mund steckengeblieben, so dass Marriott sich von Zeit zu Zeit gezwungen sah, den Einschlummernden wachzurütteln, auf dass er weiteräße. Im allgemeinen behält ja das stärkere Bedürfnis die Oberhand über ein schwächeres, doch dieser Kampf zwischen der Wachheit des brennenden Hungers und dem magischen Opiat übermächtigen

Schlafs war für unsern Studenten ein so merkwürdiges Schauspiel, dass er ihm halb staunend, halb angstbeklommen folgte. Zwar hatte er schon davon erzählen hören, wie groß das Vergnügen sei, einen Hungrigen zu speisen und ihm bei der Mahlzeit zuzusehen, doch hatte er dies noch niemals ausprobiert, und schon gar nicht hatte er sich die Sache so vorgestellt, wie er sie nun erlebte: Field schlang ja alles, was man ihm vorsetzte, wie ein Tier in sich hinein, stopfte sich damit voll und würgte es hinunter, dass einem angst und bange werden konnte! Marriott hatte seines Lernens völlig vergessen, und eine Rührung wandelte ihn an, die ihm jedes Wort im Hals zu ersticken drohte.

»Ich fürchte fast, es war zu wenig für dich da, alter Junge«, brachte er eben noch hervor, als schließlich auch die letzte Brotrinde verspeist und das einseitige Mahl unwiderruflich zu Ende war. Doch noch immer sagte Field kein Wort, sondern war nun vollends im Begriff, einzuschlafen, wo er saß. Einzig ein todmüder, dankerfüllter Blick war's, den er dem Freunde gönnte.

»Und jetzt musst du dich unbedingt ein wenig aufs Ohr legen«, fuhr dieser fort. »Sonst löst du dich mir noch in deine Bestandteile auf! Ich muss wegen dieses verwünschten Examens ohnehin die ganze Nacht wach bleiben – so kannst du inzwischen mein Bett benützen. Morgen früh setzen wir uns erst spät zum Frühstück, und – na, wir werden ja sehen – können Pläne machen. – Ich bin recht gut im Plänemachen, das weißt du ja«, fügte er in erkünstelt leichtem Ton hinzu.

Field bewahrte weiterhin sein tödliches Stillschweigen, schien jedoch mit dem gemachten Vorschlag einverstanden zu sein, und so geleitete Marriott seinen Gast ins Schlafgemach, wobei er sich vor dem halbverhungerten Sohn des Baronets, dessen Behausung einem Palaste gleichkam, wegen der Enge des Raumes entschuldigte. Indes, dem schlaftrunkenen Freund war keinerlei Regung des Dankes oder der Höflichkeit anzumerken. Er stützte sich auf den angebotenen Arm, durchquerte schwankenden Schrittes das Zimmer und ließ sich in all seiner Erschöpfung zusamt den Kleidern und Schuhen auf das Bett fallen. Es verstrich kaum eine Minute, und er lag in abgrundtiefem Schlaf.

Eine Zeitlang verharrte Marriott in der offenen Tür, um seinen sonderbaren Gast zu beobachten. Dabei sandte er ein Stoßgebet zum Himmel, er selber möge niemals in ähnliche Umstände geraten, machte sich aber gleich darauf Gedanken, was er denn mit solch ungebetener Einquartierung am Morgen anfangen solle? Indes, er gab sich derlei Überlegungen nicht allzu lange hin, denn die Bücher riefen gebieterisch nach ihm, und er musste, was auch immer geschehen mochte, darauf bedacht bleiben, sein Examen wenigstens dies letzte Mal zu bestehen.

Nachdem er die Gangtür zum andernmal versperrt hatte, machte er sich aufs Neue ans Lernen und nahm die Lektüre seiner Skripten zur *materia medica* an jener Stelle wieder auf, an der er durch das Klingeln gestört worden war. Allein, es fiel ihm fürs Erste recht schwer, sich wieder auf seinen Lernstoff zu konzentrieren: immer wieder musste er an des Freundes totenbleiches Gesicht, an dessen befremdlichen Blick und an die abgezehrte und schmutzige Gestalt denken, die nun in Kleidern und Schuhen auf seinem Bett lag. Auch gedachte er der gemeinsamen Schulzeit, als man einander ewige Freundschaft gelobt hatte, und dergleichen mehr. Was aber war nun aus alledem geworden? Es war fürchterlich! Wie konnte ein Mensch es nur fertigbringen, seinem Hang zur Ausschweifung dermaßen nachzugeben!

Einer jener Knabenschwüre aber, so schien es, war Marriott völlig entschwunden. Jedenfalls war er seinem Gedächtnis schon allzu fern, als dass unser Student im gegenwärtigen Moment sich seiner hätte entsinnen können.

Durch die halboffene Tür – der Schlafraum grenzte ans Wohnzimmer und hatte keinen anderen Zugang – ertönten die langsamen, tiefen Atemzüge, das regelmäßige, stetige Luftholen eines auf den Tod erschöpften Menschen. Und diese Erschöpfung war so brunnentief, dass Marriott sich davon angesteckt fühlte und am liebsten selber zu Bett gegangen wäre.

»Der hat's aber nötig gehabt«, überlegte er. »Und allem Anschein nach ist er gerade noch zur rechten Zeit ins Bett gekommen!«

Dies mochte nur zu wahr sein. Draußen heulte ja ein bitterkalter Sturm, blies vom Firth of Forth herüber landeinwärts, peitschte den Regen in eisigen Sturzbächen gegen die Scheiben und pfiff grausam durch die menschenleeren Gassen der schlafenden Stadt. Und noch lange nachdem Marriott sich wieder richtig in seine Studien vertieft hatte, vernahm er durch die Sätze des Lehrbuches beständig die schweren, abgrundtiefen Atemzüge des Schläfers im Nebenzimmer.

Als er zwei Stunden später – er langte eben gähnend nach einem weiteren Buch – das ziehende Atmen noch immer hörte, erhob er sich und näherte sich leise der Tür, um nach dem Schläfer zu sehen.

Zunächst spielte die Finsternis ihm einen Streich: er könnte absolut nichts wahrnehmen – seine Augen waren wohl noch irritiert und geblendet von dem Licht der Leselampe. Es dauerte Minuten, ehe er mehr unterscheiden konnte denn die massive Dunkelheit der Möbel, das schwere Schwarz der Schubladenkommode an der Wand und den weißlichen Fleck der Badewanne mitten im Zimmer.

Jetzt erst löste das Bett sich langsam aus dem Dunkel – jetzt erst gewann der Körper des Schlafenden nach und nach Gestalt vor Marriotts Augen: schien sich seltsam auszudehnen inmitten der Finsternis, bis er schließlich in scharfen Umrissen sichtbar war – ein langes, schwarzes Etwas über der weißlich herüberschimmernden Bettdecke.

Marriott konnte sich eines Lächelns nicht erwehren: Field hatte sich ja um keinen Zoll bewegt. Nachdem unser Student ihn noch einen Moment beobachtet hatte, kehrte er zu seinen Büchern zurück. Die Nacht war erfüllt von dem klagenden Singen aus Regen und Wind, doch keinerlei Laut kam von der Straße herauf. Kein Hansom klapperte über das Kopfsteinpflaster, und auch für den Milchwagen war's noch bei weitem zu früh. Doch unbeirrt und gewissenhaft arbeitete Marriott weiter. Nur ab und zu legte er eine Pause ein – etwa wenn er nach einem weiteren Buche griff, oder wenn er an dem giftigen Gebräu nippte, das ihn wach hielt und sein Denkvermögen anregte. In solchen Augenblicken waren Fields Atemzüge besonders deutlich zu vernehmen. Draußen rüttelte der Sturm noch immer heulend an den Dächern, aber im Haus war alles totenstill. Der Schirm der Leselampe versammelte das Licht auf dem mit Büchern und Heften übersäten Tisch, ließ aber das übrige Zimmer in dämmrigem Dunkel. Die Tür zum Schlafraum befand sich Marriott direkt gegenüber. Nichts war da, unsern Nachtarbeiter zu stören – nichts denn das gelegentliche Rütteln des Winds an den Fenstern, und ein leichter, ziehender Schmerz in Marriotts Arm.

Dieser Schmerz, über dessen Herkunft er sich keinerlei Rechenschaft zu geben wusste, schwoll aber bisweilen zu solcher Heftigkeit an, dass es nachgerade lästig wurde! Vergebens suchte Marriott sich zu erinnern, wann und auf welche Weise er sich am Arm so sehr gestoßen haben mochte.

Mit der Zeit ward das Gelb der vor ihm aufgeschlagenen Seite zu einem fahlen Grau, und der Lärm ersten Räderrollens polterte von der Straße herauf. Es war vier Uhr früh. Marriott lehnte sich zurück und gähnte unmäßig. Dann erhob er sich und zog die Vorhänge auf. Der Sturm hatte sich gelegt, und der Burgfelsen war in ziehende Nebelschwaden gehüllt. Mit einem weiteren Gähnen wandte der Übernächtigte sich von solch trübseligem Ausblick ab und machte sich daran, die vier bis zum Frühstück verbleibenden Stunden auf dem Sofa zu verschlafen. Noch immer kamen Fields schwere Atemzüge aus dem Nebenzimmer, und so schlich Marriott auf Zehenspitzen zur Tür, um abermals nach dem Schläfer zu sehen.

Vorsichtig spähte er hinter der halboffenen Tür ins Zimmer. Schon sein erster Blick fiel auf das im grauen Morgendämmer deutlich unterscheidbare Bett. Er strengte seine Augen an. Er rieb sich die Lider. Er rieb sie sich abermals und schob den Kopf ein wenig weiter in das Zimmer. Gelähmten Blickes stierte er immer starrer auf das Lager.

Aber dies alles konnte nichts daran ändern: er starrte in ein leeres Zimmer.

Mit einem Mal war die Furcht, welche sich bei Fields erstem Auftauchen fühlbar gemacht, wieder da: doch trat sie diesmal viel stärker in Erscheinung. Auch ward Marriott plötzlich inne, dass ihm ein tobender Schmerz im linken Arm saß. Aber er stand nur weiterhin da, maßlos verwundert, mit aufgerissenen Augen und verzweifelt bemüht, Ordnung in sein Denken zu bringen. Dabei zitterte er am ganzen Körper.

Nur unter großer Selbstüberwindung brachte er es

fertig, sich von dem Halt, den die Tür ihm gewährte, zu lösen und das Zimmer zu betreten.

Er schritt auf das Bett zu: der Eindruck, den der Körper des schlafenden Freundes darauf hinterlassen hatte, war noch deutlich zu sehen. Der Polster wies noch die Mulde auf, welche der Kopf verursacht hatte, und am Fußende der Bettdecke waren die leichten Einkerbungen zu sehen, die von den Schuhen herrührten. Und außerdem, deutlicher als zuvor – Marriott stand ja jetzt viel näher –, war da *das Atmen!*

Marriott versuchte, sich zusammenzureißen. Doch nur mit großer Mühe fand er seine Stimme wieder und rief den Freund mit Namen!

»Field! Bist das du? Wo steckst du denn?«

Doch es kam keine Antwort. Nur das Atmen ging weiter – ununterbrochen weiter, und es kam direkt aus dem Bett! Marriotts Stimme aber hatte einen so fremden Klang gehabt, dass er nicht wagte, seine Frage zu wiederholen. Aber er ließ sich auf die Knie nieder und untersuchte das Bett von allen Seiten, ja hob schließlich die Matratze ab und nahm sogar die Decken einzeln auseinander. Doch obwohl das Atmen fortdauerte, war da weder eine Spur von Field zu entdecken noch auch irgend ein Winkel, darin er sich etwa verbergen hätte können! Marriott rückte das Bett von der Wand – aber das Atmen *ertönte weiterhin an der alten Stelle!* Es war unabhängig vom Standort des Bettes.

Marriott, der in solch prekärer Lage an sich halten musste, um nicht die Nerven zu verlieren, machte sich sogleich an eine gründliche Durchsuchung des Zimmers. Er öffnete den Schrank, die Schubladenkommode, die kleine, begehbare Garderobe – mit einem Wort, er hielt in jedem erdenklichen Winkel Nachschau. Doch nirgends fand sich auch nur die Spur eines Menschen. Das winzige Fenster ganz oben an der Decke war geschlossen – es wäre ohnedies zu klein gewesen, auch nur eine Katze durchschlüpfen zu lassen. Die Wohnzimmertür aber war von innen versperrt, so dass auch sie nicht als Fluchtweg in Frage kam. Allerlei sonderbare Gedanken durchkreuzten Marriotts Hirn, und mit ihnen meldeten sich auch recht unwillkommene Empfindungen. Seine Erregung nahm von Minute zu Minute zu. Zum zweiten Mal durchsuchte er das Lager und warf alles Bettzeug so durcheinander, dass das Zimmer schließlich dem Schauplatz einer Polsterschlacht glich. Auch den Wohnraum unterzog er einer genauen Inspektion, wiewohl er wusste, dass dies die reine Zeitverschwendung war. Dennoch begann er die gesamte Prozedur zum andernmal! Kalter Schweiß brach ihm aus sämtlichen Poren, und die ganze Zeit hindurch ertönte das Geräusch des schweren Atmens unablässig aus jener Ecke, wo Field sich schlafen gelegt hatte.

Schließlich versuchte Marriott es auf andere Weise: er rückte das Bett wieder an seinen alten Platz – und legte sich genauso darauf, wie sein Gast darauf gelegen hatte. Doch schon im nächsten Moment war er mit einem Satz wieder auf den Füßen! Das Atmen war ja ganz nahe neben ihm erklungen, hatte seine Wange gestreift, war zwischen ihm und der Wand gewesen! Nicht einmal ein Kind hätte auf so schmalem Raum Platz gefunden.

Er eilte ins Wohnzimmer, riss die Fenster auf, ließ so viel Licht und Luft wie möglich herein und versuchte danach, die ganze Sache kalten Bluts zu überdenken. Menschen, welche sich beim Lernen überanstrengt und außerdem zu wenig geschlafen hatten, konnten mitunter – dies wusste er – von den lebhaftesten Halluzinationen heimgesucht werden. So ließ er denn aufs Neue jede Einzelheit der vergangenen Nacht vor sich Revue passieren: seine deutlichen Wahrnehmungen; all die lebendigen Details; die Gefühle, welche in ihm ausgelöst worden; das grässliche Abendessen. Nein, keinerlei Halluzination wäre imstande gewesen, all diese Erscheinungen hervorzubringen, noch dazu so lange Zeit hindurch! Doch überkam unsern Studenten ein ungutes Gefühl, sobald er an die wiederholten Schwächeanfälle dachte, die mit jenem sonderbaren Grauen verbunden gewesen, und sobald er sich der heftigen Schmerzen in seinem Arm erinnerte. Für diese beiden Phänomene wusste er keinerlei Erklärung.

Und überdies war da noch eine dritte Sache! Erst jetzt, da er alles noch einmal aufs Genaueste durchging, fiel es ihm auf: *Die ganze Zeit hindurch hatte Field kein einziges Wort gesprochen!* Doch wie zum Hohne solcher Überlegung drang aus dem Nebenzimmer in einem fort das Geräusch jenes Atmens – langgezogen, tief und regelmäßig. Das alles war unglaublich, war absurd!

Befallen von der Angst vor Hirnhautentzündung und Wahnsinn, stülpte Marriott sich die Kappe aufs Haar, fuhr in seinen Macintosh und verließ fluchtartig das Haus. Die frische Morgenluft auf Arthur's Seat würde ihm schon die Hirngespinste der Nacht aus dem Kopf blasen! Der Geruch des Heidekrauts und vor allem der Anblick der See mochten ein Übriges tun. So streunte er stundenlang über die regennassen Hänge oberhalb von Holyrood und kehrte erst dann nach Hause zurück, als er sich genug Bewegung gemacht hatte, um den Schrecken los zu sein, der ihm so hartnäckig in den Knochen gesessen. Als eine zusätzliche günstige Folge seines Entschlusses hatte sich ein wahrer Heißhunger eingestellt.

Als Marriott sein Zimmer betrat, erblickte er einen weiteren Besucher darin. Der Mann stand am Fenster, mit dem Rücken gegen das Licht. Es war Marriotts Studienkollege Greene, der sich auf dasselbe Examen vorbereitete.

»Hab' die ganze Nacht über den Büchern gesessen«, sagte er, »und mir vorgenommen, noch bei dir hereinzuschauen, um ein paar Skripten zu vergleichen und zu frühstücken. – So früh schon unterwegs?«, setzte er fragend hinzu. Marriott sagte etwas von Kopfschmerzen und dass ihm die frische Luft gutgetan habe. Daraufhin nickte Greene nur verständnisinnig und sagte »Aha!« Sobald aber das Mädchen den dampfenden Porridge auf den Tisch gestellt hatte und wieder gegangen war, fuhr er in forschendem Tone fort: »Hab' gar nicht gewusst, dass du mit Leuten verkehrst, die sich besaufen.«

Dies war offensichtlich eine Fangfrage, und so erwiderte Marriott trocken, auch er wisse nichts davon.

»Klingt aber geradeso, als würde nebenan einer seinen Rausch ausschlafen – meinst du nicht auch?«, beharrte der andere, indem er mit dem Kopf auf die Tür zum Schlafraum wies und den Freund lauernd fixierte. Die beiden starrten einander sekundenlang in die Augen, und dann sagte Marriott plötzlich und in ernstem Ton –

»Gottseidank! Also hörst es auch du!«

»Natürlich hör' ich es. Die Tür ist ja offen. Tut mir leid, dass ich so ungelegen gekommen bin.«

»Ach – darum geht's ja gar nicht«, sagte Marriott und dämpfte seine Stimme. »Es ist nur, weil ich so grenzenlos erleichtert bin. Ich will dir's erklären: nämlich, wenn auch du es hörst, dann ist ja alles in Ordnung! Ich hab' mich wirklich schon mehr geängstigt, als ich dir sagen kann! Hab' geglaubt, ich bekäme Hirnhautentzündung oder so was Ähnliches, und du weißt ja, wie viel für mich von diesem Examen abhängt. Es fängt ja fast immer mit Geräuschen oder Visionen oder irgendwelchen scheußlichen Halluzinationen an, und ich –«

»Jetzt aber Schluss mit dem Blödsinn!«, stieß Greene ungeduldig hervor. »Wovon *redest* du überhaupt?«

»Jetzt hör mir mal zu, Greene«, versetzte Marriott so ruhig er's vermochte, denn das Atmen drang ja noch immer vernehmlich aus dem Nebenzimmer. »Hör mir zu, und ich will dir alles erklären – nur, unterbrich mich bitte nicht immer!« Daraufhin berichtete er in allen Einzelheiten die Vorfälle der vergangenen Nacht. Er vergaß nichts – auch den Schmerz im Arm erwähnte er. Nachdem er geendet hatte, stand er vom Tisch auf, an dem die beiden Platz genommen, und durchquerte das Zimmer.

»Du hörst das Atmen doch ganz deutlich – oder nicht?«, fragte er. Greene bestätigte das. »Nun gut, so komm mit mir! Wir wollen das Zimmer gemeinsam durchsuchen.« Der Angeredete aber rührte sich nicht von seinem Platz.

»Bin schon drin gewesen«, sagte er verlegen. »Hab' das Atmen gehört und war der Meinung, das wärst *du*. Die Tür war ja nur angelehnt, und da bin ich hineingegangen.«

Marriott erwiderte nichts, sondern stieß die Tür ganz weit auf. Jetzt war das Atmen noch deutlicher zu vernehmen.

»Irgend jemand *muss* in dem Zimmer sein«, sagte Greene mit gedämpfter Stimme.

»Irgend jemand *ist* im Zimmer – aber *wo*?«, versetzte Marriott und bat den Freund aufs Neue, mit ihm hineinzugehen. Greene jedoch lehnte rundweg ab, indem er geltend machte, er sei ohnehin schon im Schlafzimmer gewesen, habe sich drin umgesehen, aber nichts finden können. Um keinen Preis wolle er den Raum nochmals betreten.

So schloss man die Tür und blieb im Wohnzimmer, um die Sache bei etlichen Pfeifen nochmals durchzusprechen. Greene wollte von dem Freund jede Einzelheit erfahren, doch wurde keiner von ihnen klüger daraus: alles Fragen konnte ja den Tatbestand nicht aus der Welt schaffen.

»Das Einzige, was sich vernünftig und logisch erklären ließe, sind die Schmerzen in meinem Arm«, sagte Marriott, wobei er sich die befallene Stelle mit gequältem Lächeln rieb. »Es tut höllisch weh, und das geht jetzt schon bis zur Schulter hinauf. Dennoch, ich kann mich nicht erinnern, mich irgendwo gestoßen zu haben.«

»Lass mich den Arm untersuchen«, schlug Greene vor. »Du weißt ja, Knochen sind mein Spezialgebiet, wiewohl die Prüfungskommission zur gegenteiligen Ansicht geneigt hat.« Beiden war's leichter ums Herz, ein wenig herumblödeln zu können, und so zog Marriott die Jacke aus und streifte den Hemdsärmel hoch.

»Beim Heiligen Sankt Georg – ich blute ja!«, rief er aus. »So schau doch! Was um alle Welt mag denn *das* bedeuten?«

Am Unterarm, knapp oberhalb der Handwurzel, zeigte sich ein dünner roter Strich, aus dem ein winziger Tropfen frischen Blutes sickerte. Greene trat herzu und besah sich die Stelle minutenlang. Dann setzte er sich wieder hin und blickte den Freund forschend an.

»Du musst dich gekratzt haben, ohne es zu merken«, sagte er schließlich.

»Es ist aber keinerlei Schwellung zu sehen. Nein, der Schmerz muss eine andere Ursache haben!«

Marriott saß reglos da und starrte nur schweigend auf seinen Arm, als wär' die Lösung des Rätsels einzig in dem roten Strich zu finden.

»Was hast du nur? Was soll denn schon dran sein an dem kleinen Kratzer?«, fragte Greene in unsicherem Ton. »Vielleicht waren's bloß deine Manschettenknöpfe! Bei den Aufregungen der letzten Nacht −«

Doch sein Gegenüber, plötzlich weiß bis in die Lippen, setzte schon zur Entgegnung an. Der Schweiß stand ihm in großen Tropfen auf der Stirn. Marriott beugte sich vor, bis sein Gesicht beinahe das des Freundes berührte.

»Schau her«, sagte er mit leiser, schwankender Stimme. »Siehst du die rote Narbe? Das, was sich *unterhalb* deines sogenannten Kratzers befindet?«

Jetzt vermeinte auch Greene etwas zu sehen. Marriott reinigte die Stelle mit dem Taschentuch und forderte danach den Freund auf, sie nochmals zu betrachten.

»Ja, jetzt seh' ich es«, versetzte dieser und hob, nachdem er die Stelle zum andernmal eingehend examiniert hatte, den Kopf. »Sieht aus, als wär's ein längst vernarbter Schnitt.«

»Das *ist* es auch«, flüsterte Marriott, und seine Lippen zitterten. »Erst jetzt ist mir alles wieder eingefallen.«

»Was meinst du mit ›alles‹?« Greene rutschte unruhig auf seinem Sessel herum. Er versuchte zu lachen, brachte es aber nicht fertig. Der Freund schien ja einem Zusammenbruch nahe.

»Schscht! Sei ruhig und – also, um es kurz zu machen«, sagte Marriott, »*es war Field, der den Einschnitt gemacht hat.*«

Minutenlang starrten die beiden einander an.

»Jawohl, *Field* hat den Einschnitt gemacht!«, wiederholte Marriott nach einer Weile in lauterem Ton.

»Field! Du meinst doch nicht gestern Nacht?«

»Nein, nicht gestern Nacht. Es ist schon Jahre her – in unserer Schulzeit war's, mit seinem Messer. Und *ich* hab' das Gleiche bei *ihm* getan.« Marriotts Worte überstürzten sich jetzt.

»Wir haben dann jeder einen Tropfen des eigenen Bluts in die Wunde des andern getan –«

»Aber um Himmels willen, warum denn?«

»Ach – eigentlich war's nur Kinderei. Wir haben uns Ewige Freundschaft gelobt, und den Schwur mit unserm Blut besiegelt. Mir schwebt jetzt wieder alles ganz deutlich vor Augen: wir hatten irgendeinen Schauerroman gelesen, und unter seinem Einfluss taten wir den Schwur, einander zu erscheinen – ich meine, dass derjenige von uns, der zuerst sterben würde, sich danach dem andern zeigen sollte. Und, wie gesagt, wir haben das mit unserm Blut besiegelt. Ich erinnere mich an jede Einzelheit – an den heißen Sommernachmittag auf dem Spielplatz vor sieben Jahren – und wie einer der Lehrer uns ertappt und uns die Messer weggenommen hat.

Aber bis auf den heutigen Tag hab' ich nie wieder daran gedacht – –«

»Und da glaubst du also –»stammelte Greene.

Doch Marriott gab keine Antwort, sondern stand lediglich auf, ging durchs Zimmer, legte sich erschöpft auf das Sofa und verbarg das Gesicht in den Händen.

Was Greene betrifft, so war er ein wenig durcheinander. Er überließ den Freund eine Zeitlang sich selbst und dachte noch einmal über die ganze Sache nach. Plötzlich schoss ihm ein Einfall durch den Kopf. Er trat zu dem noch immer auf dem Sofa liegenden Marriott und zwang ihn, sich aufzurichten. Ob Erklärung oder nicht, es war in jedem Falle besser, die Tatsachen ins Auge zu fassen. Zurückzuweichen hatte sich noch immer als der unvernünftigste Ausweg erwiesen.

»Weißt du, Marriott«, begann er, sobald der andere ihm sein bleiches Antlitz zugewandt hatte, »es führt zu nichts, sich dermaßen darüber aufzuregen. Wenn's wirklich nur Halluzinationen sind, so wissen wir, was zu tun ist. Und sind es keine – na, dann wissen wir, was wir davon zu halten haben. Meinst du nicht auch?«

»Wahrscheinlich. Aber aus irgendeinem Grund macht es mir furchtbare Angst«, versetzte der andre kaum hörbar. »Und dass der arme Teufel – «

»Nun gut – und wenn das Schlimmste eingetroffen sein sollte, und – und der Bursche tatsächlich von drüben kommt –, na, so hat er eben sein Versprechen gehalten, und weiter nichts! Hab' ich nicht recht?«

Marriott nickte.

»Also wär' da nur noch *eine* Sache«, fuhr Greene fort. »Nämlich, ob du ganz sicher bist, dass er beim Essen – also, dass er tatsächlich *etwas gegessen hat?*« Der Frager hatte seine Gedanken kurzerhand in diesen Satz zusammengefasst.

Marriott starrte sein Gegenüber sekundenlang an und sagte dann, dies ließe sich unschwer feststellen. Er sprach jetzt ganz ruhig. Nach dem ersten und größten Schock konnte ihn nichts mehr überraschen.

»Ich hab' nach dem Essen alles eigenhändig weggeräumt«, sagte er. »Es muss noch im dritten Kastenfach stehen, denn seither ist nichts mehr angerührt worden.«

Er wies, ohne aufzustehen, nach dem Schrank. Greene verstand den Wink und erhob sich, um selber nachzusehen.

»Ganz wie ich gedacht habe«, sagte er, nachdem er einen kurzen Blick hinein getan. »Zum Teil war's Halluzination, das dürfte nun feststehen. Es ist nämlich alles noch da. Komm her und überzeug dich!«

Sie sahen gemeinsam nach. Und wirklich, da lag noch der Laib Schwarzbrot, da stand noch der Teller mit den altbackenen Scones und dem Haferkuchen, und alles war unberührt. Sogar das Glas Whisky, welches Marriott vollgegossen hatte, war nicht ausgetrunken.

»Du hast also niemanden bewirtet«, sagte Greene. »Field hat nicht das Geringste gegessen oder getrunken. Er war überhaupt nicht da!«

»Aber das Atmen?«, stieß Marriott tonlos hervor und starrte dem Freund entgeistert ins Gesicht.

Dieser blieb die Antwort schuldig und trat wortlos zur Schlafzimmertür. Marriott blickte ihm nach, wie er die Tür öffnete und horchte. Danach erübrigte sich jedes weitere Wort: das Geräusch jenes tiefen, regelmäßigen Atmens hing noch immer in der Luft. Dies zumindest war keine Sinnestäuschung. Marriott konnte es trotz der Distanz ganz deutlich vernehmen.

Greene zog die Tür wieder zu und kam zurück. »Jetzt bleibt nur mehr eines zu tun«, erklärte er mit aller Bestimmtheit. »Du musst brieflich zu Hause anfragen, was nun eigentlich mit ihm passiert ist. In der Zwischenzeit kommst du zu mir und bereitest dich auf dein Examen vor. Bei mir steht ohnehin ein zweites Bett.«

»Einverstanden«, versetzte unser Student. »Zumindest diese Prüfung ist ja keine Sinnestäuschung. Ich muss sie bestehen, was immer auch geschehen mag.«

Damit war die Sache fürs Erste abgetan.

Eine Woche später hielt Marriott die Antwort seiner Schwester in Händen. Einen Teil ihres Briefes las er dem Freunde vor.

»Es ist merkwürdig«, so hatte die Schwester geschrieben, »dass Du Dich gerade jetzt nach Field erkundigst. Das alles ist leider recht schrecklich, aber Du weißt ja, es ist noch nicht lange her, dass Sir John die Geduld verloren und ihn endgültig vor die Tür gesetzt hat – ohne einen Penny übrigens, wie man hört. Nun, Du wirst es nicht für möglich halten, aber der arme Junge hat sich umgebracht. Zumindest deutet alles darauf hin, dass es ein Selbstmord war. Nämlich, anstatt das Haus zu verlassen, hat er sich im Keller versteckt und ist dort ganz einfach verhungert ... Natürlich will man jetzt die Sache vertuschen, aber unser Dienstmädchen hat mir alles haarklein erzählt. Sie hat's von einem Bediensteten der Fields ... Man hat den Leichnam am vierzehnten gefunden, und der Arzt stellte fest, dass der Tod seit etwa zwölf Stunden eingetreten war ... Der arme Field war bis auf die Knochen abgemagert ...«

»Dann ist er also am dreizehnten gestorben«, sagte Greene.

Marriott nickte.

»Das wäre genau die Nacht, in der er dich besucht hat.«

Marriott nickte.

H. P. LOVECRAFT
Die Musik des Erich Zann

Mit größter Sorgfalt studierte ich Pläne und Karten der Stadt, fand jedoch nie wieder jene Rue d'Auseil. Und es waren nicht nur moderne Pläne, die ich untersuchte; ich weiß, dass Straßennamen häufig Veränderungen unterworfen sind. Ich ließ es mir, im Gegenteil, nicht entgehen, die seltensten und ältesten Karten dieser bizarren Stadt durchzuforschen, ich unterließ nichts, in dieser immerwährenden Dämmerung eine wenn auch noch so bescheidene Spur zu verfolgen, die mich vielleicht doch nach dieser verschollenen, traumversponnenen Straße hätte führen können; allein, was ich auch tat, meine Unternehmungen waren von Anfang an zum Misslingen verurteilt, und es blieb mir nichts denn die demütige Erkenntnis, dass es für mich in aller Zukunft ein Ding der Unmöglichkeit sein würde, jemals dieses Haus, diese Straße, ja selbst die weitere Umgebung wiederzufinden, in der ich in den letzten Monaten meines Hungerlebens als Student der Metaphysik Erich Zanns Musik vernahm.

Es wundert mich keinesfalls, dass meine Erinnerung zerstört ist, denn meine Gesundheit, körperlich wie geistig, hatte während meines Aufenthaltes in der Rue d'Orsay schwer gelitten; auch entsinne ich mich nicht, jemals einen von den wenigen Bekannten, die ich hatte, dorthin mitgenommen zu haben. Dass ich jedoch diesen Ort nicht mehr aufzufinden vermag, erscheint mir einzig dastehend und verwirrend – war er doch keine halbe Stunde Wegs von der Universität entfernt, und außerdem gab es da einige besondere Einzelheiten, die einer, der die Gegend gesehen hatte, kaum mehr hätte vergessen können. Ich bin allerdings noch mit keinem Menschen zusammengetroffen, der die Rue d'Auseil gekannt hätte.

Die Rue d'Auseil lag jenseits eines finsteren, von uralten Lagerhäusern und Speichern begleiteten Flusses, der träge in ein nebeliges Nichts zog. Irgendwo überspannte eine wuchtige Brücke aus schwarzem Stein seine Wässer. Diese Gegend um den Fluss lag fast immerwährend in einem Gedämmer aus Schatten und dem Rauch trauriger Ausdünstungen. Die vielen Fabriken, die seine Nachbarschaft ausmachten, schienen die Sonne schon von vorneherein ausgeschlossen zu haben. Der Fluss selbst war voll von übelriechendem Dunst, einem eigenartigen Gestank, der mir sonst noch nirgendwo begegnet ist – und vielleicht wird mir dieser Umstand einmal dienlich sein, die verlorene Straße wiederzufinden, da ich diesen eklen Geruch aus hundert anderen herauserkennen würde. Auf der anderen Seite der Brücke befanden sich enge, bucklig gepflasterte Straßen mit Eisengeländern; und bald darauf erreichte man einen Anstieg, der sich zuerst gemächlich hochzog, dann aber, kurz bevor man in die Rue d'Auseil kam, unglaublich steil wurde. Ich habe in meinem Leben noch keine so enge Straße gesehen! Sie war nahezu für alle Fahrzeuge gesperrt, eine Klippe, die aus mehreren durch Stufen verbundenen Plätzchen oder Etagen bestand, und sie wurde an ihrer höchsten Stelle von einer riesigen, mit grauem Efeu überwucherten Mauer abgeschlossen. Das Pflaster war unterschiedlich: hier breite Steinplatten, dort katzbuckeliges, festgefügtes Geröll, manchmal auch nur die bloße, von fahlgrünen, namenlosen Moosen und Gräsern bedeckte Erde. Die Häuser waren hoch, spitzgiebelig und unglaublich alt, hin und wieder beugten sie sich weit vor; man hätte meinen können, die Dachtraufen berührten einander, und man konnte den Himmel nicht mehr erkennen. Ja, man hatte sogar häufig das Gefühl, durch langgestreckte Torbögen zu gehen, ein Umstand, der das Licht nahezu verbannte, und wenn ich mich recht entsinne, so war diese traurige Region aus Dunkelheit und Schemen an verschiedenen Stellen von kleinen Brücken, die Haus mit Haus verbanden, überspannt.

Auch die Bewohner dieser Straße übten auf mich einen sonderbaren Eindruck aus. Zuerst glaubte ich, sie seien nur schweigsam und verschlossen; später aber kam ich darauf, dass ich es mit sehr, sehr alten Menschen zu tun hatte. Was mich ursprünglich bewogen hatte, in einer solchen Straße zu wohnen, habe ich vergessen; aber ich war, als ich dorthin zog, kaum mehr Herr meiner selbst. Ich hatte bereits in vielen, höchst elenden Vierteln gelebt, mein ständiger Geldmangel ließ mir keine andere Wahl, bis ich schließlich in diesem zerfallenden Haus in der Rue d'Auseil landete, das von Monsieur Blandot, einem halbgelähmten Greis, unterhalten wurde. Es war das dritte Haus von oben und bei weitem das höchste von allen.

Mein Zimmer lag im fünften Stock. Es war dort der einzige bewohnte Raum, das übrige Haus stand fast leer. In jener Nacht, in der ich einzog, vernahm ich vom Dachboden aus über mir seltsame Melodien und erkundigte mich am nächsten Morgen bei Blandot nach ihrer Bedeutung. Er sagte mir, dass über mir ein alter Violinspieler wohne, ein Deutscher namens Erich Zann, der Abend für Abend im Orchester eines drittklassigen Tingeltangels sein Brot verdiene. Die so hochgelegene Behausung habe er nur deshalb gemietet, weil er stets nach Beendigung der Vorstellung für sich selbst musiziere und dabei möglichst ungestört sein wolle. Das eine Giebelfenster, welches sein Raum besaß, war die einzige Stelle in dieser Gegend, von der aus man über die Mauer hinweg auf das dahinterliegende Panorama blicken konnte.

In der Folge hörte ich Zann jede Nacht spielen, und obgleich ich deshalb oft keinen Schlaf finden konnte, war ich von der Unheimlichkeit seiner Melodien begeistert. Ich verstehe kaum etwas von Musik, aber dennoch wurde mir bald bewusst, dass Zanns Musik auch nicht im Geringsten mit den Kompositionen, die ich bisher gehört hatte, in Verbindung gebracht werden konnte. Dieses war der Grund, weshalb ich zu der Erkenntnis gelangte, dass Erich Zann ein Komponist von höchster

Genialität sein müsse. Und je länger ich seinem Spiel lauschte, desto mehr war ich davon bezaubert. Nach einer Woche war ich so weit, dass ich mich entschloss, die Bekanntschaft des alten Mannes zu suchen.

Als er eines Nachts heimkehrte, hielt ich ihn im Treppenhaus an, sagte ihm, dass ich ihn gern kennenlernen wolle, und bat ihn auch, einmal seinem Spiel zuhören zu dürfen. Er war ein kleiner, magerer, vornübergebeugter Mann, in schäbigen Kleidern, hatte blaue Augen, ein wunderliches Satyrsgesicht, und war nahezu kahl. Anfangs schienen ihn meine Worte zu verärgern und zu erschrecken, aber schließlich brach meine offensichtliche Freundlichkeit das Eis, und er bedeutete mir brummend, ihm über die knarrenden, quietschenden Dachbodentreppen zu folgen. Sein Zimmer – es gab deren nur zwei unter dem hochgiebeligen Dach des Hauses – lag an der. Westseite, also jener hohen Mauer gegenüber, die das obere Ende der steilen Straße bildete. Es war äußerst geräumig und schien durch seine große Kahlheit und Verwahrlosung noch größer zu wirken. Die spärliche Einrichtung bestand aus einer schmalen, eisernen Bettstatt, einem verschmutzten Waschständer, einem Tischchen, einem hohen Bücherregal, einem Notenpult und drei altmodischen Stühlen. Stöße von Notenblättern waren über die Dielen verstreut, gestapelt, die Wände hatten wahrscheinlich nie einen Verputz gesehen, und die Unmenge von Spinnweben, die überall staubschwer herunterhingen, ließen diese Räumlichkeit eher verlassen als bewohnt erscheinen. Offensichtlich lag Zanns ästhetische Welt in irgendeinem unendlich fernen Kosmos seiner Imagination.

Der stumme Alte verschloss mit einem großen Holzriegel die Türe und gab mir ein Zeichen, mich zu setzen. Dann entzündete er ein Wachslicht, um genauer sehen zu können, wen er da mitgebracht hatte. Er nahm sein Instrument aus einem mottenzernagten Tuch, setzte es ans Kinn und ließ sich auf dem Stuhl nieder, der ihm von den dreien am wenigsten unbequem schien. Er spielte ohne Noten, fragte mich auch nicht nach meinen Wünschen, sondern improvisierte frei drauflos und unterhielt mich über eine Stunde lang mit der wunderseltsamsten Musik; Melodien, die er sich gerade ausgedacht haben musste. Für den unerfahrenen Zuhörer, wie ich einer bin, ist die Eigenart dieser Harmonien nicht zu beschreiben. Es war eine Art Fuge, deren stets wiederkehrendes Thema durch seine unglaubliche Vollendung die Seele fesselte; allein in den Nächten zuvor, von meinem Zimmer aus, hatte ich noch ganz andere Klänge gehört – ich vermisste jetzt diese vollends unirdischen, unheimlichen Klänge, die der alte Mann in seiner Einsamkeit für sich selbst hervorzubringen pflegte.

Als nun der Geiger sein Instrument absetzte, bat ich ihn, mir doch eines jener Stücke vorzuspielen, aus denen ich bereits seit Tagen Stellen vor mich hinpfiff oder ganz unbewusst summte. Bei diesen Worten verlor das runzlige Satyrsgesicht mit einem Male die dumpfe Gelassenheit, die ihm während des Spieles wie eine Maske angelegen hatte, um einer ähnlichen Mischung aus

Furcht und Ärger Platz zu machen, wie ich sie zuvor im Treppenhaus an ihm beobachtet hatte. Ich dachte zuerst daran, ihm gut zuzureden; alte Leute, so schien es mir, sind ziemlich leicht umzustimmen; auch überlegte ich, ob es nicht angebracht sei, einige Fetzen dieser merkwürdigen Musik zu pfeifen. Das allerdings gab ich sogleich wieder auf, denn das Gesicht des stummen Musikers verzerrte sich plötzlich zu einer unmöglich zu beschreibenden Grimasse; seine lange, kalte, knochige Hand fuchtelte mir vor dem Mund herum, um meine plumpe Imitation zu ersticken. Gleichzeitig warf er einen angsterfüllten Blick nach dem verhängten Fenster, als fürchte er irgendeinen Eindringling – ein Blick, der mir doppelt absurd schien, da doch dieses Fenster so hoch und unerreichbar über all den andern Giebeln und Dächern lag und, wie mir der Hausmeister erzählt hatte, selbst die ungeheure Mauer überragte.

Der verstohlene Blick des Alten rief mir wieder Blandots Bemerkung ins Gedächtnis zurück, und in mir wurde der Wunsch wach, selbst einmal über die mondüberglänzten Dächer zu schauen. Ich trat auf das Fenster zu und hätte den Vorhang weggezogen, wäre mir nicht Erich Zann mit noch größerem Zorn als zuvor in den Arm gefallen. Und während er sich mühte, mich mit beiden Händen vom Fenster wegzuzerren, deutete er mit dem Kopf nach der Türe. Nun vollends angewidert vom Betragen meines Gastgebers, befahl ich ihm, mich loszulassen, da ich auf der Stelle gehen wolle. Sein knochiger Griff, der meine Handgelenke umspannte, ließ nach, und da er meines Ekels und meiner Betroffenheit gewahr wurde, verminderte sich sein eigener Zorn. Gleich darauf verstärkte er aber wieder seinen Griff, diesmal jedoch in einer herzlichen Art, und nötigte mich zum Sitzen; dann, mit einem Ausdruck leiser Traurigkeit, begab er sich an den unaufgeräumten Tisch, nahm einen Bleistift und schrieb in der ungelenken Art, wie sie Ausländern eigen ist, Sätze in Französisch auf ein Blatt Papier.

Die Mitteilung, die er mir schließlich hinschob, war eine Bitte um Nachsicht und Verzeihung. Zann brachte darin zum Ausdruck, dass er alt und einsam sei, von seltsamen Ängsten, Nervositäten befallen, die mit seiner Musik und gewissen anderen Dingen zusammenhingen. Er habe sich über mein Zuhören gefreut und sähe gerne, dass ich wiederkäme, wenn ich mich nicht zu sehr an seinem exzentrischen Benehmen störte. Die unheimlichen Melodien könne er jedoch unmöglich für einen anderen spielen, er könne es nicht ertragen, dass sie ein zweiter höre, noch litte er es, dass ein Fremder etwas in seinem Zimmer berühre. Zann hatte bis zu unserem Gespräch im Treppenhaus keine Ahnung davon gehabt, dass man sein Musizieren vernehmen könne, und fragte mich nun, ob mir Blandot nicht ein tiefergelegenes Zimmer beschaffen könne; er habe es nicht gerne, wenn man ihn bei seinem Spiel belausche. Für die Differenz der Miete, so schrieb er in seiner Mitteilung, würde er ohne weiteres aufkommen. Als ich so dasaß und das jämmerliche Französisch zu entziffern versuchte, fühlte ich mich dem alten Manne gegenüber schon erheblich milder gestimmt. War er doch, wie ich, Opfer physischer Leiden und nervöser Bedrückungen! und meine metaphysischen Studien hatten mich gelehrt, tolerant zu sein. Vom Fenster her drang ein schwacher Laut durch die Stille – wahrscheinlich hatte sich ein Fensterladen im Nachtwind bewegt, und aus irgendeinem Grund fuhr ich fast ebenso heftig zusammen wie Erich Zann. Nachdem ich fertig gelesen hatte, schüttelte ich meinem Gastgeber die Hand und schied als Freund.

Tags darauf gab mir Blandot ein besseres Zimmer im dritten Stock. Es befand sich zwischen den Wohnungen eines Geldverleihers und eines achtbaren Tapezierers. Der vierte Stock war unbewohnt.

Es dauerte nicht lange, und ich fand heraus, dass Erich Zann gar nicht so sehr an meiner Gesellschaft gelegen war, wie es zuerst den Anschein gehabt hatte, als er mich überredete, aus dem fünften Stock auszuziehen. Er bat mich nicht mehr um meinen Besuch, und als ich dann doch zu ihm ging, spielte er unaufmerksam und eher verdrossen. Diese Besuche waren stets nur zur Nacht möglich – tagsüber schlief er und ließ niemanden zu sich. Dadurch wuchs meine Zuneigung zu ihm nicht gerade, aber dieses Dachzimmer und die unheimliche Musik übten immer noch eine seltsame Faszination auf mich aus. Ich hatte große Lust, einmal durch dieses Fenster zu blicken, über die hohe Mauer hinweg, hinter der, wie ich dachte, die Türme und Dächer der Stadt schimmern müssten. Einmal schlich ich mich hinauf – Zann war gerade im Theater –, aber ich fand die Türe abgeschlossen vor.

Mehr Glück hatte ich beim Belauschen des nokturnen Spiels. Auf Zehenspitzen tappte ich durch die zitternde Dunkelheit zu meiner früheren Wohnung hinauf, wurde aber bald kühn genug, über die knarrenden Treppen bis vor das Zimmer des Alten zu steigen. Dort, in dem engen Vorraum, stand ich an der verriegelten, schlüssellochverhangenen Türe und lauschte den Klängen, die mich manchmal mit einer bizarren, unerklärbaren Furcht durchdrangen – mit einer Furcht aus nebelhaften Wundern und brütenden Geheimnissen.

Nicht, dass die Musik an sich furchterregend gewesen wäre, das kann man wirklich nicht behaupten – aber irgendetwas lag in ihren Schwingungen, das nicht aus dieser Welt sein konnte. Ja, hin und wieder erreichte das Spiel symphonische Qualität, von der man sich nur schwer vorstellen konnte, dass sie von einem einzigen Musiker hervorgebracht wurde. Eines stand jedenfalls fest: Erich Zann war ein Genius von wilder Kraft. Im Laufe der folgenden Wochen wurde sein Spiel immer ungebärdiger, während er selbst in zunehmendem Maße körperlich verfiel, so dass es ein Jammer war, ihn anzusehen. Er wollte mich erst überhaupt nicht mehr zu sich lassen und wich mir aus, wenn wir einander auf der Treppe begegneten.

Als ich eines Nachts wieder an seiner Türe lauschte, türmten sich die Klänge der schrillenden Violine zu einem chaotischen Babel von Harmonien; an mein Ohr drang ein wahnwitziges Pandämonium, das mich an meinem eigenen Verstand hätte zweifeln machen können, hätte nicht plötzlich ein Schrei aus dem Zimmer des Alten bewiesen, dass dieser Horror kein Traum war – ein ungeheuerlicher Schrei in höchster Furcht und grausigstem Schrecken, unartikuliert, wie ihn nur ein Stummer hervorbringen kann. Ich trommelte mit den Fäusten gegen die Türfüllung, erhielt aber keine Antwort. Vor Grauen und Kälte zitternd, wartete ich, ich weiß nicht wie lange, in der Dunkelheit des Vorraumes, bis ich endlich vernahm, wie sich drinnen der arme Musiker mit schwachen Kräften an einem Stuhl hochzuziehen versuchte. Da ich vermutete, dass er gerade aus einer Ohnmacht erwacht sei, pochte ich abermals und rief ihn beim Namen. Ich vernahm, wie Zann ans Fenster taumelte und es verschloss. Dann kam er an die Türe, um mich einzulassen. Diesmal war seine Freude, mich bei sich zu haben, aufrichtig; denn ein Ausdruck der Erleichterung leuchtete aus seinen verzerrten Gesichtszügen, und er klammerte sich wie ein Kind an meine Kleider.

Heftig zitternd drückte er mich auf einen Stuhl, setzte sich selbst auf einen anderen, neben dem, achtlos hingeworfen, Violine und Bogen lagen. Er verharrte untätig eine Zeitlang, es war mir aber dennoch, als lausche er bang in die Stille hinein. Nach und nach schien er sich zu fassen, schließlich wandte er sich zum Tisch und schrieb etwas auf einen Zettel. Seine kurze Notiz beschwor mich, um Gottes willen so lange zu warten – und sei es nur, um meine Neugier zu befriedigen –, bis er mir einen vollständigen Bericht über die Wunder und Schrecken, von denen er besessen sei, in deutscher Sprache abgefasst habe. Ich wartete, und der Bleistift des Stummen flog über das Papier. Es war etwa eine Stunde später, und die fieberhaft bekritzelten Blätter des alten Musikers waren allmählich zu einem Stapel angewachsen, als ich bemerkte, wie Zann plötzlich hochfuhr, von eisigem Schreck durchzuckt. Seine Augen waren starr auf das Fenster gerichtet, er wand sich förmlich vor Schauder; dann war mir, als hörte ich ein feines Klingen, fand es aber keineswegs furchterregend – es war eher eine Harmonie, die mir unglaublich zart und endlos ferne schien. Ich hielt es für Geigenspiel in einem benachbarten Haus oder in irgendeiner Wohnung, die hinter dieser Mauer lag, über die ich noch niemals hatte blicken können. Auf Zann aber hatte es eine schreckliche Wirkung; er ließ seinen Bleistift fallen, erhob sich mit einem Ruck, griff nach Violine und Bogen und spielte die ganze Nacht so besessen und wild, dass ich diese Musik nur mit der von mir heimlich belauschten vergleichen konnte.

Es wäre ein vergebliches Unterfangen, das Spiel Erich Zanns in jener schrecklichen Nacht beschreiben zu wollen. Es war grauenvoller als alles, was ich je in meinem Leben gehört habe, und ich sah zum ersten Mal den Ausdruck seines Gesichts während des Spiels, ein Antlitz, aus dem ich lesen konnte, dass diesmal blanke Furcht das Motiv war. Er versuchte etwas zu übertönen, das von draußen her einzudringen drohte – was es aber war, konnte ich mir nicht erklären, doch fühlte ich instinktiv seine Schrecklichkeit. Das Spiel wurde immer phantastischer, fiebriger und hysterischer, drückte aber bis ins kleinste Detail das Genie des alten Mannes aus. Nun erkannte ich auch die Melodie – es war eine wilde ungarische Weise, und mir wurde für einen Augenblick bewusst, dass ich zum ersten Mal Zann das Werk eines anderen Komponisten spielen hörte.

Lauter und immer toller stieg das Schreien und Wimmern des vom Wahnsinn ergriffenen Instrumentes. Sein Spieler schien sich in unheimlichem Schweiße aufzulösen, verrenkte sich wie ein Affe und starrte in sich steigernder Panik nach dem verhängten Fenster. Ich sah in seinen irrsinnsnahen Klangfetzen förmlich bacchanalisch tanzende Satyrn, die in einem delirischen Reigen durch brodelnde, kochende Schlünde und Wolkenschluchten, durch Blitze infernalische Dämpfe wirbelten. Und dann war mir, als hörte ich dazwischen einen fremden, schrilleren Ton – langgezogen schwoll er an: ein ruhiger, wohlüberlegter, zweckbedingter, spöttischer Klang von fernher aus dem Westen.

In diesem Augenblick begannen die Fensterläden in einem heulenden Nachtsturm, der draußen unvermittelt eingesetzt hatte, wie irrsinnig zu rütteln, als wollten sie dem Geigenden damit antworten. Zanns Violine brachte nun Töne hervor, wie ich sie in einem solchen Instrument niemals vermutet hätte. Die Fensterläden klapperten immer lauter und wilder, rissen sich endlich los und schlugen mit aller Gewalt gegen die Scheiben. Dann zerbarst das Glas, und der frostige Sturm stieß in das Zimmer, brachte die Kerzenflamme fast zum Verlöschen und fuhr jaulend in die Blätter, auf die Zann sein furchtbares Geheimnis zu schreiben begonnen hatte. Ich blickte zu ihm hinüber und sah, dass er bereits die Grenzen des klaren Bewusstseins überschritten hatte. Seine wasserblauen Augen traten unnatürlich hervor, sie starrten glasig und trübe wie verfaulte Holzäpfel, sein aberwitziges Geigenspiel aber war in eine blinde, unkontrollierte mechanische Orgie übergegangen, die keine Feder wiederzugeben vermag.

Ein jäher Luftstrom, der alle vorhergegangenen übertraf, erfasste die beschriebenen Blätter und trieb sie dem Fenster zu. Ich griff verzweifelt nach ihnen, aber noch ehe ich sie fassen konnte, waren sie durch die zerbrochenen Scheiben ins Freie gerissen. Wieder stieg in mir mein alter Wunsch hoch, einmal durch dieses Fenster zu spähen, durch das einzige Fenster, das von hier aus den Blick auf den Abhang hinter der Mauer, auf die sich ausbreitende Stadt freigeben musste. Es war sehr dunkel draußen, aber die Lichter der Stadt würden immerhin brennen, ebenfalls hoffte ich sie durch Wind und Regen zu sehen. Als ich aber durch dieses höchste aller Giebelfenster blickte, bot sich mir kein freundlich schimmerndes Licht, ich sah keine Stadt, die sich unter mir ausbreitete, sondern die Lichtlosigkeit eines unermesslichen Alls, ein schwarzes unvorstellbares Chaos, das von einer völlig außerirdischen Musik erfüllt war. Ich stand da und blickte in namenlosem Grauen in die Nacht hinaus. Der Wind hatte nun die beiden Kerzen gelöscht, ich befand mich in einer tobenden, undurchdringlichen Finsternis: vor mir das dämonische Chaos, hinter mir der infernalische Wahnsinn der rasend gewordenen Violine. Ich tappte in die Dunkelheit zurück, Streichholz hatte ich keines, stieß gegen den Tisch, warf einen der Stühle um und erreichte schließlich die Stelle, wo die schreckliche Musik ertönte. Wenigstens mich und Zann aus dieser ungeheuren Bedrohung zu retten wollte ich nicht unversucht lassen! Plötzlich fühlte ich, wie mich eine schauerliche Kälte überrieselte, und ich schrie entsetzt auf, aber mein Schrei ging in diesem Pandämonium der irrsinnigen Geige unter. Da traf mich unversehens der wie toll sägende Geigenbogen aus der Dunkelheit. Ich wusste nun, dass ich neben dem Alten stand; ich griff aufs Geratewohl ins Ungewisse, berührte die Lehne von Zanns Stuhl, bekam ihn selbst an der Schulter zu fassen und schüttelte ihn, um ihn wieder zur Besinnung zu bringen.

Er aber reagierte nicht, seine Violine schrillte unvermindert weiter. Ich hielt mit der Hand das mechanische Nicken seines kahlen Schädels an, dann schrie ich ihm ins Ohr, dass wir vor diesen unbekannten Dingen der Nacht fliehen müssten. Er aber antwortete nicht, ließ auch nicht im mindesten von seinem unaussprechlichen Musizieren ab, während durch das offene Fenster seltsame Windströme fuhren und in diesem Tohuwabohu aus Dunkelheit und Grauen zu tanzen schienen. Als meine Hand zufällig sein Ohr berührte, durchzuckte mich ein kalter Schauer, obgleich ich nicht wusste, warum – bis ich endlich sein eisiges, nicht atmendes Gesicht berührte, dessen hervorquellendes Augenpaar in ein sinnloses Nichts starrte.

Und dann, wie durch ein Wunder, fand ich die Türe und den großen Holzriegel. Von einer wilden Panik gejagt, floh ich dieses glasäugige Etwas in der Dunkelheit, floh ich das ghulische Geheule jener verfluchten Violine, deren Wüten noch zunahm, als ich in das finstere Treppenhaus hinausstürzte.

Ich rannte, sprang, flog diese nicht enden wollenden Stufen hinunter, durchquerte das verruchte Haus, raste wie besinnungslos auf die enge Straße hinaus; stolperte über das verkommene, buckelige Pflaster, lief den stinkenden Hafenkai entlang, hastete keuchend über die große, finstere Steinbrücke – bis ich endlich die breiteren, gesünderen Straßen und Boulevards der Stadt erreichte, die wir alle kennen.

Das sind die grauenhaften Eindrücke, die noch immer meine Seele verfolgen und bedrängen. Und ich entsinne mich, dass es windstill war, ein schöner Mond stand am Himmel, und die hellen Lichter der Stadt flimmerten wie eh und je.

Trotz der sorgfältigsten Nachforschungen und Untersuchungen ist es mir nie wieder gelungen, jene Rue d'Auseil wiederzufinden. Aber ich bin darüber nicht so sehr betrübt; auch nicht darüber, dass jene eng be-

schriebenen Blätter, die allein Erich Zanns Musik hätten erklären können, von den unträumbaren Abgrün-
den des schwärzesten Nichts verschlungen wurden.

LADY CYNTHIA ASQUITH
Der Verfolger

Mrs. Meade, von der die Schwestern als »unserer Herz-
patientin« sprachen, lag seit drei Wochen mit Herzbe-
schwerden in der Privatklinik, und ihrem Arzt, dem sie
sich über das Entsetzen, von dem sie gepeinigt wurde,
anvertraut hatte, war es schließlich gelungen, sie zu
überreden, den berühmten Psychoanalytiker Dr. Stone
zu konsultieren. Sie sah seinem Besuch mit großer Un-
ruhe entgegen. Es würde nicht leicht sein, ihm von ihren phantastischen Erlebnissen – »Halluzinationen«,
wie ihr eigener Arzt es beharrlich nannte – zu erzählen.

Eine Viertelstunde vor dem Zeitpunkt, zu dem sie
Dr. Stone erwartete, klopfte es an der Tür.

»Ich komme etwas zu früh, Mrs. Meade«, sagte eine
sanft gedämpfte Stimme jenseits der Trennwand, »und«,
fuhr sie fort, »ich möchte Sie bitten, meine Verkleidung
zu entschuldigen ... ich habe nämlich sträflich leicht-
sinnig mit einer Spirituslampe hantiert, und sehe mich
nun gezwungen, für eine Weile eine Maske zu tragen.«

Als er zu ihr ans Bett trat, sah Mrs. Meade, dass das
Gesicht ihres Besuchers vollständig unter einer schwar-
zen Maske mit zwei winzigen Augenlöchern und einem
Schlitz für den Mund verborgen lag.

»Nun, Mrs. Meade«, sagte er und ließ sich auf einem

Stuhl dicht bei ihrem Bett nieder, »ich habe mich ausführlich mit Ihrem Arzt unterhalten, und wir möchten, dass Sie mir alles über dieses mysteriöse Unheil erzählen, von dem angenommen wird, dass es Ihre körperliche Gesundheit angreift. Bitte, seien Sie ganz offen zu mir. Wann trat diese – soll ich sie Obsession nennen? – zum ersten Mal auf, und was genau beinhaltet sie?«

»Also gut«, fing Mrs. Meade mit schneller, gleichförmiger Stimme zu sprechen an, »ich will versuchen, Ihnen die ganze Geschichte zu berichten. Es begann vor etlichen Jahren – als ich noch in Regent's Park wohnte. Eines Nachmittags wurde ich höchst unangenehm von der Erscheinung eines Mannes berührt, der genau vor dem Ausgang der Baker Street U-Bahn-Station herumlungerte. Ich kann Ihnen gar nicht sagen, was für einen tiefen und schrecklichen Eindruck er auf mich machte.«

»Nicht so schnell, Mrs. Meade. Nicht so schnell«, unterbrach der aufmerksame Zuhörer. »Haben Sie eine Erklärung dafür, warum der erste Eindruck so stark war?«

Klang seine Stimme anteilnehmend? Sie wünschte, sie hätte sein Gesicht sehen können. Bemüht, langsamer zu sprechen, fuhr sie fort. »Ich weiß nur, dass irgendetwas in seinem Gesicht äußerst widerlich war, diese zudringlichen, bösartigen Augen – wimpernlose Augen, die mich wie stechende, grelle Lampen durchbohrten. Er schien mich mit einem lüsternen ›So, da wären Sie also!‹-Blick anzustarren, und das Sonderbare daran war, dass, obwohl ich ihn meines Wissens nie zuvor gesehen hatte und ich – wie gesagt – sein

Auftauchen als Schock empfand, es dennoch kein völlig überraschender Schock war.«

»Wie soll ich das verstehen, Mrs. Meade?«

»Ja, ich weiß nicht recht, wie ich mich ausdrücken soll, aber in dem heftigen Abscheu, den er in mir erregte, lag die schwache Empfindung eines – soll ich sagen unbewussten Wiedererkennens? –, so als erinnere er mich an etwas, das ich früher einmal entweder geträumt oder geahnt hatte. Ich weiß es nicht! Ich entsinne mich undeutlich, dass er einen schwarzen Schlapphut trug und keine Krawatte, sondern eine Art grünlichen Schal um den Hals gebunden hatte. Sonst waren seine Kleider alltäglich. Obwohl er nicht missgebildet war, wirkte er doch irgendwie verunstaltet. Sein Gesicht war schrecklich – im Wesentlichen fahl wie … wie ein Giftpilz! Es ist sinnlos! Ich *kann* ihn *nicht* beschreiben. Ich kann nur wiederholen, dass die Abneigung, die er in mir hervorrief, außerordentlich heftig war. Als ich an ihm vorbeirannte und die Treppen hinunterging, spürte ich seinen Blick, und es war eine große Erleichterung, im Lift zu verschwinden und mit der U-Bahn davonzujagen. Obwohl ich an jenem Tag viel zu erledigen hatte, konnte ich ihn doch nie ganz aus meinen Gedanken verbannen, und als ich spätabends mit der U-Bahn zurückkam, war es ein grässlicher Schock, ihn oben an der Treppe lauern zu sehen, ganz so, als ob er auf mich warten würde. Diesmal konnte kein Zweifel daran bestehen, dass er mich lüstern ansah, und ich glaubte, er bewege leicht den Kopf. Es schien fast so, als wollte er an irgendeine vergessene Abmachung oder Teilhaberschaft, die zwischen uns bestand, erinnern. Ich eilte an ihm vorbei. Bald danach hatte ich das schreckliche Gefühl, verfolgt zu werden, und blickte mich um. Und wirklich, da war er – nur wenige Schritte hinter mir! Als ich mich umdrehte, zog er den Hut. Ich rannte fast nach Hause und kann Ihnen gar nicht sagen, wie befreiend es wirkte, als meine Haustür hinter mir ins Schloss fiel. Also, ich sah ihn am nächsten Tag und am übernächsten und eigentlich jeden Tag. Der Widerwillen, mit dem ich ihn erkannte, wurde zu einem regelrechten Schauder, und mit jedem Mal schien sein zynischer Blick dreister zu werden. Mehrmals folgte er mir bis zu meinem Haus, aber niemals bis vor die Tür. Ich zog schüchterne Erkundigungen in den kleinen Geschäften rings um die U-Bahn-Station ein, aber niemand schien ihn gesehen oder bemerkt zu haben. Die Furcht, ihm zu begegnen, wuchs sich zu einer echten Obsession aus. Bald benutzte ich die U-Bahn nicht mehr und nahm große Umwege auf mich, um nur nicht in den oberen Teil der Baker Street zu kommen.«

»So sehr ängstigten Sie sich vor ihm?«

»Ja.«

»Sprechen Sie weiter, lassen Sie sich nicht von mir unterbrechen.«

»Eine Weile«, fuhr Mrs. Meade fort, »sah ich ihn nicht, und dann ereignete sich ein scheußlicher Unfall. Als ich eines Tages von einem Spaziergang im Park zurückkam, hatte sich am Tor eine ansehnliche Menschenmenge versammelt. Ein kleines Mädchen war überfahren worden. Ein Sanitäter trug den schmächtigen, leblosen Körper, und ein Polizist und einige Frauen kümmerten sich um die fassungslose Mutter. Unter all den erschrockenen und mitleidigen Gesichtern entdeckte ich plötzlich ein gemeines und höhnisches, seine vertrauten Züge waren auf entsetzliche Weise zu einem hämischen Grinsen verzerrt. Mit unverhohlener Schadenfreude deutete er auf das tote Kind, und dann drehte er sich um *und sah mich tückisch an.*

Nach dieser schrecklichen Begegnung, das können Sie mir glauben, mied ich die Upper Baker Street, doch eines Tages, ich war gerade zu einem Spaziergang durch den Park aufgebrochen, zogen die dunkelsten Regenwolken auf, die ich je gesehen habe, deswegen lief ich zum Taxistand am oberen Ende der Straße und sprang ins vorderste. Um sich einen Penny zu verdienen, hielt mir ein kleiner Junge die Tür auf, und damit mein Hut nicht nass würde, nannte ich ihm die Adresse, die er an den Fahrer weitergeben sollte. Zu meiner Überraschung rasten wir mit einer irrsinnigen Geschwindigkeit los. Ich blickte auf und sah einen kurzen, ziemlich krummen Rücken und einen grünlichen Schal. Das Tempo, mit dem wir fuhren, war wahnwitzig, und ich hämmerte gegen die Scheibe. Der Fahrer drehte sich um. Stellen Sie sich meinen albtraumartigen Schrecken vor, als ich merkte, dass es der entsetzliche Mann war. Ja, das gefürchtete Gesicht sah mich durch die Glasscheibe tückisch an! Weiß der Himmel, warum wir nicht auf der Stelle einen Zusammenstoß hatten. Anstatt auf die Straße zu achten, wandte sich der Mensch in der Fahrerkabine dauernd um, um mich anzugrinsen und zu verhöhnen. Immer schneller schossen wir durch den Verkehr. Mir war so schlecht vor Angst, dass ich, ungeachtet der beängstigenden Geschwindigkeit, auf jeden Fall hinausgesprungen wäre, aber so sehr ich mich auch anstrengte – ich konnte den Türgriff nicht bewegen. Ich glaube, ich schrie und schrie und schrie. Ich wurde ganz einfach im Taxi herumgeschleudert. Zum Schluss erfolgte ein furchtbarer Stoß ...

Ich kann mich nur noch an das Klirren von geborstenem Glas und den entsetzlichen Schmerz in meinem Kopf erinnern – dann versank alles in Schwärze.

Als ich wieder zu mir kam, befand ich mich im Krankenhaus, wo ich infolge des heftigen Aufpralls stundenlang bewusstlos gelegen hatte. Ich begann, Fragen zu stellen, erfuhr jedoch nur, dass man mich aus dem Wrack eines Taxis geborgen hatte, das in irgendein Geländer hineingerast war, und dass es an ein Wunder grenzte, dass ich noch lebte. Was den Fahrer betrifft, so war der auf unerklärliche Weise verschwunden, noch ehe die Polizei erschien, und niemand wollte ihn gesehen haben. Das Taxi hatte keine Nummer und konnte nicht identifiziert werden. Die Polizei war restlos verwirrt.

Danach bestand ich darauf, aus dieser Gegend wegzuziehen, und brachte meinen Mann dazu, ein Haus in Chelsea zu kaufen.

Es verstrich beinahe ein ganzes Jahr, und ich fing an zu hoffen, ihn nie mehr wiederzusehen; aber ich wurde krank, und nach endlosen Konsultationen entschloss man sich zu einer sehr riskanten Operation. Alles war in die Wege geleitet, und am Abend vor dem festgesetzten Termin fuhr ich mit der für diese Gelegenheiten so typischen Niedergeschlagenheit zur Privatklinik. Ich läutete, und prompt öffnete mir ein kleiner Mann die Tür. Fast hätte ich laut geschrien. Trotz dieses Aufzugs erkannte ich IHN! Da stand er – krankhaft bleich wie immer und mit diesem furchtbaren, bösen, *vertraulichen Lachen.*

In wilder Panik fuhr ich von der Tür zurück und stürzte wieder ins Taxi, das mit meinem Gepäck wartete. Sobald ich zu Hause war, sagte ich die Operation ab. Entgegen der Ansicht der ärztlichen Fachwelt wurde ich wieder gesund. Die Operation erwies sich als unnötig.«

Mrs. Meade hielt in ihrem Bericht inne. Der Zuhörer sprach.

»Dann lässt sich von diesem Wesen – was immer es auch sein mag – behaupten, dass es Ihnen bei dieser Gelegenheit einen guten Dienst erwiesen hat?«, fragte er.

»Ja«, antwortete Mrs. Meade, »vielleicht, aber deswegen fürchtete ich mich nicht weniger vor ihm. Oh, diese grausigen Träume, die ich hatte! – man hätte mir eine Narkose gegeben und vermutete, ich sei bewusstlos, aber ich *war es nicht*; dennoch konnte ich mich nicht bewegen, und ich sah, wie sich der Chirurg mir näherte, und als er sich über mich beugte, war sein Gesicht DAS GESICHT!« Mit allen Anzeichen der Erschöpfung sank sie in ihre Kissen zurück.

»Haben Sie ihn jemals wiedergesehen, Mrs. Meade?«

»Es tut mir leid«, antwortete die Patientin hastig, »über die nächste Begegnung kann ich Ihnen nichts erzählen. Es ist immer noch zu unerträglich für mich. Es gibt Dinge, über die kann man nicht reden. Oh, Gott! damals begriff ich, warum er auf das tote Kind gedeutet hatte und mich mit seinen gemeinen, kleinen Augen tückisch ansah. Das ist lange her, aber die Angst hat mich noch nicht verlassen. Verstehen Sie, ich habe noch ein Kind – und ich bin ständig auf der Hut vor dem, das ich so fürchte. Nie kann ich ohne das Gefühl, ihm zu begegnen, aus dem Haus gehen. Und was ist, wenn ich ihn eines Tages *in meinem Haus treffe*?«

»Ich glaube nicht, dass Sie das jemals tun werden, Mrs. Meade.«

»Vermutlich halten Sie die ganze Sache für ein Produkt meiner Einbildung, Dr. Stone? Ich nehme jedenfalls nicht an, dass es mir gelungen ist, Ihnen einen Eindruck davon zu geben, wie – es – er – das Wesen aussieht?«, seufzte Mrs. Meade.

Der Zuhörer erhob sich von seinem Stuhl und lehnte sich über die Kranke.

»Sieht – sein – Gesicht – so aus?«, fragte er, und beim Sprechen riss er sich die Maske vom Gesicht.

Niemand, der ihn gehört hat, wird jemals Mrs. Meades Schrei vergessen.

Zwei Schwestern stürzten in ihr Zimmer, gefolgt von Dr. Stone, der gerade eben pünktlich zu seiner Verabredung erschienen war.

Die tote Frau lag auf dem Bett.

Sonst war niemand im Zimmer.

MARGARET ATWOOD
Die kriechende Hand

Die Hand kroch die Kellertreppe hinauf. Sie war faltig und schmutzig, und die Fingernägel waren ganz lang.

Sie huschte durch den dunklen Flur. An der geschlossenen Tür schnüffelte sie mit den Fingerspitzen, dann sprang sie hoch wie eine Riesenspinne, packte den Türknauf und drehte ihn herum.

Im Innern des Zimmers fand sie eine Socke. Dann einen Schuh. Und dann – eine andere Hand, die aus dem Bett herabhing. Eine junge Hand, eine Hand, die sie entführen und mit in den Keller nehmen konnte.

Allerdings war diese Hand mit einem Arm verbunden.

Dagegen ließ sich etwas tun.

AMBROSE BIERCE
Eine Straße im Mondschein

1. Bericht des Joel Hetman junior

Ich bin der unglücklichste aller Menschen. Wohlhabend, angesehen, von guter Bildung, gesund, und mit noch manchen anderen Vorzügen versehen, die von denen, die sie besitzen, gering geachtet, von denen aber, die sie nicht besitzen, heiß begehrt werden, denke ich manchmal, dass ich weniger unglücklich wäre, wenn ich all diese Vorzüge nicht besäße. Dann könnte sich jedenfalls der Kontrast zwischen meinen äußeren Umständen und meinem Innenleben nicht ständig so qualvoll bemerkbar machen. Unter der Belastung von Entbehrungen und notwendigen Mühen würde ich vielleicht manchmal das dunkle Geheimnis vergessen, das allen Versuchen, es aufzuklären, nur spottet.

Ich bin das einzige Kind von Joel und Julia Hetman. Der erstere war ein wohlhabender Farmer, die zweite eine schöne und vollkommene Frau, der er mit leidenschaftlicher, aber, wie ich jetzt weiß, auch eifersüchtiger und anspruchsvoller Liebe zugetan war. Das Heim meiner Familie lag ein paar Meilen vor Nashville in Tennessee und war ein großes, unregelmäßiges Gebäude, das keiner bestimmten Stilrichtung der Architektur angehörte. Ein wenig abseits der Straße lag es in einem Park voller Bäume und Büsche.

Zu der Zeit, von der ich hier berichte, war ich neunzehn Jahre alt und Student an der Yale-Universität. Eines Tages erhielt ich von meinem Vater ein so dringliches Telegramm, dass ich, um seinen nicht näher begründeten Wunsch zu erfüllen, sofort heimreiste. Am Bahnhof von Nashville erwartete mich ein entfernter Verwandter und nannte mir den Grund für meine Abberufung: Meine Mutter war barbarisch ermordet worden. Weshalb und von wem, wusste niemand; die Umstände jedoch waren wie folgt:

Mein Vater war eines Tages nach Nashville gegangen mit der Absicht, am nächsten Nachmittag zurückzukehren. Irgendetwas ließ ihn sein damaliges Geschäft nicht zu Ende führen, und so wanderte er noch in der gleichen Nacht zurück und kam kurz vor der Morgendämmerung an. Bei seiner Aussage vor dem Leichenbeschauer gab er an, er habe keinen Hausschlüssel gehabt, und da er die schlafende Dienerschaft nicht habe wecken wollen, sei er ohne klar zu bestimmende Absicht um das Haus herum zu dessen Rückseite gegangen. Als er um eine Ecke des Gebäudes bog, hörte er ein Geräusch, als ob eine Tür leise geschlossen würde, und sah undeutlich in der Dunkelheit die Gestalt eines Mannes, der sofort zwischen den Bäumen des Parks verschwand. Eine rasche Verfolgung und kurze Suche – in der Annahme, dass der Eindringling eine Dienerin heimlich besucht habe – blieben erfolglos. So trat mein Vater zu der unverschlossenen Tür ein und stieg die Treppe zu meiner Mutter Zimmer empor. Dessen Tür stand offen, und als mein Vater in die schwarze Dunkelheit trat, stürzte er der Länge lang über einen schweren Gegenstand auf den Fußboden. Ich darf mir die Einzelheiten hier ersparen; es handelte sich um meine arme Mutter, die durch menschliche Hände erwürgt worden war!

Im Hause fehlte nichts; die Diener hatten kein Geräusch gehört, und mit Ausnahme jener schrecklichen Fingerspuren an der Kehle seiner toten Frau – mein Gott! dass ich sie doch vergessen könnte! – wurde niemals mehr eine Spur von dem Mörder gefunden.

Ich gab mein Studium auf und blieb bei meinem Vater, der sich natürlich sehr veränderte. Schon immer von gesetztem und schweigsamem Charakter, verfiel er jetzt einer so tiefen Niedergeschlagenheit, dass nichts mehr seine Aufmerksamkeit auf längere Zeit fesseln konnte, dagegen alles – ein Schritt, das plötzliche Schließen der Tür – in ihm ein jähes krampfartiges Interesse erweckte. Man hätte diesen Zug fast Angst nennen können. Bei jeder kleinen Überraschung der Sinne fuhr er sichtlich zusammen und wurde oft bleich; und danach verfiel er wieder in seine melancholische Gleichgültigkeit, die tiefer war als vorher. Ich meine, er war einfach ein Nervenwrack. Was mich angeht, so war ich damals jünger als jetzt – und damit ist alles gesagt. Jugend bedeutet *Gilead*, wo Balsam für jede Wunde fließt. Oh, dass ich doch noch einmal in jenem gelobten Land wandeln könnte! Mit dem Leid noch unbekannt, wusste ich nicht, wie ich meinen Verlust bewerten musste; die Stärke des Schlages konnte ich nicht richtig einschätzen.

Eines Nachts, einige Monate nach jenem schrecklichen Ereignis, gingen mein Vater und ich von der Stadt her nach Hause. Der volle Mond stand seit drei Stunden über dem östlichen Horizont; und über der ganzen Landschaft lag die feierliche Stille einer Sommernacht. Unsere Schritte und das nicht enden wollende Lied der Grillen waren die einzigen Laute. Die schwarzen Schatten der Bäume am Straßenrand lagen quer über der Straße, die in den kurzen Strecken dazwischen geisterhaft weiß schimmerte. Als wir das Tor zu unserem Anwesen erreichten, das ganz im Schatten lag und in dem kein Licht leuchtete, blieb mein Vater plötzlich stehen, packte mich am Arm und sagte kaum vernehmbar:

»Gott! Gott! Was ist das?«

»Ich höre nichts«, erwiderte ich.

»Aber sieh! Sieh doch!«, sagte er und wies auf die Straße vor uns.

Ich sagte: »Da ist nichts. Komm, Vater, lass uns hineingehen – du bist krank.«

Er hatte meinen Arm wieder losgelassen und stand starr und bewegungslos in der Mitte der vom Mond beschienenen Straße. Er starrte vor sich hin wie einer, der seiner Sinne beraubt ist. Sein Gesicht zeigte in dem Mondlicht eine unsagbar qualvolle Blässe und Starre. Ich zog sanft an seinem Ärmel, aber er hatte meine Anwesenheit vergessen. Langsam begann er rückwärtszugehen, Schritt um Schritt, und wandte seine Blicke nicht für eine Sekunde von dem ab, was er sah – oder zu sehen glaubte. Ich drehte mich halb um und wollte ihm folgen, blieb aber unentschlossen stehen. Ich kann mich dabei nicht an ein Gefühl der Furcht erinnern, falls nicht ein plötzlicher Schauder dessen physische Bekundung war. Mir schien, als ob ein eisiger Wind mein Gesicht gestreift und meinen Körper von Kopf bis Fuß eingehüllt hätte; ich konnte seine Bewegung sogar in meinem Haar spüren.

In diesem Augenblick wurde meine Aufmerksamkeit von einem Licht, das plötzlich aus einem oberen Fenster unseres Hauses fiel, abgelenkt. Eine Dienerin war durch was auch immer für eine mysteriöse Vorahnung des Bösen geweckt worden, und einem Drang gehorchend, den sie niemals mehr erklären konnte, hatte sie eine Lampe angezündet. Als ich mich umdrehte, um nach meinem Vater zu sehen, war er verschwunden, und in all den Jahren, die seitdem vergingen, drang über die Grenze der Mutmaßung aus dem Reich des Unbekannten kein Geflüster über sein Schicksal.

2. Bericht des Caspar Grattan

Heute hält man mich noch für lebendig: morgen wird hier in diesem Zimmer ein fühlloser Lehmklumpen liegen, der nur zu lange ich war. Falls irgendjemand das Tuch vom Gesicht dieses unschönen Gegenstandes heben wird, so nur um einer krankhaften Neugier willen. Einige werden zweifellos noch weitergehen und fragen: »Wer war er?« In diesem Bericht gebe ich die Antwort, die zu geben ich fähig bin – Caspar Grattan. Sicher sollte das genügen. Dieser Name hat meinen geringen Bedürfnissen während mehr als zwanzig Jahren eines Lebens von unbekannter Länge gedient. Es ist wahr, ich gab ihn mir selbst, aber da ich keinen anderen besaß, hatte ich das Recht dazu. In dieser Welt muss man einen Namen haben; er verhindert Unklarheiten, selbst wenn er keine Identität begründet. Manche Menschen sind nur durch Zahlen bezeichnet, was ebenfalls eine unzureichende Unterscheidung zu sein scheint.

Eines Tages ging ich zum Beispiel eine Straße in einer weit von hier entfernten Stadt entlang, als ich zwei Männern in Uniform begegnete, von denen einer kurz stehen blieb, mir neugierig ins Gesicht blickte und zu seinem Begleiter sagte: »Dieser Mann sieht aus wie 767.« Etwas an dieser Zahl kam mir vertraut und entsetzlich vor. Durch einen unbeherrschbaren Impuls gedrängt, sprang ich in eine Seitenstraße und rannte davon, bis ich auf einem Feldweg erschöpft niederfiel.

Niemals wieder habe ich diese Zahl vergessen, und immer, wenn sie mir ins Gedächtnis kommt, wird sie begleitet von der Erinnerung an durcheinandergeredete Zoten, dröhnendes, freudloses Gelächter und das Schmettern von Eisentüren. So sage ich denn, dass ein Name, auch ein selbstgewählter, besser ist als eine Zahl. Im Register des Urnenfeldes werde ich bald beides haben. Was für ein Reichtum!

Denjenigen, der diese Aufzeichnung findet, muss ich um Nachsicht bitten. Es handelt sich nicht um die Ge-

schichte meines Lebens; das Wissen, um diese nieder-
zuschreiben, ist mir versagt. Dies ist nur ein Bericht von
einzelnen und anscheinend unzusammenhängenden
Erinnerungen, von denen einige so klar einander folgen wie Brillantperlen auf einem Faden; andere aber
sind weit zurückliegend und merkwürdig und erscheinen wie rote Träume mit leeren und schwarzen Zwi-
schenräumen – wie Hexenfeuer, die still und rot in einer weiten Einöde glühen.

Während ich am Ufer der Ewigkeit stehe, wende ich
mich um zu meinem letzten Blick landeinwärts auf den
Weg, den ich bis hierher ging. Hinter mir liegen zwanzig Jahre mit deutlich erkennbaren Fußabdrücken – den
Abdrücken blutender Füße. Die Spuren führen durch
Armut und Qual, sind taumelig und unsicher wie von
einem, der unter einer schweren Last dahinwankt – ver-
einsamt, freudlos, melancholisch, langsam.

Oh, diese dichterische Prophezeiung meines Daseins –
wie bewundernswert, wie gräßlich bewundernswert!

Weiter zurück, vor dem Anfang dieser Via Dolorosa
– dieses Epos des Leidens voller Episoden der Sünde –,
sehe ich nichts mehr klar; mein Weg kommt aus einer Wolke heraus. Ich weiß, dass er nur zwanzig Jahre
durchläuft, und doch bin ich ein alter Mann.

Man erinnert sich nicht an seine Geburt; es muss einem davon erzählt werden. Mit mir aber war es anders;
das Leben kam zu mir mit vollen Händen und stattete
mich gleich von Anbeginn mit all meinen Fähigkeiten
und Kräften aus. Von einer früheren Existenz weiß ich

nicht mehr als andere, denn alle besitzen nur stammelnde Andeutungen, die Erinnerungen und vielleicht auch Träume sein mögen. Ich weiß nur, dass mein erstes Bewusstwerden ohne Überraschung oder Mutmaßungen aufgenommen wurde. Ich fand mich einfach in einem Wald laufen, nur halb angezogen, fußkrank, unaussprechlich müde und hungrig. Als ich ein Farmhaus erblickte, trat ich näher und bat um Essen, das mir von einem Mann gegeben wurde, der nach meinem Namen fragte. Ich kannte ihn selbst nicht, wusste aber, dass alle Menschen Namen hatten. Sehr verwirrt zog ich mich zurück, und da die Nacht hereinbrach, legte ich mich im Wald nieder und schlief.

Am nächsten Tag kam ich in eine große Stadt, deren Namen ich nicht nennen werde. Auch will ich weitere Einzelheiten dieses Lebens, das jetzt enden soll, nicht aufzählen. Es war ein Wanderleben, auf dem mich immer und überall das mächtige Bewusstsein von einem als Strafe für ein Unrecht begangenen Verbrechen und einem Schrecken als Strafe für dieses Verbrechen verfolgte. Ich will sehen, ob ich das in einen Bericht fassen kann.

Mir scheint, als ob ich einst in der Nähe einer großen Stadt gelebt hätte, wo ich ein wohlhabender Pflanzer und mit einer Frau verheiratet war, die ich liebte, der ich aber misstraute. Wir hatten, so scheint es mir manchmal, ein Kind, einen vielversprechenden jungen Mann mit glänzenden Gaben. Er bleibt stets eine vage Gestalt, ist nie klar umrissen, sondern verschwindet häufig ganz aus dem Bild.

Eines unglücklichen Abends kam es mir in den Sinn, die Treue meiner Frau in einer vulgären und gewöhnlichen Weise, die jedem vertraut ist, der Tatsachenliteratur und Dichtung kennt, zu prüfen. Ich begab mich in die Stadt und sagte meiner Frau, dass ich bis zum nächsten Nachmittag abwesend sein würde. Ich kehrte jedoch noch vor Tagesanbruch zurück und ging zur Rückseite des Hauses, um dort durch eine Tür einzutreten, die ich insgeheim so hergerichtet hatte, dass sie verschlossen zu sein schien, es aber nicht wirklich war. Als ich mich dieser Tür näherte, hörte ich, wie sie leise geöffnet und geschlossen wurde, und ich sah einen Mann sich in die Dunkelheit davonstehlen. Mit Mordgedanken im Herzen sprang ich ihm nach, aber er war verschwunden, ohne auch nur das Pech gehabt zu haben, von mir erkannt worden zu sein. Heute kann ich mich manchmal nicht einmal mehr dazu überreden, dass es ein menschliches Wesen war.

Verrückt vor Eifersucht und Wut, blind und bestialisch in all den elementaren Leidenschaften beleidigter Männlichkeit, drang ich in das Haus ein und sprang die Treppe empor zum Zimmer meiner Frau. Die Tür war verschlossen, aber da ich auch ihr Schloss präpariert hatte, drang ich leicht ein und stand trotz der schwarzen Dunkelheit sofort neben dem Bett meiner Frau. Meine tastenden Hände sagten mir, dass das Bett zwar zerwühlt, aber leer sei. »Sie ist unten«, dachte ich, »und durch mein Eindringen erschreckt, ist sie mir in der Dunkelheit der Halle ausgewichen!«

Mit der Absicht, sie zu suchen, drehte ich mich um und wollte das Zimmer verlassen, nahm aber eine falsche Richtung – die richtige! – und stieß mit dem Fuß gegen die Frau, die in einer Ecke des Zimmers kauerte. Sofort waren meine Hände an ihrer Kehle und erstickten einen Schrei. Meine Knie drückten auf ihren kämpfenden Körper, und dort in der Dunkelheit, ohne ein Wort der Anklage oder des Vorwurfs, würgte ich sie, bis sie tot war!

Damit endet mein Traum. Ich habe ihn in der Vergangenheit erzählt, aber die Gegenwartsform würde ihm mehr entsprechen, denn immer und immer wieder von Neuem findet diese düstere Tragödie in meinem Bewusstsein statt. Hin und her überlege ich meinen Plan, erleide die Bestätigung meines Misstrauens und vergelte das Unrecht. Dann aber ist alles leer, und später schlägt der Regen gegen die schmutzigen Fenster, oder der Schnee fällt auf meine armselige Kleidung, Räder rattern in den schmutzigen Straßen, wo mein Leben in Armut und mit gemeinen Arbeiten dahinläuft. Wenn da jemals Sonnenschein war, so erinnere ich mich dessen nicht mehr; wenn es Vögel gegeben hat, so sangen sie mir nicht.

Dann habe ich noch einen anderen Traum, eine andere Vision von einer Nacht. Ich stehe im Schatten neben einer mondlichtbeschienenen Straße. Ich bin mir der Anwesenheit eines anderen Menschen bewusst, aber wer das ist, kann ich nicht recht erkennen. Im Schatten eines großen Gebäudes entdecke ich das Schimmern weißer Gewänder; dann steht die Gestalt einer Frau vor mir auf der Straße – meine ermordete Frau! Tod steht in ihrem Antlitz; an ihrer Kehle sind Würgemale. Die Augen hat sie mit unendlichem Ernst, der weder Vorwurf noch Hass oder Drohung, noch irgendetwas anderes, weniger Schrecklicheres als nur Erkennen ist, auf mich gerichtet.

Vor dieser furchtbaren Erscheinung ziehe ich mich voller Entsetzen zurück – einem Entsetzen, das noch beim Schreiben auf mir lastet.

Ich kann nicht länger die Worte formen! Da! Sie ...

Jetzt bin ich wieder ruhig, aber es gibt nun nichts mehr zu berichten: Der Vorfall endet, wo er begann – in Dunkelheit und Zweifel.

Ja, ich habe wieder die Herrschaft über mich selbst gewonnen, bin wieder der »Kapitän meiner Seele«. Aber das bedeutet keinen Aufschub; es ist nur ein anderes Stadium und eine andere Phase der Sühne. Meine Buße, die im Grad unveränderlich bleibt, ändert sich jedoch in der Art: Eine ihrer Varianten ist die Ruhe. Letztlich handelt es sich nur um ein lebenslängliches Urteil. »Auf Lebenszeit in die Hölle« – das wäre freilich eine törichte Strafe, denn der Angeklagte kann ihre Dauer selbst wählen. Heute geht meine Frist zu Ende.

Jedem und allen wünsche ich den Frieden, den ich nicht kannte.

3. Bericht der verstorbenen Julia Hetman, durch das Medium Bayrolles abgegeben

Ich hatte mich frühzeitig zurückgezogen und war fast augenblicklich in einen friedlichen Schlummer gefallen, aus dem ich mit jenem unbestimmbaren Gefühl der Gefahr erwachte, das, wie ich glaube, in jenem anderen, früheren Leben eine allgemeine Erfahrung ist. Von der Bedeutungslosigkeit dieses Gefühls war ich zwar völlig überzeugt, aber dadurch bannte ich es nicht. Mein Mann, Joel Hetman, war fort; die Dienerschaft schlief in einem anderen Teil des Hauses. Dies waren jedoch vertraute Bedingungen, die mich niemals vorher beunruhigt hatten. Trotz allem steigerte sich die seltsame Furcht zu so unerträglichem Ausmaß, dass sie mein Zögern besiegte, ich mich aufrichtete und die Lampe neben meinem Bett anzündete. Im Gegensatz zu meiner Erwartung verschaffte mir das keine Erleichterung; das Licht wirkte eher wie eine zusätzliche Gefahr, denn ich überlegte mir, dass es unter der Tür hervorscheinen und meine Anwesenheit dem Bösen, was auch immer draußen schleichen möchte, verraten würde. Ihr, die ihr noch im Fleisch wandelt und den Schrecken der Einbildungskraft unterworfen seid, stellt euch vor, wie entsetzlich eine Furcht sein muss, die Sicherheit vor den bösen Dingen der Nacht in der Dunkelheit sucht! Das bedeutet, nahe an einen unsichtbaren Feind heranzuspringen, und ist die Strategie der Verzweiflung! Ich löschte also die Lampe wieder, zog die Bettdecke über den Kopf und lag zitternd und schweigend da, unfähig zu schreien und das Beten vergessend. In diesem erbarmungswürdigen Zustand muss ich stundenlang, wie ihr es nennt, gelegen haben. Für uns freilich gibt es keine Stunden, keine Zeit.

Endlich kam es – ein leises, unregelmäßiges Geräusch von Schritten auf der Treppe! Sie waren langsam, zögernd, unsicher, wie von jemandem, der den Weg nicht sehen kann; meinem verwirrten Verstand erschien das nur umso entsetzlicher, da es sich um die Annäherung irgendeines blinden und seelenlosen Unheils handeln musste, mit dem man nicht verhandeln konnte. Ich glaubte sogar, dass ich die Lampe in der Halle brennen gelassen hätte und das Tappen dieser Kreatur also bewies, dass es sich um ein Monstrum der Nacht handeln müsste. Dies war töricht und mit meiner vorigen Furcht vor dem Licht unvereinbar, aber was will man machen? Die Furcht hat keinen Verstand, sie ist ein Narr. Das düstere Zeugnis, das sie ablegt, und der feige Rat, den sie einflüstert, stehen in keinem Zusammenhang. Wir wissen dies wohl, wir, die wir in das Reich des Schreckens eingegangen sind und in ewiger Dämmerung durch die Szenerie unseres früheren Lebens schleichen, unsichtbar selbst untereinander und doch uns an einsamen Orten versteckend; nach Rede mit unseren Lieben verlangend und doch stumm und vor ihnen so viel Angst empfindend wie sie vor uns. Manchmal allerdings wird unser Unvermögen beseitigt und das Gesetz aufgehoben: Durch die Mächte der Liebe oder des Hasses, die den Tod nicht kennen, brechen wir den Zwang und werden von denen gesehen, die wir warnen, trösten oder strafen wollen. Welche Gestalt wir für sie zu haben scheinen, wissen wir nicht; wir wissen nur, dass wir selbst jene erschrecken, die wir am meisten zu trösten wünschen und von denen wir am meisten Zärtlichkeit und Mitgefühl ersehnen.

Vergebt, ich bitte euch, einer, die einmal eine Frau war, diese inkonsequente Abschweifung. Ihr, die ihr uns auf diese unvollkommene Weise befragt – ihr versteht nichts. Ihr stellt törichte Fragen über unbekannte oder verbotene Dinge. Vieles, was wir wissen und in unserer Sprache mitteilen könnten, ist bedeutungslos in eurer Sprache. Wir müssen uns mit euch durch einen stammelnden Geist in Verbindung setzen und durch jene kleinen Bruchstücke unserer Sprache, die auch ihr verstehen könnt. Ihr glaubt, wir seien von einer anderen Welt. Nein, wir haben Kenntnis von keiner anderen Welt als der euren, obwohl sie für uns kein Sonnenlicht, keine Wärme, keine Musik, kein Lachen, kein Vogelsingen noch irgendeine Gesellschaft mehr birgt. O Gott! Was bedeutet es alles, ein Geist zu sein, zitternd und geduckt in einer veränderten Welt zu wandeln, eine Beute von Sorge und Verzweiflung!

Nein, ich starb nicht vor Furcht: Das Ding drehte um und ging davon. Ich hörte es die Treppen hinuntersteigen, sehr eilig, wie mir schien, als ob es selbst von plötzlicher Furcht erfasst worden sei. Dann stand ich auf, um nach Hilfe zu rufen. Kaum hatte meine zitternde

Hand den Türknauf gefunden, als ich – gnädiger Himmel! – es zurückkommen hörte. Seine Schritte, als es die Treppe heraufstieg, waren jetzt schnell, schwer und laut; sie erschütterten das Haus. Ich floh in eine Ecke des Zimmers und sank auf den Fußboden. Ich versuchte zu beten, versuchte auch den Namen meines geliebten Mannes zu rufen. Dann hörte ich, wie die Tür aufgerissen wurde. Es trat eine Pause der Bewusstlosigkeit ein, und als ich wieder zu mir kam, fühlte ich einen würgenden Griff an meiner Kehle, fühlte, wie meine Arme schwächlich gegen etwas schlugen, das mich rückwärts trug, fühlte meine Zunge sich zwischen den Zähnen vorschieben! Und dann glitt ich in dieses andere Leben hinüber.

Nein, ich habe keine Kenntnis davon, wer es war. Die Summe dessen, was wir bei unserem Tod wissen, ist auch das Maß dessen, was wir später von all dem wissen, das vor sich ging. Von der früheren Existenz kennen wir vieles, aber kein neues Licht fällt auf irgendeine ihrer Seiten; ins Gedächtnis eingeschrieben ist alles, was wir lesen können. Hier gibt es keine Höhen der Wahrheit, von denen man die wirre Landschaft jenes zweifelhaften Reiches überschauen könnte. Wir leben noch immer im Tal der Schatten, schleichen auf seinen trostlosen Plätzen umher, spähen durch Sträucher und Dickichte auf seine verrückten, boshaften Bewohner. Wie sollten wir neue Kenntnisse über jene verblassende Vergangenheit haben?

Was ich jetzt berichte, geschah während einer Nacht.

Wir wissen, wann es Nacht ist, denn dann kehrt ihr in eure Häuser zurück, und wir können uns furchtlos aus unseren Verstecken zu unseren alten Heimen wagen, zu den Fenstern hineinblicken, selbst eintreten und auf eure Gesichter blicken, während ihr schlaft. Ich hatte mich lange in der Nähe des Gebäudes aufgehalten, wo ich so grausam zu dem gemacht wurde, was ich jetzt bin. Ich tat das, was wir häufig tun, wenn jemand, den wir lieben oder hassen, zurückgeblieben ist. Vergebens hatte ich nach einer Methode gesucht, mich bemerkbar zu machen, oder nach einem Weg, meinem Mann und meinem Sohn meine fortdauernde Existenz, meine große Liebe und mein nagendes Mitleid mitzuteilen. Immer, wenn sie schliefen, erwachten sie zu früh, oder wenn ich es in meiner Verzweiflung wagte, mich ihnen während des Wachseins zu nähern, richteten sie die schrecklichen Augen der Lebenden auf mich und entsetzten mich durch jene Blicke, die ich doch nur gesucht hatte.

Während jener Nacht sah ich mich ergebnislos nach ihnen um, fürchtete aber zugleich, sie zu finden. Sie waren nirgends im Haus, auch nicht im mondlichtübergossenen Park. Obwohl uns die Sonne für immer untergegangen ist, bleibt uns doch der Mond, ob nun voll oder als Sichel. Manchmal leuchtet er bei Nacht, manchmal bei Tag, aber immer geht er auf und unter wie in jenem anderen Leben.

Ich verließ den Park und trat ziellos und trauernd in das weiße Licht und das Schweigen auf der Straße. Plötzlich hörte ich die Stimme meines armen Mannes. Er schrie vor jähem Erstaunen, worauf ihm mein Sohn beruhigend und überredend antwortete, und da, im Schatten einer Baumgruppe, standen sie – nah, so nah! Ihre Gesichter waren mir zugewandt, die Augen des älteren Mannes auf mich gerichtet. Er sah mich – endlich, endlich sah er mich! Während mir das bewusst wurde, wich aller Schrecken von mir wie ein böser Traum. Der Todeszwang war gebrochen: Liebe hatte das Gesetz bezwungen! Verrückt vor Freude schrie ich – ich muss geschrien haben: »Er sieht mich, er sieht mich; er wird mich verstehen!« Dann fasste ich mich wieder, trat lächelnd und meiner Schönheit bewusst vor, um mich seinen Armen hinzugeben, ihn mit Zärtlichkeiten zu trösten und, mit meines Sohnes Hand in der meinigen, Worte zu sprechen, die das zerrissene Band zwischen den Lebenden und den Toten wieder knüpfen sollten.

Aber oh, oh! Sein Gesicht wurde weiß vor Furcht, seine Augen starrten wie die eines gehetzten Tieres. Er wich vor mir zurück, während ich vortrat, und zuletzt drehte er sich um und floh in den Wald – wohin, das zu wissen ist mir nicht gegeben.

Meinen armen Jungen, der doppelt verzweifelt zurückblieb, habe ich niemals meine Anwesenheit spüren lassen können. Bald wird auch er in dieses unsichtbare Leben überwechseln und auf ewig für mich verloren sein.

WASHINGTON IRVING
Die Sage von Sleepy Hollow

*Unter den Schriften des verstorbenen
Diedrich Knickerbocker gefunden*

> *Für Schläfrige ist dies ein köstlich Land,
> vor halbgeschlossnen Augen Träume wogen,
> Luftschlösser blitzen auf am Himmelsbogen,
> der ewig heiter sich darüber spannt.*

> Schloss der Trägheit

Angeschmiegt an eine jener weiträumigen Buchten, die
das Ostufer des Hudsons bildet, der sich dort zum Tappan Zee ausweitet, wie ihn die alten holländischen Schif-
fer nannten und wo sie bei der Überfahrt stets vorsichtig die Segel refften und den heiligen Nikolaus um Schutz
anflehten, liegt ein kleiner Marktflecken, eine Art Bin-
nenhafen, den manche Greensburgh nennen, der aber
weit und breit viel treffender unter dem Namen Tarrytown, Stadt der Herumlungerer, bekannt ist. Diesen
Namen soll er in früheren Zeiten von den fleißigen Hausfrauen dieser Gegend erhalten haben wegen der un-
überwindlichen Neigung ihrer Ehemänner, an Markt-
tagen im dortigen Wirtshaus herumzulungern. Ich kann
nicht dafür bürgen, ob es sich wirklich so verhielt, aber
ich erwähne diese Tatsache der Genauigkeit und Glaub-
würdigkeit halber. Nicht weit, ungefähr zwei Meilen

von dem Ort entfernt liegt zwischen hohen Hügeln ein kleines Tal oder vielmehr ein Streifen Land, eines der friedlichsten Plätzchen auf der ganzen Welt. Ein kleiner Bach fließt dort, dessen Murmeln gerade für ein Wiegenlied reicht; und das Pfeifen einer Wachtel oder das Hämmern eines Spechts sind beinahe die einzigen Geräusche, von denen die lautlose Stille hin und wieder unterbrochen wird.

Ich erinnere mich, dass ich als Grünschnabel dort beim Eichhörnchenschießen meine erste Heldentat vollbrachte, in einem Gehölz mit hohen Walnussbäumen, das eine Seite des Tales beschattet. Ich war zur Mittagszeit hinausgewandert, wenn es in der Natur besonders schweigsam ist, und wurde vom Knall meiner eigenen Flinte erschreckt, der die sonntägliche Stille ringsum unterbrach und vom zornigen Echo verlängert und wiederholt wurde. Sollte ich mich je einmal zurückziehen wollen, um die Welt mit ihrer Hast zu fliehen und den Rest meines Lebens still zu verträumen, so wüsste ich keine geeignetere Gegend als dieses kleine Tal.

Wegen der beschaulichen Ruhe des Ortes und dem eigenartigen Charakter seiner Bewohner, die Nachkommen der ersten holländischen Ansiedler sind, war dieses abgelegene Tal unter dem Namen ›Sleepy Hollow‹, bekannt, und die Bauernburschen dort heißen überall in der Nachbarschaft nur die Burschen von Sleepy Hollow. Die Gegend macht tatsächlich einen schläfrigen, verträumten Eindruck, der die ganze Atmosphäre zu bestimmen scheint. Manche Leute sagen, dass der Ort in der ersten Zeit der Besiedlung von einem berühmten deutschen Doktor verzaubert worden sei; andere wieder behaupten, ein alter Häuptling, ein Prophet oder Zauberer seines Stammes, habe dort seine Beschwörungen vorgenommen, bevor Meister Hendrick Hudson das Land entdeckte. Gewiss ist, dass das Tal noch immer von einer Zaubermacht in Bann gehalten wird, die über die Gemüter dieser braven Leute dort herrscht und die Ursache dafür ist, dass sie zeit ihres Lebens wie im Traum umherwandeln. Sie glauben an alle möglichen Wunder, geraten in Verzückung und haben Visionen, sehen häufig merkwürdige Gesichte und hören Musik und Stimmen aus der Luft. Überall im Tal werden Dutzende von Sagen erzählt, gibt es zahlreiche Stätten, wo es spukt, und viele abergläubische Gewohnheiten. Sternschnuppen und Meteore erstrahlen öfter über dem Tal als sonst im Lande, und der Nachtmahr mit seiner neunfachen Kraft scheint es als Lieblingsplatz für sein Treiben auserkoren zu haben.

Das Hauptgespenst jedoch, das in dieser verzauberten Gegend am meisten umgeht und von allen Geistern der Lüfte der Oberbefehlshaber zu sein scheint, ist ein Reiter ohne Kopf. Es soll der Geist eines hessischen Soldaten sein, dem bei irgendeiner Schlacht im Revolutionskrieg eine Kanonenkugel den Kopf abgerissen hat und den das Landvolk hin und wieder im Dunkel der Nacht wie auf Windesflügeln dahinjagen sieht. Er geht nicht nur im Tal um, sondern erscheint bisweilen auch auf den angrenzenden Landstraßen und besonders bei einer nahen Kirche. Einige sehr zuverlässige Geschichtsschreiber dieser Gegenden, die sorgsam die umlaufenden Gerüchte über diese Erscheinung gesammelt und ausgewertet haben, behaupten sogar allen Ernstes, dass der Soldat auf dem Friedhof begraben sei und sein Geist des Nachts zum Kampfplatz reite, um seinen Kopf zu suchen, und dass er deshalb so schnell wie ein mitternächtlicher Sturm durch das Tal jage, weil er sich verspätet habe und nun schleunigst noch vor Tagesanbruch zum Friedhof zurückkehren wolle.

So viel allgemein zum Inhalt dieser abergläubischen Sage, die den Stoff für manche Schauergeschichte in jener düsteren Gegend geliefert hat; und das Gespenst ist an allen Kaminen im Land unter dem Namen des ›Kopflosen Reiters aus Sleepy Hollow‹ bekannt.

Eigenartig ist, dass sich die erwähnte Neigung zu Gesichten nicht allein auf die Einheimischen beschränkt, sondern unbewusst auch von allen anderen angenommen wird, die eine Zeitlang im Tal leben. So hellwach sie auch gewesen sein mochten, bevor sie diese schläfrige Gegend betraten, so atmen sie sicherlich schon bald die verzauberte Luft ein und lassen ihrer Einbildungskraft freien Lauf, haben Träume und sehen Gespenster.

Trotzdem kann ich dieses friedliche Fleckchen Erde nicht genug preisen, denn gerade in solchen kleinen, abgeschiedenen holländischen Tälern, wie man sie hier und da im großen Staat New York noch findet, bleiben Bevölkerung, Sitten und Gewohnheiten unverändert, während der große Strom der Wanderlustigen und des Fortschritts, der in allen anderen Teilen unseres ruhelosen Landes ständig Veränderungen bewirkt, unbemerkt an ihnen vorbeifließt. Sie sind wie kleine Buchten stillen Wassers am Ufer eines reißenden Stroms, wo man Strohhalme und Wasserblasen langsam treiben sieht oder sie sich ruhig in einem kleinen Miniaturhafen drehen, geschützt vor der heftigen Strömung, die vorüberrauscht. Obgleich viele Jahre verstrichen sind, seit ich zum letzten Mal unter den einlullenden Schatten von Sleepy Hollow gegangen bin, frage ich mich doch, ob ich nicht noch immer dieselben Bäume und dieselben Familien in ihrem geschützten Schoß finden würde.

In diesem abgelegenen Ort lebte in einer frühen Periode der amerikanischen Geschichte, vor etwa dreißig Jahren, ein ehrenwerter junger Mann mit Namen Ichabod Crane, der sich in Sleepy Hollow aufhielt oder, wie er es nannte, dort verweilte, um die Kinder der Gegend zu unterrichten. Er stammte aus Connecticut, einem Staat, der die Union mit Pionieren des Geistes wie mit solchen für den Wald versorgt und jedes Jahr Legionen von Waldarbeitern und Dorfschulmeistern auf die Wanderschaft schickt. Der Familienname Crane, Kranich, passte sehr gut zu ihm. Er war groß, sehr hager, hatte schmale Schultern, lange Arme und Beine, Hände, die meilenweit aus seinen Ärmeln herausbaumel-

ten, und wahre Schaufeln von Füßen, und seine ganze
Gestalt hing nur lose zusammen. Sein Kopf war klein
und oben abgeflacht, er hatte ungeheure Ohren, große,
gläserne grüne Augen und eine lange Schnepfennase,
so dass er einem Wetterhahn glich, der sich auf dem
spindeldürren Hals niedergelassen hatte, um anzuzei-
gen, woher der Wind weht. Wenn man ihn an einem
windigen Tag über einen Hügel gehen sah und seine
Kleider sich flatternd um ihn bauschten, hätte man ihn
für das Gespenst der Not halten können, das auf der
Erde umging, oder auch für eine aus einem Kornfeld
entflohene Vogelscheuche.

Sein Schulhaus war ein niedriges Gebäude mit einem einzigen großen Raum, grob aus Baumstämmen
zusammengefügt; die Fenster waren teils verglast, teils
mit Blättern aus alten Schreibheften zugeklebt. In der
schulfreien Zeit war es sinnvoll durch eine um den Türgriff geschlungene Weidenrute gesichert sowie durch
Stangen, die gegen die Fensterläden gestemmt waren,
so dass ein Dieb zwar mit Leichtigkeit hinein-, aber
nur schwer wieder herauskommen konnte – ein Einfall, den der Baumeister Yost van Houten höchstwahrscheinlich dem Geheimnis einer Aalreuse abgeschaut
hatte. Das Schulhaus stand an einer ziemlich einsamen,
aber landschaftlich schönen Stelle am Fuß eines bewaldeten Hügels, an dem in der Nähe ein Bach vorbeifloss,
und auf der anderen Seite stand eine mächtige Birke.
Von dort konnte man an manch einem schläfrigen Som-
mertag das leise Murmeln seiner Schüler vernehmen,

die ihre Lektionen aufsagten. Es klang wie das Summen eines Bienenstocks, das nur ab und zu von der gebieterischen Stimme des Lehrers mit einer Drohung oder einem Befehl unterbrochen wurde, manchmal allerdings auch durch den schrecklichen Knall einer Birkenrute, die einen säumigen Faulenzer wieder auf den blumigen Pfad des Wissens zurückwies. Um die Wahrheit zu sagen, der Lehrer war ein gewissenhafter Mensch, der sich stets des goldenen Leitspruchs bewusst war: ›Schonst du die Rute, verwöhnst du das Kind.‹ Und Ichabod Cranes Schüler waren gewiss nicht verwöhnt.

Ich möchte ihn aber keinesfalls als einen jener grausamen Schultyrannen hinstellen, die sich an der Qual ihrer wehrlosen Untertanen weiden. Im Gegenteil, er ließ Gerechtigkeit eher mit Nachsicht denn mit Strenge walten, nahm die Last von den Schultern der Schwachen und bürdete sie den Starken auf. Ein zartes Bürschchen, das schon bei der geringsten Bewegung der Rute zitterte, überging er nachsichtig, während ein kleiner, zäher, dickköpfiger, breitschultriger Holländerjunge, der trotzte, sich widersetzte und störrisch und verstockt unter der Rute wurde, als ausgleichende Gerechtigkeit eine doppelte Portion erhielt. Das alles nannte er ›seine Pflicht an ihrer Eltern Statt erfüllen‹, und er strafte nie, ohne für den kleinen Dulder die tröstliche Versicherung folgen zu lassen, dass ›er sich stets daran erinnern und ihm sein Lebtag dafür dankbar sein werde‹.

Nach den Schulstunden war er sogar Gefährte und Spielkamerad der größeren Jungen, und an freien Nachmittagen pflegte er ein paar der kleineren heimzubegleiten, die zufällig hübsche Schwestern hatten oder deren Mütter tüchtige Hausfrauen und für die Leckerbissen in ihren Speisekammern bekannt waren. Er musste allerdings auch mit seinen Schülern auf gutem Fuß stehen. Die Einkünfte aus seiner Lehrtätigkeit waren kärglich und hätten kaum für das tägliche Brot gereicht, denn er war ein kräftiger Esser, und wenn er auch schmächtig war, konnte er doch so viel in sich hineinstopfen wie eine Riesenschlange. Als Beitrag zu seinem Unterhalt erhielt er nach Landessitte Kost und Logis in den Häusern der Bauern, deren Kinder seine Schule besuchten. Bei diesen lebte er abwechselnd eine Woche lang und machte so die Runde in der ganzen Umgebung, all sein Hab und Gut in ein baumwollenes Taschentuch geknüpft.

Um seinen bäuerlichen Gönnern nicht zu sehr auf der Tasche zu liegen, weil diese dazu neigten, Schulkosten als drückende Last und Schulmeister nur als Drohnen anzusehen, machte er sich auf verschiedene Arten nützlich und angenehm. Er ging den Bauern hin und wieder bei leichten Hofarbeiten zur Hand, half bei der Heumahd, besserte Zäune aus, brachte die Pferde zur Tränke, trieb die Kühe von der Weide heim und hackte Holz für den Winter. Dabei verzichtete er auf alle seine Herrscherallüren und die unumschränkte Macht, womit er sonst in seinem kleinen Reich, der Schule, regierte, und wurde überraschend sanft und freundlich. Er fand Gnade vor den Augen der Mütter, weil er ihre Kinder, vor allem die jüngsten, verhätschelte; und gleich dem kühnen Löwen, der einst großmütig das Lämmlein gewiegt, saß er geduldig mit einem Kind auf den Knien da und schaukelte dabei stundenlang mit dem Fuß eine Wiege.

Abgesehen von seinen anderen Funktionen war er auch noch der Gesangslehrer der Gegend und verdiente manchen blanken Schilling damit, dass er den jungen Leuten das Psalmensingen beibrachte. Es schmeichelte seiner Eitelkeit nicht wenig, wenn er an Sonntagen vor einem Chor auserwählter Sänger auf der Empore stand und seiner Meinung nach einen überwältigenden Sieg über den Pfarrer errang. Fest steht jedenfalls, dass seine Stimme die ganze Gemeinde übertönte, und an stillen Sonntagmorgen kann man in der Kirche und eine halbe Meile entfernt auf der anderen Seite des Mühlteiches noch sonderbare Triller vernehmen, die ohne Zweifel aus Ichabod Cranes Kehle stammen sollen. So schlug sich unser würdiger Pädagoge mit verschiedenen Notbehelfen leidlich mit Hängen und Würgen, wie man so sagt, durchs Leben, und wer nichts von den Anstrengungen geistiger Arbeit verstand, musste annehmen, dass er ein gänzlich unbeschwertes Leben führte.

Auf dem Land ist der Schulmeister in den Kreisen der weiblichen Bevölkerung für gewöhnlich eine gewichtige Persönlichkeit. Er wird als feiner Herr betrachtet, der im Vergleich zu den rohen Bauernburschen überragenden Geschmack und Bildung besitzt und an Wissen eigentlich nur dem Pfarrer nachsteht. Kommt er daher zum Tee in ein Bauernhaus, so verursacht er dort einen kleinen Aufruhr, und es werden noch ein Teller mit Kuchen oder Süßigkeiten und vielleicht auch eine silberne Teekanne zusätzlich auf den Tisch gestellt. Unser Gelehrter erfreute sich deshalb besonderer Gunst bei allen Landmädchen. Und wenn er an Sonntagen zwischen den Gottesdiensten mit ihnen auf dem Kirchhof hin- und herpromenierte, war er so recht der Hahn im Korb! Er pflückte ihnen Trauben von den wilden Weinreben, die sich üppig an den Bäumen emporrankten, erfreute sie mit dem Vorlesen der Inschriften auf den Grabsteinen oder schlenderte mit einem ganzen Schwarm von ihnen am Ufer des angrenzenden Mühlteiches entlang, während die linkischen Bauerntölpel schüchtern zurückblieben und ihn um seine überlegene Eleganz und Lebensart beneideten.

Da er viel unterwegs war, stellte er auch eine Art wandelnder Zeitung dar und verbreitete den Dorfklatsch immer von Haus zu Haus, so dass er überall gern gesehen war. Darüber hinaus wurde er von den Frauen als hochgebildeter Mann geschätzt, hatte er doch mehrere Bücher ganz durchgelesen und kannte Cotton Mathers ›Geschichte der Hexerei in Neuengland‹, an die er übrigens felsenfest glaubte, in- und auswendig.

Bei ihm mischten sich in Wahrheit ein Anflug von Klugheit und blinde Leichtgläubigkeit auf sonderbare Weise. Sein Interesse an Übersinnlichem und seine Fähigkeit, es in sich zu verarbeiten, waren in hohem Maße ungewöhnlich, und beides war durch seinen Aufenthalt in dieser verzauberten Gegend noch gesteigert worden. Er war so davon eingenommen, dass ihm keine Geschichte zu unglaubhaft oder zu schauerlich war. Einen Hochgenuss bereitete es ihm, wenn er sich am Nachmittag nach dem Schulunterricht in ein üppiges Kleefeld am Ufer des kleinen Baches legte, der am Schulhaus vorbeiplätscherte, und in den gruseligen Geschichten des alten Mather las, bis die Schatten immer länger wurden und die Schrift vor seinen Augen verschwamm. Machte er sich dann durch den Morast neben dem Fluss und durch furchterregende Wälder auf den Heimweg zu dem Bauernhaus, wo er gerade einquartiert war, erregte jedes noch so leise Geräusch in jener Zauberstunde seine erhitzte Phantasie – der klagende Ruf des Ziegenmelkers vom Hügel, das unheilverkündende Quaken der Laubfrösche, die Sturm prophezeiten, der düstere Schrei einer Eule oder das plötzliche Rascheln aufgescheuchter Vögel im Gebüsch. Auch die Glühwürmchen, die an den dunkelsten Stellen ganz hell leuchteten, erschreckten ihn von Zeit zu Zeit, besonders wenn ihm ein sehr glänzendes über den Weg flog, und stieß zufällig ein dicker plumper Käfer auf seinem blinden Flug gegen ihn, so war der arme Bursche beinahe so weit, seinen Geist aufzugeben, weil er glaubte, eine Hexe hätte ihm ihr Brandmal aufgedrückt. Um in solchen Augenblicken die Gedanken zu verscheuchen oder die bösen Geister zu bannen, stimmte er als einzigen Ausweg einen Psalm an, und die braven Leute aus dem Schlummertal, die abends vor ihren Türen saßen, wurden oft von ehrfürchtiger Scheu ergriffen, wenn sie seine näselnde Melodie, lieblich und lange ausgehalten, von einem fernen Hügel oder die staubige Landstraße entlangschweben hörten.

Auch bereitete es ihm ein angenehm schauerliches Vergnügen, die langen Winterabende bei den alten holländischen Frauen zu verbringen, wenn diese beim Feuer saßen und spannen, während ein paar Bratäpfel auf dem Herd zischten. Er lauschte ihren wunderbaren Erzählungen von Geistern, Kobolden und Feldern, auf denen es spukte, von verwunschenen Bächen und Brücken und verhexten Häusern und besonders gern vom Reiter ohne Kopf oder vom galoppierenden Hessen aus Sleepy Hollow, wie man ihn manchmal nannte. Er wiederum machte ihnen die gleiche Freude mit seinen Geschichten über Hexerei, furchteinflößende Zeichen und unheilverkündende Erscheinungen und Geräusche in der Luft, wie es sie früher so häufig in Connecticut gab, und jagte ihnen mit seinen Spekulationen über Kometen und Sternschnuppen und mit der beängstigenden Tatsache, dass sich die Erde wirklich im Kreise drehe und sie ihr halbes Leben lang auf dem Kopfe ständen, einen argen Schrecken ein.

Aber wenn es für ihn auch ein Vergnügen war, sich in einem vom rötlichen Schein des prasselnden Holzfeuers erfüllten Zimmer gemütlich in eine Ofenecke zu kuscheln, wo sich natürlich kein Gespenst von Angesicht sehen ließ, so war es doch durch die Angst auf dem Heimweg teuer erkauft. Welch schreckliche Gestalten und Schatten belagerten im trüben und gespenstischen Licht einer Schneenacht seinen Weg. Wie furchtsam blickte er auf jeden zitternden Lichtstrahl, der aus einem fernen Fenster über die kahlen Felder fiel! Wie oft erschrak er vor einem schneebedeckten Strauch, der wie ein verhülltes Gespenst am Weg lauerte. Wie oft durchfuhr ihn lähmendes Entsetzen beim Klang seiner eigenen Schritte auf dem verharschten Schnee, und er fürchtete sich, über die Schulter zurückzuschauen, um nicht ein unheimliches Wesen zu erblicken, das ihm dicht auf den Fersen folgte. Und wie oft versetzte ihn ein heftiger Windstoß, der durch die Äste fegte, in panische Angst bei dem Gedanken, dass es vielleicht der galoppierende Hesse auf einem seiner nächtlichen Ritte sein könne.

Aber das alles waren nur Schrecken der Nacht, in der Dunkelheit wandelnde Hirngespinste; und obgleich er seinerzeit viele Gespenster gesehen hatte und auf seinen einsamen Streifzügen dem Satan in verschiedenen Gestalten begegnet war, setzte das Tageslicht doch diesem ganzen Treiben ein Ende, und er würde, dem Teufel und allen seinen Werken zum Trotz, ein angenehmes Leben geführt haben. Doch da wurde sein Pfad von einem Wesen gekreuzt, das einem Mann mehr die Sinne verwirrt als alle Geister, Kobolde und Hexen zusammen, und das war – ein Weib.

Unter den Schülern, die an einem Abend in der Woche zusammenkamen, um von ihm im Psalmensingen unterwiesen zu werden, war Katrina van Tassel, Tochter und einziges Kind eines wohlhabenden holländischen Bauern. Sie war ein blühendes Mädchen von knapp achtzehn Jahren, prall wie ein Rebhuhn, reif und schmelzend und rosenwangig wie ein Pfirsich aus ihres Vaters Garten und überall bekannt nicht nur wegen ihrer Schönheit, sondern auch der großen Erbschaft wegen, die sie zu erwarten hatte. Obendrein war sie auch ein wenig kokett, was man sogar an ihrer Kleidung bemerken konnte, die ein Gemisch aus alter und neuer Mode war, dergestalt, dass ihre Reize am besten zur Geltung kamen. Sie trug Schmuck aus purem gelbem Gold, den ihre Ururgroßmutter aus Saardam mitgebracht hatte, das verführerische Mieder der alten Zeit und dazu einen ungewöhnlich kurzen Rock, der die hübschesten Füße und Fesseln in der ganzen Gegend frei ließ.

Ichabod Cranes Herz war dem zarten Geschlecht gegenüber weich und töricht, und es ist nicht verwunderlich, dass ein so verlockender Bissen bald Gnade vor seinen Augen fand, besonders, nachdem er das Mädchen in ihrem väterlichen Hause besucht hatte. Der alte Baltus van Tassel war das vollkommene Bild eines wohlhabenden, zufriedenen und großzügigen Bauern. Es stimmt zwar, dass seine Augen oder Gedanken selten über die Grenzen seines Hofes hinausgingen, aber dort selbst war alles wohlgeordnet, glücklich und in bestem Zustand. Er war mit seinem Reichtum zufrieden, aber nicht stolz darauf, und bildete sich eher etwas auf den reichen Überfluß als auf seinen Lebensstil ein. Sein Reich lag am Ufer des Hudsons, auf einer jener grünen, geschützten und fruchtbaren Stellen, auf denen sich die holländischen Bauern so gern niederlassen. Eine große Ulme beschirmte es mit ihren weit ausladenden Zweigen; an ihrem Fuß sprudelte eine Quelle des weichsten und süßesten Wassers in einen kleinen Brunnen, der aussah wie ein Fass, und stahl sich dann glitzernd im Gras weiter zu einem nahen Bach, der unter Erlen und Zwergweiden dahinplätscherte. Dicht bei dem Bauerngehöft war eine große Scheune, die als Kirche gedient haben könnte; jedes Fenster und jeder Spalt schien von den Schätzen des Hofes zu bersten. Von früh bis spät polterte drinnen laut und geschäftig der Dreschflegel, Schwalben zwitscherten auf der Dachrinne, und Scharen von Tauben sonnten sich auf dem Dach. Ein paar schauten mit einem Auge gen Himmel, als beobachteten sie das Wetter, einige steckten die Köpfe unter die Flügel oder in die Brust, und wieder andere blähten sich, gurrten und verneigten sich vor ihren Auserwählten. Gut gemästete fette Schweine grunzten in ihren behaglichen Koben, aus denen hin und wieder Scharen von Ferkeln schnüffelnd herausdrängten. Ein stattliches Geschwader schneeweißer Gänse schwamm auf einem nahen Teich, eskortiert von ganzen Entenflotten; Regimenter von Truthühnern kollerten auf dem Hof, worüber sich die Perlhühner wie schlechtgelaunte Hausfrauen mit zänkischem, unzufriedenem Geschrei ereiferten. Vor der Scheunentür stolzierte der prächtige Hahn auf und ab, jenes Muster eines Ehemannes, Kriegers und feinen Herrn, schlug mit seinen glänzenden Flügeln und krähte voller Stolz und Genugtuung, scharrte ab und zu die Erde auf und rief dann großmütig seine stets hungrige Familie, Weibervolk und Kinder, zu sich, um den fetten Leckerbissen zu genießen, den er entdeckt hatte.

Dem Pädagogen lief das Wasser im Munde zusammen bei dieser prächtigen Aussicht auf leckere Winterkost. Mit gierigen Augen sah er schon die gebratenen Schweine vor sich, die mit einem Füllsel im Bauch und einem Apfel im Maul umherliefen; die Tauben lagen behaglich in eine köstliche Pastete gebettet, bedeckt mit einer braunen Kruste; die Gänse schwammen in ihrem Fett, und die Enten lagen wie glücklich vereinte Paare bequem zu zweit in einer üppigen Zwiebelsoße in den Schüsseln. Bei den Mastschweinen musste er gleich an fette Speckseiten und Saftschinken denken, und es gab keinen Truthahn, den er nicht kunstvoll dressiert sah, mit dem Magen unter den Flügeln und vielleicht einer Halskette aus geräucherten Würsten, und sogar der glänzende Hahn lag als Zwischengericht aufgespreizt mit hochgestreckten Krallen auf dem Rücken, als flehe er um den Pardon, den sein ritterlicher Geist zu fordern verschmäht hatte, solange er noch am Leben gewesen.

Als sich der entzückte Ichabod dies alles vorstellte und seine großen grünen Augen über die fetten Weiden, die üppigen Weizen-, Roggen-, Buchweizen- und

Maisfelder und die mit rotbackigen Früchten beladenen Obstgärten rund um van Tassels reichen Besitz schweifen ließ, da sehnte sich sein Herz nach dem Mädchen, das dieses Reich einmal erben würde, und er malte sich in Gedanken schon aus, wie schnell man alles zu Geld machen könnte, das dann in großen Streifen brachen Landes und Blockhäusern in der Wildnis angelegt wurde. Ja, seine lebhafte Phantasie ließ ihn seine Hoffnungen schon fast erfüllt sehen und zeigte ihm die blühende Katrina inmitten einer großen Kinderschar, wie sie hoch oben auf einem mit Hausgerät beladenen Wagen thronte, von dem Töpfe und Kessel herunterbaumelten, und sich selbst sah er auf einer langsam dahintrabenden Stute, der ein Fohlen auf den Fersen folgte, und sie alle zogen ihres Weges nach Kentucky, Tennessee oder Gott weiß wohin.

Beim Eintritt in das Haus hatte er sein Herz endgültig verloren. Es war eines jener geräumigen Bauernhäuser mit hohem First und tief herabreichendem schrägen Dach in dem von den ersten holländischen Ansiedlern übernommenen Stil. An der Vorderseite bildeten die niedrigen, vorstehenden Dachgesimse eine Veranda, die bei schlechtem Wetter geschlossen werden konnte. Darunter hingen Dreschflegel, Pferdegeschirr, verschiedene landwirtschaftliche Geräte und Netze zum Fischen im nahen Fluss. Für den Sommer standen Bänke an der Wand, und ein großes Spinnrad an einem Ende und ein Butterfass am anderen zeigten, für welche wichtigen Arbeiten die Veranda genutzt wurde. Von dieser Vorhalle aus betrat der staunende Ichabod die Diele, die das Kernstück des Hauses bildete und in der Regel zum Wohnen benutzt wurde. Dort blendeten Reihen glänzenden Zinngeschirrs auf einer langen Anrichte seine Augen. In einer Ecke stand ein großer Sack Wolle zum Verspinnen bereit, in einer anderen befand sich eine Menge grobe Beiderwand, die gerade vom Webstuhl gekommen war. Maiskolben und Schnüre gedörrter Äpfel und Pfirsiche hingen mit roten Pfefferschoten gemischt in fröhlichen Girlanden an den Wänden, und durch eine offen stehende Tür konnte er einen Blick in die gute Stube werfen, wo die Sessel mit Klauenfüßen und die dunklen Mahagonitische wie Spiegel glänzten; Kaminböcke mit den dazugehörigen Schaufeln und Zangen blitzten aus ihrem Versteck hinter Spargelkraut hervor; Orangenattrappen und Muschelschalen schmückten den Kaminsims, über dem Schnüre mit verschiedenfarbigen Vogeleiern befestigt waren. Ein großes Straußenei hing von der Mitte der Zimmerdecke herab, und ein absichtlich offen gelassener Eckschrank stellte ungeheure Schätze alten Silbers und unauffällig gekitteten Porzellans zur Schau.

Von dem Augenblick an, da Ichabods Blick auf diese erfreulichen Regionen fiel, war es um sein Seelenheil geschehen, und all sein Sinnen und Trachten richtete sich einzig darauf, wie er die Zuneigung der unvergleichlichen Tochter van Tassels gewinnen könne. Doch bei diesem Unternehmen musste er gegen mehr wirkliche Schwierigkeiten ankämpfen, als es ehedem das

Los eines fahrenden Ritters war, der nur Riesen, Zauberer, feuerspeiende Drachen und ähnliche leicht besiegbare Gegner zu überwinden hatte und sich bloß durch eherne Tore und undurchdringliche Mauern einen Weg zum Burgverlies zu bahnen brauchte, wo die Dame seines Herzens gefangen saß. Das alles bewältigte er so mühelos wie jemand, der sich durch einen Weihnachtspudding hindurchisst, und zum Lohn schenkte ihm die Geliebte dann natürlich ihre Hand. Ichabod hingegen musste sich den Weg zum Herzen einer koketten Dorfschönen bahnen, durch ein Labyrinth von Launen und Grillen, und er stieß dabei immer wieder auf neue Schwierigkeiten und Hindernisse. Er musste gegen ein wahres Heer gefährlicher Gegner aus Fleisch und Blut kämpfen, gegen die zahlreichen bäuerlichen Verehrer, die jede Pforte zu ihrem Herzen besetzt hielten, einander mit Argusaugen beobachteten, aber bereit waren, gemeinsam gegen jeden neuen Bewerber ins Feld zu ziehen.

Der Verwegenste unter ihnen war ein stämmiger, dreister und lärmender Bursche namens Abraham oder, gemäß der holländischen Abkürzung, Brom van Brunt, der Held der ganzen Gegend, die von seinen Kraftproben und Wagnissen widerhallte. Er war breitschultrig und sehnig, hatte kurzes, schwarzgelocktes Haar und ein grobes, aber nicht unangenehmes Gesicht, in dem Übermut und Anmaßung zum Ausdruck kamen. Wegen seines herkulischen Körperbaus und seiner kraftvollen Glieder hatte man ihm den Spitznamen Brom

Bones oder Knochen-Brom gegeben, unter dem er überall bekannt war. Er war berühmt für seine Kunst und Geschicklichkeit im Reiten und auf einem Pferderücken so gewandt wie ein Tatar. Bei allen Wettrennen und Hahnenkämpfen war er der Erste, und aufgrund der Überlegenheit, die Körperkraft bei den Bauern bedeutet, waltete er bei allen Streitigkeiten als Schiedsrichter, wobei er seinen Hut schief rückte und seine Entscheidungen mit einer Miene und einem Ton fällte, der weder Widerspruch noch Bitten duldete. Stets war er zu Händeln oder Schnabernack aufgelegt, aber mehr des Spaßes wegen denn aus Boshaftigkeit, und hinter seinem herausfordernd groben Wesen verbarg sich nicht wenig launische Gutmütigkeit. Er hatte ein paar Freunde vom gleichen Schlag, die in ihm ihr Vorbild sahen, und an ihrer Spitze durchstreifte er die Gegend und war meilenweit bei jedem Fest und jeder Schlägerei zu finden. Bei kaltem Wetter trug er eine Pelzkappe mit einem kühn wehenden Fuchsschwanz; und wenn ein paar Leute zusammengekommen waren und diesen wohlbekannten Kopfputz in der Ferne auftauchen und aus einer Schar schneller Reiter wehen sahen, konnten sie sich stets auf eine ordentliche Rauferei gefasst machen und traten gleich beiseite. Manchmal hörte man seinen Trupp um Mitternacht an den Bauernhäusern vorbeigaloppieren, mit lautem Geschrei und Hallo gleich einem Trupp Donkosaken; und die alten Frauen schreckten dann aus dem Schlaf auf, lauschten eine Weile, bis sich der Lärm wieder gelegt hatte, und riefen dann: »Aha, das war Brom Bones mit seiner Bande!« Die Nachbarn betrachteten ihn mit einem Gemisch von Furcht, Bewunderung und Wohlwollen, und wenn ein übermütiger Streich verübt worden war oder es Streit unter den Bauern der Gegend gegeben hatte, schüttelten sie die Köpfe und schworen darauf, dass gewiss wieder Brom Bones dahinterstecke.

Dieser stürmische Held hatte seit einiger Zeit die blühende Katrina zum Gegenstand seiner unbeholfenen Artigkeiten erwählt, und obwohl seine verliebten Zärtlichkeiten manchmal den täppischen Liebkosungen und Zuneigungsbeweisen eines Bären glichen, so wurde doch gemunkelt, dass sie ihn in seinen Hoffnungen nicht gerade entmutigte. Gewiss ist, dass seine Fortschritte das Zeichen zum Rückzug für seine Rivalen waren, die keinerlei Neigung verspürten, einem Löwen bei seiner galanten Werbung in die Quere zu kommen. Sah man daher sonntags abends sein Pferd an van Tassels Zaun angebunden, so war das ein sicheres Zeichen, dass sein Herr auf Freiersfüßen ging oder, wie man es nannte, drinnen den Galan spielte, und alle übrigen Liebhaber ritten verzweifelt weiter und suchten sich ein anderes Jagdrevier.

Das war also der furchtbare Rivale, mit dem Ichabod Crane zu kämpfen hatte, und wenn man alles recht bedachte, würde selbst ein stärkerer Kämpe als er vom Wettbewerb zurückgetreten sein, und ein klügerer hätte voll Verzweiflung aufgegeben. Er aber besaß eine glückliche Mischung von Wendigkeit und Ausdauer in seinem Wesen; er ähnelte in Gestalt und Charakter einer Schlingpflanze – war nachgiebig, aber zäh; bog sich zwar, aber brach nie; und obwohl er dem leichtesten Druck nachgab, stand er doch gleich mit einem Ruck wieder aufrecht und trug den Kopf hoch wie eh und je.

Offen gegen seinen Rivalen ins Feld zu ziehen wäre heller Wahnsinn gewesen; denn der gehörte nicht zu den Männern, die bei ihren Liebschaften einen Widersacher duldeten, ebenso wie weiland der stürmische Liebhaber Achilles. Ichabod machte daher seine Annäherungsversuche auf eine vers-ecktere und heimlich andeutende Art. In seiner Eigenschaft als Gesangslehrer stattete er dem Hof häufig Besuche ab, ohne jedoch die lästige Einmischung der Eltern fürchten zu müssen, die auf dem Pfad der Liebenden so oft ein Stein des Anstoßes wird. Balt van Tassel war ein ruhiger, nachgiebiger Mann. Er liebte seine Tochter sogar noch mehr als seine Tabakspfeife und ließ ihr als vernünftiger Mensch und kluger Vater in allem ihren Willen. Auch seine tüchtige kleine Frau hatte genug zu tun, um ihren Haushalt in Ordnung zu halten und ihr Federvieh zu versorgen; denn wie sie sehr weise bemerkte, seien Enten und Gänse nur dumme Geschöpfe, um die man sich kümmern müsse, während junge Mädchen selber auf sich aufpassen könnten. Indes die fleißige Frau emsig im Hause herumwirtschaftete oder an einem Ende der Veranda ihr Spinnrad drehte, saß der ehrbare Balt am anderen Ende, schmauchte seine Pfeife und beobachtete die Fortschritte eines kleinen hölzernen Kriegers, der auf dem Scheunenfirst mit einem Schwert in jeder Hand ungemein tapfer gegen den Wind kämpfte. Unterdessen machte Ichabod beim Brunnen unter der großen Ulme seine Annäherungsversuche bei der Tochter oder ging mit ihr in der Abenddämmerung spazieren, jener Stunde, die der Beredsamkeit eines Liebhabers so sehr entgegenkommt.

Ich muss zugeben, dass ich nicht weiß, wie man Frauenherzen umwirbt und gewinnt. Für mich waren sie immer etwas Rätselhaftes und Anbetungswürdiges. Manche scheinen nur einen einzigen verwundbaren Punkt oder Zugang zu haben, während zu anderen wiederum tausend Wege führen und sie auf tausenderlei verschiedene Arten eingenommen werden können. Es beweist größtes Geschick, die ersteren zu erobern, aber es ist ein noch größerer Beweis für strategische Kunst, die letzteren zu gewinnen, weil der Mann an jedem Tor und an jedem Fenster um seine Festung kämpfen muss. Wer tausend einfache Herzen an sich reißt, kann mit Recht Ruhm ernten; wer aber unumschränkte Macht über das Herz einer einzigen koketten Frau gewinnt, der ist in der Tat ein Held. Dies war allerdings bei dem gefürchteten Brom Bones nicht der Fall, und von dem Augenblick an, da Ichabod Crane als Bewerber auftrat, schien Broms Interesse offensichtlich zu erlahmen. An Sonntagabenden sah man sein Pferd nicht mehr am Zaun, und allmählich kam es zu einer tödlichen Feindschaft zwischen ihm und dem Schulmeister von Sleepy Hollow.

Brom, in dessen Wesen ein Anflug rauher Ritterlichkeit lag, hätte die Dinge ohne weiteres zum offenen Kampf kommen lassen und die Ansprüche auf die Schöne nach Sitte der fahrenden Ritter von einst mit ihrem gesunden Menschenverstand durch einen einzigen Zweikampf entschieden. Aber Ichabod war sich der überlegenen Kraft seines Gegners nur zu gut bewusst, um offen gegen ihn aufzutreten. Er hatte Brom sich rühmen hören, dass er ›den Schulmeister zusammenschlagen und in einem Bücherregal in der Schule verstauen wolle‹, und so hütete er sich, ihm eine Gelegenheit dazu zu geben. In diesem hartnäckig gewahrten Friedenszustand lag etwas ungemein Herausforderndes; es blieb Brom keine andere Wahl, als auf seinen großen Vorrat an ausgelassenem Bauernhumor zurückzugreifen und seinem Widersacher ein paar üble Streiche zu spielen. Ichabod wurde zum Gegenstand des Spottes und der launenhaften Verfolgung durch Bones und seine wilde Reiterschar. Sie suchten seine bisher friedlichen Regionen heim, räucherten seine Singschule aus, indem sie den Kamin zustopften, brachen nachts trotz der vorzüglichen Sicherung durch Weidenruten und Fensterstangen in das Schulhaus ein und stellten alles auf den Kopf, so dass der arme Schulmeister schließlich annahm, sämtliche Hexen aus der Umgebung hätten hier ihren Sabbat abgehalten. Aber was noch ärgerlicher war, Brom ergriff jede Gelegenheit, ihn im Beisein seiner Angebeteten lächerlich zu machen. So hatte er einem Straßenköter auf höchst komische Art zu winseln beigebracht und stellte ihn dann als einen Rivalen Ichabods vor, der das Mädchen im Psalmensingen unterweisen wollte.

Auf diese Weise gingen die Dinge eine Zeitlang weiter, ohne dass die Lage der streitenden Mächte sich wesentlich verändert hätte. An einem schönen Herbstnachmittag thronte Ichabod in nachdenklicher Stimmung auf dem hohen Stuhl, von dem aus er gewöhnlich die Angelegenheiten seines kleinen gelehrten Reiches regelte. In der Hand schwang er ein Lineal, jenes Zepter despotischer Macht; die Birkenrute der Gerechtigkeit ruhte auf drei Nägeln hinter dem Thron als ständiges Abschreckungsmittel für alle Übeltäter. Auf dem Pult vor ihm waren eine Menge eingeschmuggelter Dinge und verbotene Waffen zu sehen, die er bei faulen Buben gefunden hatte, wie angebissene Äpfel, Knallbüchsen, Kreisel, Fliegengläser und ganze Legionen drohend aufgerichteter kleiner Kampfhähne aus Papier. Wahrscheinlich war erst vor kurzem ein Akt der Gerechtigkeit vollzogen worden, denn die Schüler beugten sich alle eifrig über ihre Bücher oder flüsterten vorsichtig dahinter, wobei sie mit einem Auge nach dem Lehrer schielten. Eine unterdrückte Spannung lag über dem ganzen Raum. Sie wurde plötzlich durch die Ankunft eines Boten unterbrochen, der mit einer Jacke und Hosen aus Segeltuch und mit dem Fragment eines runden, kronenförmigen Hutes, der Kappe des Merkur ähnlich, bekleidet war. Er saß auf einem zottigen, wilden, halbzugerittenen Fohlen, das er mit einem Strick als Halfter zügelte. Polternd kam er bis zur Schultüre heran mit einer Einladung für Ichabod zu einem fröhlichen Nähabend der Frauen, der noch am selben Tag bei Mijnheer van Tassel stattfinden sollte. Nachdem er seine Botschaft mit aller Wichtigkeit und dem Bemühen um eine gewählte Sprache vorgebracht hatte, galoppierte er wieder über den Bach, und man sah ihn die Schlucht hinaufjagen, erfüllt von der Bedeutsamkeit und Eile seiner Mission.

Nun herrschten in dem eben noch so ruhigen Schulzimmer Lärm und Aufregung. Die Schüler wurden durch ihre Lektionen gehetzt, ohne bei Kleinigkeiten lange aufgehalten zu werden; wer eine schnelle Auffassungsgabe besaß, übersprang ungestraft die Hälfte, und wer säumig war, erhielt ab und zu eine derbe Lektion mit der Rute, damit er sich sputete oder schneller über ein schwieriges Wort hinwegkam. Die Bücher wurden achtlos beiseitegeworfen, statt ordentlich auf die Regale gestellt zu werden, Tintenfässer wurden umgestoßen, Bänke umgestürzt und der Unterricht eine Stunde vorzeitig beendet, und die jungen Racker lärmten und johlten auf dem Rasen umher, vor Freude, dass sie schon so früh frei hatten.

Der verliebte Ichabod brauchte nun mindestens eine halbe Stunde länger als sonst für seine Toilette, bürstete und putzte seinen besten – und auch einzigen – abgetragenen schwarzen Anzug und ordnete vor einem Spiegelscherben, der im Schulhaus hing, seine Locken. Um vor seiner Angebeteten als echter Kavalier erscheinen zu können, borgte er sich ein Pferd von dem Bauern aus, bei dem er gerade untergebracht war, einem jähzornigen alten Holländer mit Namen Hans van Ripper, und zog nun vornehm zu Pferde gleich einem fahrenden Ritter auf Abenteuer aus. Aber um den echten Geist einer so abenteuerlichen Erzählung zu wahren, sollte ich vielleicht auch Aussehen und Ausrüstung meines Helden und seines Rosses beschreiben. Das Tier, auf dem er ritt, war ein abgetriebener Ackergaul, dem von allem im Leben nur noch seine Tücken geblieben waren. Er war abgezehrt und zottig, hatte einen Schafshals und einen Kopf wie ein Hammer. Seine räudige Mähne und sein Schweif waren zerzaust und voller Kletten; ein Auge hatte die Pupille eingebüßt und blickte starr und gespenstisch, während das andere geradezu teuflisch glänzte. Nach seinem Namen Gunpowder zu urteilen, was Schießpulver bedeutet, musste er jedoch in seiner Jugend einmal feurig und mutig gewesen sein. Er war denn auch ein Lieblingspferd seines Herrn, des jähzornigen van Ripper, gewesen, eines wilden Reiters, der dem Tier sehr wahrscheinlich etwas von seinem eigenen Geist eingeflößt hatte; denn obwohl es alt und verbraucht aussah, war es noch immer heimtückischer als jedes junge Fohlen in der Umgebung.

Ichabod war genau der Richtige für ein solches Pferd. Er ritt mit angezogenen Steigbügeln, so dass seine Knie fast bis zum Sattelknopf reichten. Seine spitzen Ellbogen standen wie Heuschreckenbeine ab, die Peitsche hielt er senkrecht gleich einem Zepter in der Hand, und wenn sein Pferd dahintrottete, schlugen seine Arme wie zwei Flügel auf und nieder. Ein kleiner Wollhut saß auf seinem Nasenansatz, denn anders konnte man den dürftigen Streifen Stirn nicht bezeichnen, und seine schwarzen Rockschöße flatterten beinahe bis zum Schweif des Rosses. Diesen Anblick boten Ichabod und sein Pferd, als sie aus Hans van Rippers Tor ritten, und alles in allem war es ein Bild, wie man es selten am helllichten Tag zu sehen bekommt.

Es war, wie gesagt, ein schöner Herbsttag, der Himmel klar und heiter, und die Natur prangte in jenen satten Goldtönen, die wir immer mit der Vorstellung von Überfluss verbinden. Die Wälder hatten ein schlichtes Braun und Gelb angelegt, während einige besonders frostempfindliche Bäume orange, purpurn und scharlachrot leuchteten. Ketten schnatternder Wildenten strichen durch die Luft, und aus einem Wäldchen mit Buchen und Walnussbäumen konnte man die Schreie des Eichhörnchens hören und hin und wieder den langgezogenen Ruf der Wachtel vom benachbarten Stoppelfeld.

Die kleinen Vögel waren mitten in ihrem Abschiedsschmaus. Sie flatterten vergnügt zwitschernd von Busch zu Busch und von Baum zu Baum, wählerisch in all der Fülle und Verschwendung ringsum. Da war das zutrauliche Rotkehlchen, die Lieblingsbeute junger Jäger, mit seinem lauten Klageschrei und zwitschernde Amseln, die in dunklen Wolken zusammengeballt dahinflogen; da war der goldgeflügelte Specht mit seinem roten Schopf, dem breiten schwarzen Kehlfleck und dem prächtigen Gefieder, der Seidenschwanz mit seinen roten Flügelspitzen, dem gelben Schwanzende und der kleinen Jagdmütze aus Federn, und da war der Eichelhäher, jener lärmende Stutzer im lustigen hellblauen Rock mit seinen weißen Unterkleidern, der schrie und plapperte, nickte und hüpfte und sich verneigte und ganz so tat, als stände er mit jedem Sänger aus Hain und Flur in bestem Einvernehmen.

Ichabod trabte langsam dahin, und seine für jedes Anzeichen üppiger Gaumenfreuden stets offenen Augen streiften voller Wonne über die Schätze des goldenen Herbstes. Überall sah er Äpfel in Hülle und Fülle. Manche Bäume brachen fast unter ihrer Last, während ganze Körbe und Fässer voll Äpfel schon für den Markt bereitgestellt und wieder andere auf große Haufen für die Weinpresse geschüttet waren. Etwas weiter entfernt sah er große Maisfelder mit ihren goldenen Kolben, die aus den Blätterhüllen hervorlugten und feinen Kuchen und Maismehlbrei in Aussicht stellten. Darunter lagen gelbe Kürbisse, drehten ihre glatten runden Bäuche der Sonne zu und versprachen köstliche Pasteten. Dann wieder ritt er an duftenden Buchweizenfeldern vorbei, die angenehm nach Bienenstöcken rochen, und bei ihrem Anblick dachte er genießerisch an herrlich schmeckende Pfannkuchen, dick mit Butter bestrichen und von der zarten kleinen Grübchenhand Katrina van Tassels mit Honig oder Sirup verziert.

So hing er vielen süßen Gedanken und köstlichen

Vorahnungen nach, während er am Hang einer Hügel-
kette dahinritt, von wo aus man einen Blick auf einige
der schönsten Gegenden am majestätischen Hudson
hat. Langsam ging die große Sonnenscheibe im Westen unter. Still und klar lag die weite Bucht des Tappan Zee, und nur hier und da plätscherte sanft eine
Welle und verlängerte den blauen Schatten der fernen
Berge. Ein paar bernsteingelbe Wolken schwebten am
Himmel, ohne dass sich ein Lüftchen regte. Der Horizont war mit glänzendem Gold überzogen, das allmählich in ein reines Apfelgrün und gegen die Him-
melsmitte zu in ein tiefes Blau überging. Ein schräger
Sonnenstrahl hatte sich auf dem bewaldeten Kamm eines Abhanges über dem Fluss verfangen und vertiefte
das dunkle Grau und Purpurrot der Felshänge. Eine
Schaluppe trieb langsam in der Ferne mit der Strömung
flussabwärts, das Segel lose am Mast, und als sich der
Himmel im stillen Wasser widerspiegelte, schien es fast,
als schwebe das Schiff in der Luft.

Gegen Abend erreichte Ichabod den Wohnsitz des
Mijnheer van Tassel, in dem sich der Stolz und die Blü-
te des umliegenden Landes in großer Zahl versammelt
hatten: alte Bauern, eine magere Rasse mit ledernen Gesichtern, in derben Röcken und Hosen, blauen Strümpfen, gewaltigen Schuhen mit prächtigen Zinnschnal-
len; ihre lebhaften, zusammengeschrumpften kleinen
Frauen in enggefältelten Hauben, kurzen Kleidern mit
langen Taillen, selbstgewebten Unterröcken, mit Sche-
ren und Nadelkissen und umgehängten bunten Kattun-

taschen; dralle junge Mädchen, die fast ebenso altmodisch wie ihre Mütter wirkten, es sei denn, ein Strohhut, ein schönes Band oder vielleicht ein weißes Kleid deuteten auf Neues aus der Stadt hin; die Söhne in kurzen Röcken mit viereckigen Schößen und Reihen riesiger Messingknöpfe, das Haar nach der herrschenden Mode geflochten, besonders wenn sie sich zu diesem Zweck eine Aalhaut verschaffen konnten, die man im ganzen Lande für ein hervorragendes Haarpflegemittel ansah.

Held des Tages war indessen Brom Bones, der zu dem Fest auf seinem Lieblingspferd Daredevil, Teufelskerl, gekommen war, einem Pferd voll Feuer und Mutwillen wie er selbst und das auch nur er selbst zu zügeln vermochte. Er war dafür bekannt, dass er wilde Pferde bevorzugte, die bockig waren und deren Reiter stets Gefahr liefen, sich den Hals zu brechen; er fand immer, ein gehorsames, zugerittenes Pferd sei eines mutigen Kerls nicht würdig.

Gern würde ich an dieser Stelle bei den anziehenden Dingen verweilen, die sich dem entzückten Blick meines Helden boten, als er das stattliche Wohnzimmer in van Tassels Haus betrat. Das waren nicht so sehr die Reize einer Schar blühender Mädchen in ihrer roten und weißen Farbenpracht, sondern eher die vielfältigen Verlockungen eines echten holländischen Landteetisches zur verschwenderischen Herbstzeit. Diese Teller mit den verschiedensten und beinahe unbeschreiblichen Kuchenarten, wie sie nur erfahrene holländische

Hausfrauen kennen! Da gab es mürbe Pfannkuchen, zarte Ölkuchen und bröcklige, knusprige Spritzkuchen, Zuckerkuchen und Gebäck, Ingwer- und Honigkuchen und noch viele andere Sorten. Dann gab es Apfel-, Pfirsich- und Kürbistorten; außerdem Schinken und Rauchfleisch und auch noch köstliche Schüsseln mit eingemachten Pflaumen, Pfirsichen, Birnen und Quitten, ganz zu schweigen von den geschmorten Alsen und Brathähnchen. Dazwischen Schalen mit Milch und Sahne, alles bunt durcheinander, gerade so, wie ich es aufgezählt habe, und mittendrin eine bauchige Teekanne, aus der Dampfwolken aufstiegen. Hilf Himmel! Mir fehlen Zeit und Worte, um dieses Fest gebührend zu beschreiben, zudem drängt es mich auch, mit meiner Geschichte fortzufahren. Ichabod Crane hatte zum Glück keine so große Eile, sondern ließ jedem Leckerbissen ausreichend Gerechtigkeit widerfahren.

Er war ein gütiger und dankbarer Mensch, dem das Herz in dem Maße schwoll, wie er gutes Essen zu sich nahm, und dessen Lebensgeister beim Essen angeregt wurden wie die mancher anderer beim Trinken. Er konnte es auch nicht unterlassen, sich während des Essens mit großen Augen neugierig umzusehen, und kicherte schon in sich hinein bei dem Gedanken, dass er eines Tages Herr über diesen kaum vorstellbaren Prunk und Wohlstand sein würde. Dann malte er sich aus, wie bald er dem alten Schulhaus den Rücken kehren, verächtlich auf Hans van Ripper und jeden anderen geizigen Patron herabblicken und jeden umherziehenden Pädagogen aus dem Haus werfen würde, der es wagte, ihn Kollege zu nennen!

Der alte Baltus van Tassel ging unter seinen Gästen umher, und auf seinem Gesicht, das rund und fröhlich wie der Erntemond war, spiegelten sich Zufriedenheit und gute Laune. Seine Aufmerksamkeiten als Gastgeber waren zwar karg bemessen, aber eindrucksvoll und beschränkten sich auf einen Händedruck, einen Schlag auf die Schulter, ein schallendes Lachen und die nachdrückliche Aufforderung, doch zuzugreifen und sich zu bedienen.

Dann riefen Musikklänge aus dem Gesellschaftszimmer, der Diele, zum Tanz. Der Musiker war ein alter, grauhaariger Mann, der schon länger als ein halbes Jahrhundert das Wanderorchester der Gegend war. Sein Instrument war ebenso alt und verbeult wie er selbst. Die meiste Zeit kratzte er auf zwei oder drei Saiten herum, wobei er jeden Bogenstrich mit einem Kopfnicken begleitete; und sobald ein neues Paar zu tanzen anfangen sollte, beugte er sich fast bis zum Erdboden und stampfte mit dem Fuß auf.

Ichabod bildete sich auf seine Tanzkünste ebenso viel ein wie auf seine Stimmkraft. Kein Glied, keine Faser an ihm blieb ruhig, und wenn man seine schlottrige Gestalt schwungvoll im Zimmer herumwirbeln sah, konnte man meinen, der heilige Veit selber, der Schutzpatron der Tänzer, sei höchstpersönlich erschienen. Er war Gegenstand der Bewunderung für alle Schwarzen, die in jeder Größe und in allen Altersklassen vom Hof und aus der Nachbarschaft zusammengekommen waren; sie standen an sämtlichen Türen und Fenstern, eine Pyramide glänzender dunkler Gesichter bildend, und starrten entzückt auf das Bild, rollten ihre weißen Augäpfel, zogen den Mund grinsend von einem Ohr zum anderen und zeigten Reihen strahlend weißer Elfenbeinzähne. Warum sollte da der gestrenge Pauker der Jungen nicht ebenfalls lustig und fröhlich sein? Seine Angebetete tanzte mit ihm und erwiderte huldvoll lächelnd seine verliebten Blicke, während Brom Bones brütend in einer Ecke saß und alle Qualen der Liebe und Eifersucht durchmachte.

Nach dem Tanz zog es Ichabod zu einer Gruppe älterer Leute, die bei dem alten van Tassel am Ende der Vorhalle saßen und rauchten, über alte Zeiten plauderten und lange Kriegsgeschichten aus ihrer Erinnerung hervorkramten.

Die Gegend gehörte zu der Zeit, von der ich berichte, zu jenen so sehr begünstigten Orten, die reich an Historie und großen Männern waren. Ganz in der Nähe waren während des Krieges die britischen und amerikanischen Linien gewesen; die Gegend wurde daher zum Schauplatz von Plünderungen und von Flüchtlingen, Diversanten und anderen Grenzgängern unsicher gemacht. Es war auch gerade genug Zeit verstrichen, dass jeder Erzähler seine Geschichte dichterisch ausschmücken und in der verblassten Erinnerung selbst zum Helden einer tapferen Tat werden konnte.

Da war die Geschichte des Doffue Martling, eines großen blaubärtigen Niederländers, der beinahe eine britische Fregatte mit einem alten eisernen Neunpfünder von einer Lehmschanze aus vernichtet hätte, wenn seine Kanone nicht beim sechsten Schuss explodiert wäre. Und dann war da ein alter Herr, dessen Name ungenannt bleiben soll, weil er zu reich war, als dass man leichtfertig von ihm redete, der in der Schlacht von Whiteplains als Meister der Verteidigungskunst eine Musketenkugel mit einem kleinen Schwert abgewehrt hatte, und zwar dergestalt, dass er sie tatsächlich um die Klinge pfeifen und am Heft abprallen gehört hatte. Zum Beweis dafür war er jederzeit bereit, das Schwert mit dem ein wenig verbogenen Griff vorzuzeigen. Es gab noch andere, die ebenso große Heldentaten auf dem Schlachtfeld vollbracht hatten, und es gab keinen einzigen, der nicht überzeugt gewesen wäre, dass er ein gut Teil zum siegreichen Ende des Krieges beigetragen hatte.

Aber das alles war nichts im Vergleich zu den Geschichten von Geistern und Gespenstern, die danach erzählt wurden. Die Gegend ist für einen reichen Schatz dieser Art bekannt. Heimatsagen und Aberglauben blühen am besten in solch abgelegenen, schon seit langem besiedelten Orten, während sie in den meisten ländlichen Gegenden von den unsteten Bewohnern in den Staub getreten werden. Überhaupt haben es die Gespenster in den meisten Dörfern bei uns recht schwer, denn sie haben kaum ihr erstes Nickerchen beendet und sich im Grabe herumgedreht, da sind ihre noch lebenden

Freunde schon wieder aus der Gegend fortgezogen, und wenn sie nachts aufstehen und ihre Runde machen, haben sie keine Bekannten mehr, die sie besuchen könnten. Das ist vielleicht auch der Grund, warum man so selten von Gespenstern hört, es sei denn in unseren schon lange bestehenden holländischen Gemeinden.

Der unmittelbare Grund jedoch für das Vorherrschen von Spukgeschichten in dieser Gegend war zweifellos die Nähe von Sleepy Hollow. Sogar die Luft aus dieser Gespenstergegend war von Träumen und Phantasiegebilden erfüllt, die auf das ganze Land ansteckend wirkten. Ein paar Bewohner von Sleepy Hollow waren auch bei van Tassels Lustbarkeit anwesend und erzählten wie gewöhnlich ihre spannenden Geistersagen. Viele gruselige Geschichten wurden von Leichenzügen, Jammern und Wehklagen erzählt, die man bei dem in der Gegend stehenden großen Baum gesehen und gehört hatte, wo der unglückliche Major André gefangen genommen ward. Es wurde auch von der Frau in Weiß erzählt, die in der dunklen Schlucht beim Rabenfelsen umging und die man oft in Winternächten vor einem Sturm schreien hörte, denn sie war dort im Schnee umgekommen. Der größte Teil der Geschichten befasste sich jedoch mit dem Lieblingsgespenst von Sleepy Hollow, dem Reiter ohne Kopf, von dem man in letzter Zeit öfters gehört hatte, dass er wieder über das Land reite, und es hieß, er habe sein Ross des Nachts zwischen den Gräbern auf dem Kirchhof angebunden.

Die einsame Lage dieser Kirche schien sie schon seit

je zu einem Lieblingsschlupfwinkel unruhiger Geister gemacht zu haben. Sie steht auf einem von Akazien und hohen Ulmen umgebenen Hügel, und ihre einfachen weißgetünchten Mauern schimmern bescheiden hindurch, so wie christliche Reinheit zwischen den Schatten der Einsamkeit erstrahlt. Ein sanfter Hang führt von ihr nach einer silbernen Wasserfläche hinab, die von hohen Bäumen gesäumt wird, durch die man ein paar Blicke auf die blauen Hügel am Hudson werfen kann. Wenn man den mit Gras bewachsenen Kirchhof sieht, wo die Sonnenstrahlen schläfrig verweilen, sollte man meinen, dass zumindest dort die Toten in Frieden ruhen könnten. Auf einer Seite der Kirche erstreckt sich ein weites, bewaldetes Tal, durch das ein wilder Bach zwischen Felsbrocken und umgestürzten Baumstämmen dahinbraust. Unweit der Kirche hatte man seinerzeit über einer besonders tiefen und schwarzen Stelle des Baches eine Holzbrücke errichtet. Der Weg dorthin und die Brücke selbst lagen im dichten Schatten weit ausladender Bäume, so dass es schon bei Tageslicht dort sehr dunkel war, während der Nacht aber schreckliche Finsternis herrschte. Dies war ein Lieblingsplatz des Reiters ohne Kopf, und dort traf man ihn auch am häufigsten. Man erzählte auch vom alten Brouwer, einem Ketzer, der nicht an Gespenster glaubte, wie er mit dem Reiter nach dessen Rückkehr von einem Ritt nach Sleepy Hollow zusammengetroffen und gezwungen worden wäre, hinter ihm aufzusitzen; wie sie dann über Stock und Stein, über Hügel und Moor galoppierten, bis sie die

Brücke erreichten, wo sich der Reiter dann plötzlich in ein Skelett verwandelt, den alten Brouwer in den Bach geworfen habe und mit einem Donnerschlag über die Baumwipfel davongesprengt sei.

Dieser Geschichte folgte sogleich ein noch aufregenderes Abenteuer von Brom Bones, der den galoppierenden Hessen für einen Erzspitzbuben hielt. Er behauptete, er sei einmal von dem mitternächtlichen Reiter eingeholt worden, als er nachts aus dem benachbarten Dorf Singsing zurückkehrte. Er habe ihm angeboten, mit ihm um eine Schüssel Punsch um die Wette zu reiten, und er hätte auch gewonnen, denn Daredevil hätte das Geisterpferd mit Leichtigkeit besiegt, aber als sie gerade bis zur Kirchenbrücke gekommen waren, habe der Hesse zum Sprung angesetzt und sei in einem Feuerblitz verschwunden.

Alle diese Erzählungen, die in dem geheimnisvollen, schläfrigen Tonfall vorgetragen wurden, mit dem man im Dunkeln redet, während die Gesichter der Zuhörer nur hin und wieder vom Aufflackern einer Pfeife erhellt wurden, prägten sich Ichabod Crane tief ein. Er bezahlte sie mit gleicher Münze durch lange Auszüge aus seinem unschätzbaren Schriftsteller Cotton Mather und fügte noch manch wunderbares Ereignis aus seinem Heimatstaat Connecticut hinzu sowie Berichte über andere furchterregende Gesichte, die er beim nächtlichen Heimweg durch Sleepy Hollow gehabt hatte.

Das Fest ging nun langsam zu Ende. Die alten Bauern luden ihre Familien auf ihre Wagen, und man hörte sie noch eine Weile auf den holprigen Straßen und über die fernen Hügel dahinrasseln. Ein paar Mädchen saßen auf leichten Damensätteln hinter ihren Verehrern auf den Pferden, und ihr fröhliches Lachen mischte sich mit dem Hufschlag, hallte in den schweigenden Wäldern wider, klang schwächer und schwächer, bis es schließlich ganz erstarb – und der noch vor kurzem so laute und heitere Schauplatz war nun ganz still und verlassen. Nur Ichabod zögerte noch, wie das bei Liebhabern auf dem Lande üblich ist, um mit der Erbin unter vier Augen plaudern zu können, und er war fest davon überzeugt, auf dem Weg zum Sieg zu sein. Ich maße mir nicht an, zu berichten, was bei diesem Gespräch gesagt wurde, denn ich weiß es wirklich nicht. Ich fürchte aber, dass irgendetwas schiefgegangen sein muss, denn unser Held brach schon nach kurzer Zeit mit völlig verzweifelter und niedergeschlagener Miene auf. – O diese Weiber! Diese Weiber! Sollte das Mädchen ihn in ihrer koketten Art zum Narren gehalten haben? Hatte sie den armen Pädagogen nur zum Schein ermutigt, um sich die Eroberung seines Rivalen zu sichern? Der Himmel weiß es, ich nicht! – Ichabod stahl sich jedenfalls aus dem Haus mit einer Miene wie jemand, der einen Hühnerstall erobert hat, nicht aber das Herz eines hübschen Mädchens. Ohne nach rechts oder links zu blicken und sich wie sonst so oft an dem ländlichen Wohlstand zu erfreuen, ging er geradewegs zum Stall und trieb sein Pferd sehr unsanft mit ein paar derben Knuffen und Fußtritten aus der behaglichen Unterkunft hinaus, wo es in tiefem Schlaf gelegen und von Bergen von Korn und Hafer und ganzen Tälern voll Gras und Klee geträumt hatte.

Es war gerade zur nächtlichen Geisterstunde, als sich Ichabod schweren Herzens und niedergeschlagen auf den Heimweg machte, an den Hängen der stattlichen Hügel entlang, die sich über Tarrytown erheben, an denen er nachmittags so wohlgemut vorbeigeritten war. Die Stunde war so düster, wie ihm selbst zumute war. Tief unter ihm breitete der Tappan Zee undeutlich seine dunklen Wassermassen aus, und hier und da sah man den hohen Mast einer Schaluppe, die ruhig am Ufer vor Anker lag. In der mitternächtlichen Totenstille konnte man sogar das Bellen des Wachhundes vom gegenüberliegenden Ufer des Hudsons hören, aber so leise und unbestimmt, dass man nur empfand, wie weit man von diesem treuen Gefährten des Menschen entfernt war. Hin und wieder erscholl auch das langgezogene Krähen eines Hahns, der weit, weit weg auf einem Bauernhof zwischen den Hügeln zufällig erwacht war – aber Ichabod vernahm es nur wie in einem Traum. In seiner Nähe war keine Spur von Leben zu entdecken, bloß gelegentlich das eintönige Zirpen einer Grille oder im nahen Sumpf das näselnde Quaken eines Frosches, der vielleicht unbequem schlief und sich plötzlich in seinem Bett umdrehte.

Alle Geschichten von Geistern und Kobolden, die er am Nachmittag gehört hatte, kamen ihm nun wieder in den Sinn. Die Nacht wurde immer dunkler, die Sterne verblassten zusehends, und dahinjagende Wolken entzogen sie manchmal ganz seinem Blick. Noch nie im Leben hatte er sich so einsam und unglücklich gefühlt. Obendrein näherte er sich gerade der Stelle, die der Schauplatz so vieler Gespenstergeschichten war. Mitten auf der Landstraße stand ein ungeheurer Tulpenbaum, der wie ein Riese alle anderen Bäume der Gegend überragte und eine Art Markstein bildete. Seine Äste waren knorrig und bizarr geformt, groß genug, um für gewöhnliche Bäume die Stämme abzugeben, und sie bogen sich fast bis zur Erde hinab und reckten sich dann wieder in die Luft. Der Baum stand mit der tragischen Geschichte des unglücklichen André in Zusammenhang, der in der Nähe gefangen genommen worden war, und er war weit und breit als ›Major Andrés Baum‹ bekannt. Das Volk betrachtete ihn immer mit einem Gemisch von Scheu und Aberglauben, teils aus Mitgefühl mit dem Schicksal seines unglücklichen Namensvetters und teils wegen der Erzählungen von seltsamen Gesichten und Wehklagen, die mit ihm in Verbindung gebracht wurden.

Als Ichabod sich diesem schrecklichen Baum näherte, begann er zu pfeifen. Es schien ihm, sein Pfeifen werde erwidert – aber es war nur ein heftiger Windstoß, der durch das dürre Gezweig pfiff. Beim Näherkommen vermeinte er mitten im Baum etwas Weißes hängen zu sehen. Er hielt an und hörte auf zu pfeifen, aber als er genauer hinblickte, bemerkte er, dass es eine Stelle war, wo der Blitz in den Baum eingeschlagen und das weiße

Holz freigelegt hatte. Plötzlich hörte er es stöhnen – seine Zähne klapperten, und seine Knie schlotterten gegen den Sattel: Es war aber nur ein großer Ast gewesen, der sich im Wind an einem anderen gerieben hatte. Er kam sicher am Baum vorbei, aber schon lauerten neue Gefahren auf ihn.

Etwa zweihundert Meter vom Baum entfernt überquerte ein kleiner Bach den Weg und floss in eine sumpfige, dicht bewaldete Schlucht, die unter dem Namen ›Wiley-Moor‹ bekannt war. Ein paar rohe Stämme dienten nebeneinandergelegt als Brücke über dieses Gewässer. Auf der Seite des Weges, wo der Bach in den Wald floss, warf eine Gruppe von üppig mit wildem Wein überwucherten Eichen und Kastanien tiefen Schatten. Die Brücke zu überqueren war die schwerste Probe. Genau an dieser Stelle war nämlich der unglückliche André gefangen genommen worden, und hinter den Kastanienbäumen und den dichten Weinranken waren die kräftigen Soldaten versteckt gewesen, die ihn überfielen. Seit dieser Zeit hielt man den Bach für verhext, und jeder Schulbube, der nach Anbruch der Dunkelheit allein die Brücke überqueren musste, stand entsetzliche Furcht aus.

Als sich Ichabod dem Bach näherte, begann ihm das Herz wild zu klopfen. Er nahm jedoch all seinen Mut zusammen, gab dem Pferd die Sporen und versuchte schnell über die Brücke zu galoppieren. Aber statt vorwärtszutraben, brach der widerspenstige alte Gaul schräg aus und prallte mit seiner Breitseite gegen den Zaun.

Ichabods Angst nahm durch diese Verzögerung noch zu, er riss die Zügel nach der entgegengesetzten Seite und stieß energisch mit dem anderen Fuß zu. Aber alles war umsonst. Sein Pferd trabte zwar los, aber nur, um auf der anderen Wegseite in dichtes Brombeer- und Erlengestrüpp zu rennen. Der Schulmeister bearbeitete nun mit Peitsche und Sporen die dürren Rippen des alten Gunpowder, der schnaufend und schnaubernd vorwärtssprang, aber dicht bei der Brücke plötzlich scheute und seinen Reiter beinahe kopfüber abgeworfen hätte. Da vernahm Ichabods feines Ohr auf einmal Getrampel im Sumpf neben der Brücke. Im dunklen Schatten des Wäldchens am Rande des Baches sah er ein unförmiges, riesiges schwarzes Ungeheuer. Es rührte sich nicht, sondern schien sich in der Dunkelheit hingekauert zu haben, ein riesenhaftes Ungetüm, das nur darauf zu warten schien, sich auf den Reiter zu stürzen.

Dem entsetzten Pädagogen standen vor Angst die Haare zu Berge. Was tun? Zum Umkehren und Fliehen war es zu spät, und welche Hoffnung konnte er schon haben, einem Geist oder Gespenst zu entfliehen, die auf Windesflügeln reiten konnten? Er raffte daher seinen letzten Rest Mut zusammen und fragte stammelnd: »Wer seid Ihr?« Er erhielt keine Antwort und wiederholte seine Frage noch aufgeregter. Wieder keine Antwort. Da gab er dem stocksteif dastehenden Gunpowder abermals ein paar Tritte in die Weichen, schloss die Augen und stimmte mit unfreiwilliger Inbrunst einen Psalm an. Doch gerade in diesem Augenblick setzte sich das schwarze Ungeheuer in Bewegung und stand mit einem Satz plötzlich mitten auf der Straße. Die Nacht war zwar düster, aber nun konnte man doch einigermaßen die Umrisse des Unbekannten ausmachen. Es schien ein übergroßer Reiter auf einem hünenhaften schwarzen Ross zu sein. Er wollte Ichabod offenbar weder belästigen noch ihm Gesellschaft leisten, sondern hielt sich abseits am Weg und trabte an der blinden Seite des alten Gunpowder dahin, der nun seine Angst und Störrigkeit überwunden hatte.

Ichabod, dem dieser seltsame mitternächtliche Begleiter nicht sehr zusagte und der sich an Brom Bones' Abenteuer mit dem hessischen Reiter erinnerte, gab seinem Pferd jetzt die Sporen in der Hoffnung, den Fremden hinter sich zu lassen. Der aber spornte sein Ross ebenfalls an. Nun ließ Ichabod sein Pferd im Schritt gehen, weil er zurückzubleiben gedachte – der andere machte es ebenso. Ichabods Mut sank; er suchte den Psalm wieder anzustimmen, aber seine Zunge war so trocken, dass sie am Gaumen festklebte, und er brachte keinen einzigen Ton heraus. Das mürrische und hartnäckige Schweigen seines nicht weichenden Begleiters war irgendwie geheimnisvoll und furchteinflößend, und er merkte auch bald den schrecklichen Grund dafür. Als sie eine kleine Anhöhe emporritten, hob sich die Gestalt seines Begleiters von gigantischer Größe und in einen Mantel gehüllt deutlich gegen den Himmel ab. Und als Ichabod sah, dass der Reiter keinen Kopf hatte, war er vor Angst wie gelähmt. Aber sein Entsetzen wuchs noch, als er bemerkte, dass der Reiter den Kopf, der auf seinen Schultern hätte sitzen sollen, vor sich auf dem Sattelknopf trug. Seine Angst stieg nun ins Unermessliche, er hieb mit einem Hagel von Puffen und Fußtritten auf Gunpowder ein und hoffte, seinem Begleiter durch einen schnellen Spurt zu entkommen – aber das Gespenst hielt mit ihm Schritt. So jagten sie beide durch dick und dünn, und bei jedem Satz sprühte es Steine und Funken. Ichabods dünne Kleider flatterten in der Luft, als er auf der eiligen Flucht seinen langen dürren Körper über den Kopf seines Pferdes reckte.

Sie hatten nun den Weg erreicht, der nach Sleepy Hollow abzweigt, aber der anscheinend von einem Dämon besessene Gunpowder schlug ihn nicht ein, sondern wandte sich nach der entgegengesetzten Richtung und sprengte zur Linken einen Hang hinunter. Dieser Weg führt durch eine sandige Schlucht, ist etwa eine Viertelmeile von Bäumen beschattet und überquert die in den Spukgeschichten berüchtigte Brücke, und gerade daneben erhebt sich der grüne Hügel, auf dem die weißgetünchte Kirche steht.

Bislang hatte die panische Angst des Pferdes seinem ungeschickten Reiter offensichtlich einen Vorteil bei dem schnellen Ritt gewährt, aber als Ichabod eben die Hälfte der Schlucht durchritten hatte, gab der Sattelgurt nach, und er spürte den Sattel nach unten rutschen. Er ergriff ihn am Knauf und wollte ihn festhalten, doch vergebens; und er konnte sich gerade noch halten und am Hals des alten Gunpowder festklammern, als der Sattel auf die Erde fiel und er das Pferd seines Verfolgers darüber hinwegtrampeln hörte. Einen Augenblick lang fürchtete er Hans van Rippers Zorn, denn es war dessen Sonntagssattel; aber es war jetzt keine Zeit für kleinliche Ängste. Das Gespenst folgte ihm hart auf den Fersen, und ungeschickt wie er war, hatte er größte Mühe, sich auf dem Pferd zu halten. Manchmal rutschte er auf die eine Seite, dann wieder auf die andere, ab und zu schüttelte es ihn auf dem hohen Widerrist seines Pferdes so derb, dass er wahrhaftig befürchtete, sich sämtliche Rippen zu brechen.

Eine Lichtung in den Bäumen ließ ihn dann voller Freude hoffen, dass die Kirchenbrücke bald erreicht sei, und an einem silbernen Stern, der sich im Bachgrund zitternd widerspiegelte, sah er, dass er sich nicht geirrt hatte. Gegenüber sah er die Mauern der Kirche schwach zwischen den Bäumen hindurchschimmern. Er musste daran denken, dass an dieser Stelle Brom Bones' gespenstischer Rivale verschwunden war. ›Wenn ich nur die Brücke erreiche‹, dachte Ichabod, ›dann bin ich in Sicherheit!‹ Aber da hörte er auch schon das schwarze Ross dicht hinter sich keuchen und schnaufen; er bildete sich sogar ein, seinen heißen Atem zu verspüren. Noch ein krampfhafter Stoß in die Rippen, und der alte Gunpowder sprengte auf die Brücke; er donnerte über die krachenden Holzplanken und gewann die andere Seite. Jetzt warf Ichabod einen Blick hinter sich, um zu sehen, ob sein Verfolger gemäß der Überlieferung in einer Feuer-und-Schwefel-Wolke verschwand. Aber da sah er, wie das Gespenst sich in den Steigbügeln reckte und gerade den Kopf nach ihm werfen wollte. Ichabod bemühte sich, dem schrecklichen Geschoss auszuweichen, doch es war zu spät. Es traf seinen Schädel mit einem entsetzlichen Krach, und er wurde kopfüber in den Staub geworfen, während Gunpowder, das schwarze Ross und der geisterhafte Reiter wie ein Wirbelwind weiterjagten.

Am nächsten Morgen fand man das alte Pferd ohne Sattel und mit dem Zügel unter den Hufen ruhig vor dem Tor seines Herrn grasen. Ichabod erschien nicht zum Frühstück. Die Mittagsstunde kam, aber kein Ichabod. Die Knaben versammelten sich beim Schulhaus und strolchten müßig am Ufer des Baches umher, aber kein Schulmeister ließ sich sehen. Nun wurde Hans van Ripper doch etwas unruhig über das Schicksal des armen Ichabod und seines Sattels. Erkundigungen wurden eingezogen, und nach eifrigem Suchen fand man seine Spuren. An einer Stelle des zur Kirche führenden Weges wurde der in den Schmutz getrampelte Sattel gefunden; tief in die Erde gedrungene Spuren von Pferdehufen, offenbar von einem wilden Ritt herrührend, führten bis an die Brücke, neben der an einer breiten Stelle des Baches, wo das Wasser tief und schwarz war, der Hut des unglücklichen Ichabod und dicht daneben ein zerschmetterter Kürbis am Ufer gefunden wurden.

Man suchte auch im Bach, aber die Leiche des Schulmeisters war nicht zu finden. Hans van Ripper durchwühlte als sein Sachverwalter das Bündel, das alle seine weltlichen Eigentümer enthielt. Sie bestanden aus zwei und einem halben Hemd, zwei Halsbinden, einem oder zwei Paar wollenen Strümpfen, einem Paar alten Kniehosen aus Kordsamt, einem rostigen Rasiermesser, einem Psalmengesangbuch voller Eselsohren und einer zerbrochenen Stimmpfeife. Was die Bücher und die Einrichtung des Schulhauses betraf, so gehörte alles der Gemeinde außer Cotton Mathers ›Geschichte der Hexerei‹, einem neuenglischen Almanach und einem Traum- und Wahrsagebuch, in dem ein Blatt Papier lag, bekritzelt mit verschiedenen erfolglosen Versuchen, ein paar Verse zu Ehren der Erbin van Tassel zu verfassen. Die magischen Bücher und die poetischen Ergüsse übergab Hans van Ripper unverzüglich den Flammen; auch beschloss er, ab sofort seine Kinder nicht mehr in die Schule zu schicken, weil seiner Meinung nach aus dem ganzen Gelese und Geschreibe noch nie etwas Vernünftiges herausgekommen sei. Was immer der Schulmeister an Geld besessen hatte – und er hatte erst vor ein oder zwei Tagen sein vierteljährliches Gehalt bekommen –, musste er zur Zeit seines Verschwindens bei sich gehabt haben.

Der geheimnisvolle Vorfall gab beim nächsten sonntäglichen Kirchgang Anlass zu den mannigfaltigsten Vermutungen. Scharen von Gaffern und Schwätzern versammelten sich auf dem Kirchhof, an der Brücke und an der Stelle, wo man Hut und Kürbis gefunden hatte. Die Geschichten von Brouwer, Bones und vielen anderen wurden wieder ins Gedächtnis zurückgerufen; und nach reiflicher Überlegung und nachdem man sie mit den Symptomen des vorliegenden Falles verglichen hatte, schüttelte man den Kopf und kam zu der Schlussfolgerung, dass Ichabod vom hessischen Reiter mitgenommen worden sei. Da er Junggeselle war und niemandem etwas schuldete, zerbrach sich auch keiner weiter über ihn den Kopf. Die Schule wurde in einen anderen Teil der Schlucht verlegt, und ein neuer Pädagoge führte an seiner Stelle das Zepter.

Allerdings brachte ein alter Bauer, der einige Jahre danach in New York zu Besuch war und von dem auch der Bericht über das Abenteuer mit dem Gespenst stammt, die Nachricht mit heim, dass Ichabod Crane noch am Leben sei; er habe die Gegend teils aus Furcht vor dem Gespenst und vor Hans van Ripper, teils wegen der erlittenen Kränkung über seine unerwartete Abweisung durch die Erbin verlassen und seinen Wohnsitz in einen anderen Landesteil verlegt. Er habe wieder Unterricht erteilt und gleichzeitig die Rechte studiert, sei dann als Advokat zugelassen worden, habe sich als Politiker betätigt, Wahlpropaganda betrieben, für die Zeitungen geschrieben und sei schließlich zum Richter am Zehn-Pfund-Gerichtshof ernannt worden. Auch Brom Bones, der bald nach dem Verschwinden seines Rivalen die blühende Katrina im Triumph zum Altar führte, sah man stets sehr gewitzt dreinsehen, sobald Ichabods Geschichte erzählt wurde, und er brach bei Erwähnung des Kürbisses immer in schallendes Gelächter aus, was einige zu der Annahme verleitete, er wisse mehr von der Sache, als er zu erzählen für richtig hielt.

Die alten Bauersfrauen aber, die über solche Dinge am besten Bescheid wissen, behaupten bis auf den heutigen Tag, Ichabod sei von übernatürlichen Kräften hinweggezaubert worden, und es ist eine Geschichte, die an langen Winterabenden in dieser Gegend besonders gern erzählt wird. Die Brücke wurde mehr denn je zum Gegenstand abergläubischer Furcht, und das mag auch der Grund sein, warum die Straße vor einiger Zeit verlegt worden ist, so dass man die Kirche jetzt vom Ufer des Mühlteiches her erreichen kann. Da das Schulhaus nicht mehr benützt wurde, verfiel es bald immer mehr, und es heißt, es werde vom Geist des unglücklichen Pädagogen heimgesucht, und gar mancher Ackerknecht, der an einem stillen Sommerabend langsam nach Hause schlendert, hat oft in der Ferne seine Stimme zu hören vermeint, wie er einen schwermütigen Psalm in der stillen Abgeschiedenheit von Sleepy Hollow singt.

Nachschrift:
In Herrn Knickerbockers Handschrift gefunden

Die vorstehende Sage ist von mir mit fast denselben Worten wiedergegeben, mit denen ich sie bei einem Ratstreffen in der alten Stadt Manhattan, an dem viele ihrer weisesten und berühmtesten Bürger teilnahmen, berichten hörte. Der Erzähler war ein angenehmer, schäbig gekleideter, aber trotzdem vornehm wirkender alter Herr in einem Pfeffer-und-Salz-Anzug. Er blickte wehmütig drein, und ich vermutete stark, dass er arm war, weil er sich so große Mühe gab, unterhaltsam zu sein. Als er seine Geschichte beendet hatte, gab es viel Gelächter und Beifall, besonders von zwei oder drei Ratsherren, die die meiste Zeit über geschlafen hatten. Es war jedoch auch ein großer, langweilig aussehender alter Herr mit buschigen Augenbrauen anwesend, der während der ganzen Zeit ein ernstes, wenn nicht sogar strenges Gesicht gemacht hatte. Hin und wieder hatte er die Arme gekreuzt, das Haupt geneigt und zu Boden geblickt, als suche er im Geist mit Zweifeln fertig zu werden. Er gehörte zu jenen vorsichtigen Menschen, die nie lachen, es sei denn, sie haben guten Grund dazu – nämlich wenn die Vernunft und das Gesetz auf ihrer Seite sind. Als sich die Fröhlichkeit der anderen wieder gelegt hatte und Schweigen herrschte, stützte er einen Arm auf die Stuhllehne, stemmte den anderen in die Seite und fragte mit leichter, aber auffallend pedantischer Kopfbewegung und einem Stirnrunzeln, was denn überhaupt die Moral der Geschichte sei und was sie bedeuten solle.

Der Erzähler, der gerade zur Erfrischung nach dem anstrengenden Vortrag ein Glas Wein an die Lippen setzen wollte, zögerte einen Augenblick, sah den Fragesteller mit größter Ehrerbietung an, stellte das Glas langsam auf den Tisch und bemerkte, dass die Geschichte auf zwingend logische Art das Folgende beweisen sollte:

Dass es im Leben keine Lage gäbe, die nicht ihre Vorteile und Annehmlichkeiten habe – vorausgesetzt, man nimmt einen Scherz für einen Scherz.

Dass folglich derjenige, der mit einem Reitergespenst um die Wette reite, auch einen wilden Ritt zu erwarten habe. Und dass endlich ein Landschulmeister dadurch, dass er von einer holländischen Erbin einen Korb bekäme, einen entscheidenden Schritt zu einer hohen Beförderung im Staatsdienst getan habe.

Der vorsichtige alte Herr zog nach dieser Erklärung seine Stirn noch krauser, da ihn derart logische Schlussfolgerungen in arge Verlegenheit setzten, während mir schien, als bedenke ihn der im Pfeffer-und-Salz-Anzug mit einem triumphierenden Seitenblick. Schließlich bemerkte er, das alles sei zwar schön und gut, aber er halte die Geschichte für ein wenig übertrieben, denn es gäbe da ein oder zwei Stellen, an denen er Zweifel hege.

»Sehr richtig, mein Herr«, antwortete der Erzähler, »was das anlangt, so glaube ich selbst nicht einmal die Hälfte davon!«

D. K.

EDGAR ALLAN POE
Berenice

*Da versicherten mir die Tischgenossen, dass es meinem
Kummer in gewissem Grade Erleichterung bringen würde,
wenn ich das Grab meines Liebchens besuchte.*

Ebn Zaiat

Elend ist mannigfach. Die irdische Erbärmlichkeit viel-
gestaltig. Dem Regenbogen gleich überspannt sie den
weiten Horizont; ihre Schattierungen sind nicht min-
der variantenreich als die Farbtönungen jenes Gewölb-
ten – auch ebenso deutlich, und ebenso delikat ineinan-
der übergehend. ›Den weiten Horizont überspannend,
gleich einem Regenbogen‹: wie bin ich darauf ver-
fallen, von Schönheit zu etwas typisch Unlieblichem
überzugehen? – vom Zeichen des Friedensbundes auf
ein Sinnbild der Sorge? Aber, gleich wie im Sittlichen
das Böse die Hohlform des Guten ist, so, wahrlich, wird
ausmitten von Freuden der Kummer geboren. Endwe-
der macht die Erinnerung vergangener Wonnen das
Heute zur Plage; oder die Martern die *sind*, haben ihren Ursprung in den Entzückungen, *die hätten sein können.*

Mein Taufname ist Egaeus; den meiner Familie will
ich nicht nennen. Aber altehrwürdiger sind keine Bur-
gen im Lande, als die dämmernden, grauen Hallen mei-

ner Väter. Man hat unsere Linie als ein Geschlecht von Visionären bezeichnet; und in so manchen auffälligen Einzelheiten – dem äußeren Habitus unsres Herrenhauses – den Fresken im Großen Salon – den Gobelins der Schlafzimmer – den Steinornamenten gewisser Strebepfeiler in der Rüstkammer – aber ausgeprägter noch an den alten Gemälden in der Galerie – am Stil des Bibliothekszimmers – und, schließlich, an der beträchtlich eigentümlichen Natur des Inhalts unserer Bibliothek – gibt es schon hinreichend Anhaltspunkte, um eine solche Ansicht zu rechtfertigen.

Meine ersten Erinnerungen aus allerfrühesten Jahren, sind verlötet mit eben jenem Zimmer & den Reihen seiner Bücherrücken – was die Letzteren betrifft, will ich weiter nichts sagen. Hier starb meine Mutter. In ihm wurde ich geboren. Aber es wäre müßig & eine Nichtigkeit, zu behaupten, dass ich nicht vorher schon gelebt hätte – dass die Seele keine pränatale Existenz habe. Ihr leugnet's? – woll'n wir darüber nicht lange streiten. Zutiefst überzeugt, suche ich nicht zu überzeugen. (Dennoch existieren, irgendwie, Erinnerungsreste an arielische Gestalten – an geisterreichvielsagend Äugendes – an Klänge, musisch ob schon trist – Erinnerungen, die wegzudenken es nicht gestattet – Mnemystisches wie Schatten, verwaschen, sich wandelnd, undeutlich, instabil; und auch darin dem Schatten ähnlich, dass ich seiner unmöglich ledig zu werden vermag, solange das Sunlicht meiner Raison anhellt.)

In jenem Zimmer bin ich geboren. Dergestalt plötzlich auffahrend aus langer Nacht dessen, was Nicht-Sein schien (es aber nicht wahr), hinein in die Mit-Region eines Feenlands – in einen Palast der Fantasie – in die wilden Bezirke skolastischer Denkelei & Gelehrsamkeit – steht es nicht zu verwundern, dass ich begierigen brennenden Auges um mich schaute – meine Knabheit bei Büchern versäumte, und meine Jugend in Träumen vertat. Aber *das ist* befremdlich, dass, als die Jahre dahinrollten, und der Mittag der Mannheit mich noch immer im Haus meiner Väter fand – es *ist* verwunderlich, wie Stockung & Stillstand die Quellen meiner Vitalität befiel – verwunderlich, wie allumfassend die Umkehrung war, die der Charakter meiner simpelsten Gedankengänge erfuhr. Die Realitäten dieser Welt berührten mich wie Halluzinationen, und *nur* wie Halluzinationen; während stattdessen die wilden Gebilde des Reiches der Träume ihrerseits zu – ja nicht bloß zur Basis meines Alltagsdaseins wurden – vielmehr, gewiss & wahrhaftig & einzig & ausschließlich, dies Dasein selbst.

Berenice & ich waren Kusin & Kusine, und wuchsen nebeneinander auf in meinen elterlichen Hallen. Doch wie verschieden wuchsen wir auf – ich schwächlicher Gesundheit, und von Düster umcirct; sie anmutig-gelenkig, und übersprudelnd von Energien – sie leichtfüßig schweifend am Hügelhang; ich, mönchisch-gebückt, über Studien – ich nur im eigenen Herzen lebend &

webend, und, süchtig an Seel' & Leib, schier schmerz-
lich gespanntem Meditieren ergeben; sie sorglos durchs
Leben hin streifend, ohne im Geringsten der Schatten auf ihrem Pfad zu gedenken, oder der stummen
Flucht der rabenfiedrigen Stunden. Berenice – ich rufe
beschwörend ihren Namen: Berenice! – und aus dem
Trümmergrau des Gedächtnisses schwirren 1000 tu-
multuarische Erinnerungen auf, ob solchen Klangs!
Ah, deutlich steht ihr Bild itzt vor mir; lebhaft wie in
den Tagen, da sie leichtherzig war & froh! Oh, prun-
kend- doch fantastische Schönheit! Oh, Sylphide im
Buschwerk von Arnheim! Oh, Najade in all seinen sprin-
genden Bronnen! – aber dann – ja, dann ist nichts mehr
als Rätsel und Graus und eine Erzählung, die nicht erzählt werden sollte.

Leiden – ein schleichend-tödliches Leiden – kam,
samumgleich, über sie & ihre Gestalt; ja, während mein
Blick auf ihr ruhte noch, schweifte der Wechselgeist
über sie hin, durchdrang ihr Gemüt, ihre Gewohnheiten, ihr Wesen, und verstörte auf allersubtilste & -gräss-
lichste Weise sogar die Identität ihrer Persönlichkeit!
Weh, der Zerstörer kam & ging, und sein Opfer – ja, wo
war es? Ich kannte es nicht – ich erkannt' es nicht länger als ›Berenice‹.

Unter dem zahlreichen Schwarm von Leiden, die
sich jener heillosen, ursprünglichen Krankheit, die eine
so erschreckende Verwandlung im Wesen & Aussehen
meiner Kusine bewirkte, hinzugesellten, mag als das
hartnäckigste & niederschlagendste, eine Art Epilep-

sie erwähnt sein, die nicht selten in Trance überging – einen Trancezustand, der endgültiger Auflösung gefährlich nahe kam; und aus dem in den meisten Fällen ein Erwachen erfolgte, das in seiner abrupten Plötzlichkeit erschrecken machte. In der Zwischenzeit nahm mein eigenes Leiden – denn man hat mir gesagt, dass ich es mit keinem andern Namen zu bezeichnen hätte –, mein eigenes Leiden also, nahm rapide zu; bis es endlich zu einer Art Monomanie stieg, von gänzlich neuem und außerordentlichem Charakter – der stündlich, ja augenblicklich an Beschleunigung gewann –, und am Ende die allerunbegreiflichste Gewalt über mich erlangte. Besagte Monomanie, wie ich sie wohl nennen muss, bestand in einer morbiden Überreiztheit desjenigen Gehirnzentrums, das von der Psychologie das ›wahrnehmungsspeichernde‹ genannt wird. Es ist mir mehr als wahrscheinlich, dass man mich nicht begreift; aber ich fürchte sowieso, dass es mir auf keinerlei Weise möglich sein werde, dem Geist des bloß normalen Lesers einen annähernden Begriff von jener nervösen *Angespanntheit des Interesses* zu vermitteln, mit dem sich in meinem Fall die Kraft der Betrachtung (um keinen unverständlicheren terminus technicus zu gebrauchen), ins Anschauen & Auffassen auch der alltäglichsten Gegenstände der Außenwelt, einbohrte & förmlich verwühlte.

Längliche Stunden unermüdbarer Versenkung, während all mein Aufmerken sich auf untergeordnetes Randleistendetail irgendeines Buches konzentrierte, oder auch auf dessen bloße Typografie; die schönere Hälfte eines Sommertages sich von einem wunderlichen Schatten in Anspruch nehmen lassen, der verquer an die Tür schlich, oder schräg zur gewirkten Tapete; eine geschlagene Nacht hindurch mich in Beschauung des ernsten Flämmchens einer Lampe zu verlieren, oder still vegetierender Feuersgluten; über dem Arom' einer Blume ganze Tage zu verträumen; ein gänzlich banales Wort einförmig so lange zu wiederholen, bis seine bloße Klangfolge, aufgrund sturer Perseveranz, aufhörte, im Verstand noch etwas wie ›Sinn‹ zu bewirken; jedweden Gefühls von Bewegung, ja, leiblicher Existenz überhaupt, dadurch verlustig zu gehen, dass ich mich lange & starrsinnig zwang, von jeder körperlichen Regung Abstand zu nehmen – das waren so einige der mir geläufigsten und noch am wenigsten verwerflichen Schrullen, herbeigeführt durch eine bestimmte Seelenlage, die zwar, zugegeben, nicht absolut ohnegleichen dasteht; jedoch der Analyse oder der Einsicht in ihre Mechanismen ohne Frage spottet.

Aber man verstehe mich nicht etwa falsch. – Die durch ihrer eigentlichen Natur nach belanglose Objekte sich bei mir entzündende, unverhältnismäßige, ernstliche & ungesunde Fixierung der Aufmerksamkeit, darf, ihrem Wesen nach, ja nicht mit dem allen Menschen eigenen Hang zu Tagträumereien verwechselt werden, wie sich ihm ganz besonders Individuen mit hitziger Einbildungskraft hinzugeben pflegen. Auch handelte es sich mitnichten, wie man vielleicht zunächst annehmen möchte, um einen extremen Grad, eine Art von Übersteigerung solchen Hanges; sondern von vornherein um etwas grundsätzlich und dem innersten nach Verschiednes & Abweichendes. Im Normalfalle nämlich, geht der Träumer oder Gedankenspieler von einem, im Allgemeinen *nicht* pervers-belanglosen Motiv aus; verliert diesen Ansatzpunkt in der Wirrnis von sich anschließenden Anregungen & Eingebungen unmerklich ganz aus den Augen; bis er dann endlich, gegen Ende des *oft von Ersatzgenüssen randvollen* Tagtraums, jenes *incitamentum*, jene erste Keimzelle seiner Versenkung, total vergessen und ›verspielt‹ hat. In *meinem* Fall dagegen, war der Ausgangspunkt *grundsätzlich belanglos*; obschon er, beim Durchgang durch das Medium meiner verzerrenden Optik, stets rasch eine irreale, gleichsam abgeknickte Wichtigkeit gewann. Falls überhaupt, ergaben sich nur ganz wenige Abweichungen von der vorgezeichneten Grundrichtung; und auch sie recurrirten hartnäckig auf den ursprünglichen Anlass, wie auf ein geheimes Zentrum. Weiterhin waren meine Gedankenspiele *niemals* angenehmer Natur; und am Ende jeglicher Traumserie hatte die Erste Ursache, anstatt außer Sicht geraten zu sein, vielmehr jene übernatürlich-ausschweifende Bedeutsamkeit angenommen, die den vorherrschenden Zug meines Leidens bildete. Mit einem Wort: die überwiegend in Kontribution gesetzten Geisteskräfte waren, ich erwähnte es bereits, in meinem Fall die *wahrnehmungsspeichernden*; während es, beim Tagträumer normalen Schlages, mehr die *kombinierendschweifenden* sind.

Meine Lektüre zu dieser Zeit – falls sie nicht tatsächlich dazu beigetragen hat, die Aberration noch zu steigern – ahmte, wie man gleich erkennen wird, in der Fantastik und Unlogik ihrer Zusammensetzung, die charakteristischen Symptome der Erkrankung selbst, in großen Umrissen nach. Ich entsinne mich, unter anderem, noch deutlich der Abhandlung jenes edlen Italiäners, des Coelius Secundus Curio, ›*De Amplitudine Beati Regni Dei*‹; an Sankt Augustins großes Buch vom ›*Gottesstaat*‹; und Tertullians ›*De Carne Christi*‹, in welchem die paradoxe Sentenz ›*Mortuus est Dei filius; credibile est quia ineptum est: et sepultus resurrexit; certum est quia impossibile est*‹ durch viele Wochen emsigen & fruchtlosen Spekulierens, meine ungeteilte Aufmerksamkeit gänzlich in Anspruch nahm.

Dergestalt wird männiglich einsehen, wie mein Verstand – nur von Trivialstem aus dem Gleichgewicht zu bringen – Ähnlichkeit trug mit jener Meeresklippe, von der uns Ptolemäus Chennus berichtet, der Sohn des Hephaistion, dass sie allen Bemühungen menschlichen Ungestüms unentwegt widerstand, auch der wilderen Wut der Wasser & Winde; vielmehr nur erbebte, wenn man sie mit dem Stengel der Pflanze berührte, die da heißt Asphodel. Und ob schon einem gedankenlosen Denker als gesicherter Tatbestand erscheinen könnte, wie die von der unseligen Krankheit bei Berenice bewirkten seelischen Depressionen mich mit so manchem Ansatzpunkt zu abnorm-intensiven Träumungen (von der Art, wie ich sie eben des Breiten auseinandersetzte) versehen hätten – so war doch solches nie, nicht im geringsten Grade, der Fall. In den helleren Augenblicken meines eigenen Unwohlseins verursachte mir ihr Jammer sehr wohl Leid; und wenn ich mir den vollen Schiffbruch ihres schön- & sanften Lebens einmal so recht zu Herzen nahm, verfehlte ich gar nicht, des langen & bitteren über die erstaunlichen Ursachen nachzudenken, die eine so befremdlich totale Veränderung so plötzlich hatten eintreten machen. Aber dergleichen Überlegungen hatten dann mit der speziellen Form meiner eigenen Erkrankung nichts gemein; waren vielmehr von einer Art, wie sie unter gleich gelagerten Umständen der gewöhnlichen Mehrheit der Menschen ebenfalls eingekommen wären. Nein; meine Abartigkeit schwelgte, ihrer sonderlichen Artung sehr getreu, vielmehr in den unwichtigeren, aber für mich weit aufregenderen Veränderungen, die *im Äußeren* Berenices auftraten – in der eigenartigen & über die Maßen schreckhaften Verformung ihrer individuellen, persönlichen Kennzeichen.

Während der strahlendsten Tage ihrer unvergleichlichen Schönheit schon, hatte ich sie, und das steht fest, niemals geliebt. Mir, in der raren Abnormität meines Wesens, waren Gefühle *nie aus dem Herzen* gekommen; meine Leidenschaften entsprangen *stets nur dem Kopfe.* Ob im Graulicht des frühesten Morgens – ob in Schattenspalieren des Hochwalds zur Mittagszeit – ob in der

Stille des Büchersaales zur Nacht – war sie sehr wohl meinen Augen vorbeigehuscht, und ich hatte sie wahrgenommen – nicht als die lebende, atmende Berenice; sondern wie die Berenice eines Traums – nicht als Wesen dieser Erde, als erdisch; sondern wie die Abstraktion eines solchen Wesens – nicht als Gegenstand der Bewunderung; sondern der Analyse – nicht als Liebesobjekt; wohl aber als Thema abstrusesten, obschon planlos-plänkelnden Spekulierens. Aber *nunmehr* – nunmehr schauderte ich in ihrer Gegenwart; und erbleichte, wenn sie sich annäherte; und ob ich auch bitterlich ihren hoffnungslos verfallenen Zustand beklagte, rief ich mir ins Gedächtnis zurück, dass sie mich ja schon lange geliebt habe; und, in einem schlimmen Moment, sprach ich ihr von Heirat.

Und da war auch der Zeitpunkt des Brautbettes schließlich herbeigekommen, – es war Nachmittag, und im Winter des Jahrs; einer dieser widersinnig lauen, dunstigen Kalmentage, die die Vorläufer der schöneren halkyonischen sind – da saß ich (und saß, wie ich dachte, allein) im innersten Zirkel des Büchersaals. Doch als ich die Augen aufhob, sah ich, dass Berenice vor mir stand.

War es meine eigene überreizte Einbildungskraft – oder der Einfluss des dunstigen Wetters – oder das ungewisse Zwielicht hier im Raum – oder die grauen Faltenwürfe um ihre Gestalt –, was ihre Umrisse so undeutlich & schwankend machte? Ich wusste's nicht zu sagen. Sie sprach kein Wort; und ich – nicht um Alles in der Welt hätte ich 1 Silbe herausbringen können. Eisige Kälte durchschauerte mich ganz; ein Gefühl unerträglicher Angst legte sich drückend über mich; eine verzehrende Neugier durchdrang meine Seele; ich sank auf den Stuhl zurück, und verharrte eine Zeitlang regungs- & atemlos, die Augen unverwandt auf ihre Figur geheftet. Wehe!, sie war abgemagert über alles Begreifen; und nicht das kleinste Linienstück ihres Umrisses besprach mehr eine Spur von dem, was sie früher gewesen. Mein brennender Blick fiel endlich auch auf ihr Gesicht.

Hoch, und sehr bleich, und eigentümlich gelassen war ihre Stirn; das einst rabenschwarz schwellende Haar fiel ihr stellenweise hinein, und überschattete die eingefallenen Schläfen in zahllosen Ringeln, aber itzt von einem lebhaften Gelb, und in ihrem fantastischen Charakter im schreiendsten Widerspruch zu der das Gesicht ansonsten beherrschenden Schwermut. Die Augen waren ohne Leben, stumpf, und scheinbar pupillenlos; ich schauderte unwillkürlich vor ihrem glasigen Stieren zurück, und wandte mich der Betrachtung der dünn gewordnen, eingeschrumpften Lippen zu. Die gingen auseinander; und, in einem Lächeln von absonderlicher Bedeutsamkeit, enthüllten sich *die Zähne* der veränderten Berenice langsam meinen Blicken. Wollte GOtt, dass ich ihrer nie ansichtig geworden, oder aber, im selben Augenblick, tot zu Boden gesunken wäre!

Das Zufallen einer Tür störte mich auf; und als ich hoch schaute, gewahrte ich, dass meine Kusine den Raum verlassen hatte. Aber die regelwidrigen Räume meines Hirns hatte es, weh mir!, nicht verlassen, und wollte sich auch durch nichts austreiben lassen, das weiß geisternde *spectrum* der Zahnreihen. Kein Pünktchen ihrer Vorderflächen – keine Trübung ihres Schmelzes – nicht die leichteste Zackung ihrer schneidigen Beißkanten – nichts war mir entgangen; der Zeitbruchteil ihres Lächelns hatte hingereicht, mein Gedächtnis damit zu brandmarken. Sah ich sie doch *jetzt* noch unverwechselbarer vor mir, als ich sie *vorhin* wahrgenommen hatte. Die Zähne! – die Zähne! – sie waren hier & da & überall, und waren schau- & tastbar vor mir: lang, und eng gestellt, und von extremer Weißheit, und blasse Lippenfäden krümmten sich um sie herum, genau wie im Moment ihrer ersten schreckhaften Bloßlegung. Schon setzte, mit voller Wucht & Wut meine *Monomanie* ein; und ich rang vergebens an gegen ihren unerhörten und unwiderstehlichen Einfluss. Unter all den minutiösen Tausendfältigkeiten der Außenwelt fand ich keinen andern Gedanken, als nur den an diese Zähne. Nach ihnen verzehrte ich mich, in phrenetischem Verlangen. Alle sonstigen Angelegenheiten, sämtliche irgend divergierenden Interessen, gingen unter in dieser 1 speziellen Betrachtung. Sie – und nur SIE – waren dem inneren Auge gegenwärtig; und sie, in ihrer spezifischen Einundeinzigkeit, wurden zum Grundton meiner ganzen Mentalität. Ich versetzte sie in jegliche Beleuchtung. Ich drehte sie unter jedem denkbaren Winkel. Ich maß feldmesserisch ihre Topografie. Ich verweilte auf ihren Eigenheiten. Ich sann nach über ihren Feinbau. Ich vertiefte mich in mögliche Wandlungen ihres Wesens. Ich schauderte, als ich ihnen im Geist die Gabe zuschrieb, zu fühlen & zu empfinden; ja, selbst unterstützt von Lippen, eine Fähigkeit, Moralitäten auszudrücken. Man hat von Ma'm'selle Sallé sehr hübsch gesagt, *›que tous ses pas étaient des sentiments‹*; aber ich, meinerseits, möchte von Berenice weit ernstlicher annehmen, *que toutes ses dents étaient des idées.* Siehe da: *des idées – das* war der idiotische Einfall, der mir zum Verderben wurde! *›Des idées!‹* – ach, deshalb also gelüstete mich so wahnwitzig nach ihnen! Deshalb hatte ich die Empfindung, dass ihr Besitz allein mir jemals Frieden bringen, mich der Verständigkeit wiedergeben könne.

Dergestalt sank der Abend über mich herab – und die Dunkelheit kam; und verweilte; und schwand – und wieder graute ein Tag – und die Dünste der nächsten Nacht stiegen auf in der Rund' – und immer noch saß ich reglos im einsamen Raum; und saß immer noch in Gedanken versunken; und immer noch regierten mich *Zahnfantasien* mit grauser Oberherrlichkeit, und umschwebten mich, inmitten der wechselnden Lichter und Schatten des Raumes, mit der allerlebhaftesten & -scheußlichsten Deutlichkeit. Auf einmal brach es in meine Träumungen ein wie Schreie von Schreck & Bestürzung zugleich; und ihnen folgte, nach einer

Weile, verstörtes Stimmengeräusch, untermischt mit manch sorglichem Gestöhn, oder auch wie von Schmerz. Ich erhob mich von meinem Sitz, stieß eine der Türen des Büchersaals auf, und erkannte im Vorraum eine Dienerin stehen, in Thränen gebadet, die mir mitteilte, dass Berenice – nicht mehr sei. Ein Anfall ihrer Epilepsie habe sie überkommen, morgens in aller Früh'; und jetzt, da die Nacht einbrach, war das Grab schon bereitet für Die, die es anging, und sämtliche Vorbereitungen zur Bestattung getroffen.

Als ich zu mir kam, saß ich in der Bibliothek, und saß auch wieder alleine dort. Mir däuchte, ich sei neuerlich erwacht aus einem verworrnen unruhigen Traum. Ich war mir bewusst, dass es irgendwie Mitternacht war; und auch des dacht' ich wohl, dass wir, seit die Sonne zur Rüste ging, Berenice beerdigt hatten. Aber von dem trüben Interregnum, das sich eingeschoben hatte, war mir kein verlässlicher – zumindest kein klar umrissener Begriff geblieben. Dennoch war das bloße Denken daran randvoll mit Grauen – Grauen, noch grauser ob seiner Ungestaltheit; und Schrecken, noch schrecklicher ob seiner Unbestimmbarkeit. Es musste eine fürchterliche Seite im Buch meines Lebens sein; ängstens beschrieben mit scheußlich matten, mit nicht zu entziffernden Erinnerungen. Ich mühte mich wahrlich, sie zu entschlüsseln, jedoch vergebens; obschon immer wieder, dem Geist eines längst verhallten Geschalles gleich, das durchdringend schrille Kreischen einer Frauenstimme, mir in den Ohren zu klingen schien. Ich hatte etwas getan – was war es doch? Ich stellte mir die Frage dann laut; und flüsternde Echos des Raumes entgegneten mir: *»Was war es doch?«*

Auf dem Tisch mir zur Seite brannte die Lampe, und neben ihr lag ein kleines Etui. Es hatte nichts Auffälliges an sich, und ich hatt' es auch häufig vorher gesehen, war es doch das Eigentum unsres Hausarztes; aber wieso kam es *hierher*, auf meinen Tisch, und warum schauderte ich, wenn ich es ansah? Ich vermochte mir auf keine Weise Rechenschaft über diese Dinge zu geben; und schließlich glitten meine Blicke auch ab, zu der aufgeschlagenen Seite eines Buches, und einem Satz, der sich dort unterstrichen fand. Die Worte, merkwürdig & doch in ihrer Art einfach auch, waren die des Dichters Ebn Zaiat: *»Dicebant mihi sodales si sepulchrum amicae visitarem, curas meas aliquantulum fore levatas.«* Warum denn, da ich sie jetzt überlas, sträubte sich mir fühlbar das Haupthaar, und wieso gerann mir das Lebensblut in den Adern?

Da tupfte es sacht an meine Bibliothekentür, und, fahl wie ein Grabbewohner, erschien, auf Zehenspitzen, ein dienstbarer Geist. Sein Blick war verwildert vor Grauen, und die Stimme, mit der er zu mir sprach, war bebend, heiser, und überaus leise. Was wollte er? – einige abgebrochene Sätze vernahm ich. Er sprach von einem wilden Ruf, der die Stille der Nacht verstört hätte – wie sich die sämtliche Dienerschaft versammelt – man eine Suche angestellt habe, in Richtung des Schalls –, und hier wurden seine Töne thrillernd deutlich, als er mir etwas von einem geschändeten Grabe zuwisperte – einer entstellten Gestalt im Leichentuche, noch immer atmend, noch immer zuckend, noch immer *am Leben*!

Er zeigte auf meine Kleidung – sie war schmutzig von Erde & geronnenem Blut. Ich erwiderte nichts, und er griff sich sacht meine Hand – die war wie gemustert mit Eindrücken von Fingernägeln. Er lenkte meine Aufmerksamkeit auf einen Gegenstand, der an der Wand lehnte – ich besah ihn mir sorgsam minutenlang –, es war ein Spaten. Da schnellte ich doch aufkreischend zum Tisch hin, und packte das Etui, das darauf lag. Aber mir mangelte die Kraft, es zu öffnen; auch zitterte ich so, dass es mir aus der Hand glitt, und schwer zu Boden fiel, und in Stücke ging; und heraus rollten, es klapperte beträchtlich, diverse zahnärztliche Instrumente, vermischt mit 32 kleinen, weißen, wie Elfenbein wirkenden Stückchen, die sich übers Parkett weg zerstreuten, guck, hierhin, & dorthin.

JOAN AIKEN
Die Fähre

Judith befestigte einen Stechpalmenzweig und sah sich dann nach der nächsten geeigneten Stelle um; sie hatte immer noch ein gewaltiges Büschel übrig. Nein, eigentlich gab es keine einzige mehr, und so nahm sie den kratzigen, raschelnden Bund, um damit vor die Haustür zu gehen. Unter dem überdachten Eingang bildete sie eine Art beerenbehangenes Nest, das auf Besucher, so hoffte sie, anheimelnd und gastfreundlich wirken würde.

Sie trat einen Moment ins Freie, um sich an dem Gesamtanblick des Hauses zu weiden. Sie bewohnten es erst seit vierzehn Tagen, und es schien immer noch unglaublich, dass sie hier war, neben der weiten, schimmernden Wasserfläche, über der melancholisches Möwengeschrei gellte, statt zusammengepfercht in einem staubigen Vorort, wo Ken jeden Morgen den Acht-Uhr-Dreißiger erwischen musste. Wie doch so eine kleine Erbschaft ein Leben verändern kann, ging es ihr durch den Kopf. Vor einem Monat hatte Cornwall für sie beide noch ein Ultima Thule dargestellt, einen Horizont, wo man irgendwann nach dem sechzigsten Geburtstag einmal hinwollte, und da war sie nun, sogar schon mit einem Boot und ein paar Hühnern ausgestattet, und Ken besorgte für Weihnachten Getränke.

Das Haus war klein und weiß. Judith fand, es ähnelte ziemlich einer Muschel, die an den Strand gespült worden war, mit dem rosigen Schein des Kaminfeuers auf den Innenwänden und der geschwungenen Treppe, die nach unten zum Anlegesteg führte. Früher hatte hier der Fährmann gewohnt, und obwohl es keine Fähre mehr gab, hieß das Gebäude immer noch »Das Fährhaus«. Dahinter ging es einen steilen Berg hinauf, auf eine kahle Anhöhe. Andere Häuser gab es auf dieser Seite des Flusses nicht, außer drei kleinen Bauernhöfen, und die waren viel weiter Richtung Meer, auf der Landzunge. Die Gemeinde selbst lag gänzlich am anderen Ufer, und Judith sah die Lichter, die jetzt in den Fenstern drüben am Wasser angingen, sah den grellen, bunt blinkenden Christbaum vor der Kneipe am Anlegeplatz.

Es war kalt. Judith fing an zu zittern und beschloss, wieder ins Haus zu gehen und sich schon mal für die Cocktailparty der Martins umzuziehen. Aber aus irgendeinem Grund widerstrebte es ihr, durch diese Tür zu gehen; sehr viel lieber hätte sie sich weiter auf diesem Landungssteg aufgehalten, sich noch ein bisschen hingesetzt und ihre Beine über den Rand baumeln lassen, als ob es ein Augustnachmittag wäre statt Heiligabend bei Einbruch der Dunkelheit. Ihr wurde klar, dass das Schmücken des Hauseingangs nur ein Vorwand gewesen war, um ins Freie zu gelangen.

»Aber wieso?«, fragte sie trotzig diese andere Judith, die so dumm, so beharrlich drängte, auf der Anlegebrücke zu bleiben. »Du musst dich einfach daran gewöhnen, auch mal allein zu sein, du alte Großstadtpflanze. Es wird sicher noch häufig vorkommen, dass Ken nicht da ist; dann kannst du nicht jedes Mal Angst kriegen, nur weil du allein in diesem Haus bist. Es ist ein hübsches Häuschen, ein sehr hübsches, und es hat absolut keine Bewandtnis damit auf sich.«

Hinter sich die breite Wasserfläche und die Lichter, stand sie da und starrte auf das schwarze Viereck der offen stehenden Tür. Es kam ihr vor wie der Eingang zu einem Rattenloch. Sie nahm all ihre Willenskraft zusammen, um hineinzugehen. Schließlich würde Ken jetzt jede Minute mit den Getränken heimkommen – sie spitzte die Ohren nach dem Tuckern des Motorboots –, und bald würden sie zur Party der Martins aufbrechen. Alles war in Ordnung, alles war prima. Warum also stand sie dann hier in der Ecke der Küche, rang die Hände und biss sich auf die Lippe? Warum also diese nervliche Qual?

Wütend schüttelte sie den Kopf und lief die Treppe hinauf. Sie holte ihr Lieblingskostüm aus dem Schrank, das tomatenrote aus Wolle, und schlüpfte hinein. Dann stand sie, die Haarbürste noch in der Hand, wieder unversehens am Fenster und starrte wie gebannt auf die Treppe zum Landungssteg. War das Ken, der dort hochkam? Nein, sie sah nur Gespenster. Als sie gerade zur Tür ging, klingelte das Telefon.

»Liebling?« Es war Kens Stimme. »Du, mir ist da was Dummes passiert. Ich wollte eben zurückfahren, da hat der Motor seinen Geist aufgegeben. Der alte Weaver meint, er könne ihn in ungefähr einer Stunde wieder hinkriegen. Dann schaff ich es allerdings nicht mehr, dich abzuholen. Könntest du nicht mit den Jones zu den Martins rüberkommen? Die gehen doch auch zu der Party?«

»Ja, aber wollten die nicht schon früher fahren, um noch Einkäufe zu machen? Ich weiß es nicht genau, ich werd mal nachsehen.«

»Falls es nicht klappt, ruf mich zurück; dann versuche ich von hier aus jemanden zu finden. Ich bin im Pub.«

»In Ordnung. Es dauert höchstens fünf Minuten.«

Mit einem Gefühl der Erleichterung und Entschlossenheit legte sie auf, um am Flussufer entlang zum Haus der Jones' zu gehen.

»Gefällt es Ihnen im Fährhaus?«, fragte Mr. Hocking, der Wirt, während er für die bevorstehende Öffnung rote und grüne Papierkugeln über die Theke hängte. »Schon gut eingelebt?«

»O ja, wir sind ganz begeistert«, antwortete Ken. »Wir fühlen uns dort sehr glücklich. Gibt es vielleicht irgendwelche Geschichten zu dem Haus? Hier in der Gegend wurde doch viel geschmuggelt?«

»Über das Fährhaus kenne ich nur eine einzige Geschichte, die man sich erzählt«, sagte Mr. Hocking bedächtig, »und die hat nichts mit Schmugglern zu tun. Sie hat sich vor langer Zeit zugetragen, als man noch Hexen verbrannte; das war vor der Schmuggelei. Es gab damals eine alte Frau, Mutter Poysey genannt, die hat die Fähre betrieben, und im Dorf galt sie allgemein als waschechte Hexe. Na, niemand hat sich sehr darum geschert, leben und leben lassen, das war und ist schon immer die Devise hier in unserer Gegend. Aber dem hiesigen Landjunker kam das Gerücht zu Ohren, und *der* sagte, dass man, wenn das Weib eine Hexe sei, es ins Wasser schmeißen müsse.

Es gibt da so einen alten Brauch, das heißt, früher, als das Fährboot noch in Betrieb war, dass der Fährmann am Heiligen Abend jeden Gast gratis übersetzt. Das war zum Gedenken an irgendeinen Ortsheiligen. Natürlich machte man dann immer ein kleines Geschenk, was letztlich auf das Gleiche hinauslief.

Nun, an *einem* Heiligabend kam der Landjunker mit vier, fünf Begleitern zur Fähre hinunter und bat, übergesetzt zu werden. Die Männer hatten alle getrunken und trugen Bündel unter den Armen, angeblich Geschenke für Mutter Poysey. Sie legte ab und fing an, die Gruppe hinüberzurudern. Auf halbem Wege öffneten sie ihre Bündel, zogen Stricke mit schweren Bleigewichten heraus, fesselten damit die Alte und warfen sie über Bord. Ihre Leiche blieb bis heute unentdeckt.

Seltsamerweise vermisste man am nächsten Heiligabend den Junker selbst, und *seine* Leiche wurde gefunden, und zwar auf den Weißen Felsen, wo die Wogen sie angeschwemmt hatten. So hieß es denn bald, an Heiligabend erscheine die Fährfrau mit ihrem Kahn und biete den Leuten an, sie kostenlos überzusetzen;

wer sich aber darauf einlasse, der würde nie wieder lebend gesehen. Natürlich ist das lauter Schwachsinn und dummes Zeug. Ich habe nie gehört, dass einer der Fährfrau allen Ernstes begegnet sein wollte. Allerdings ist letztes Weihnachten tatsächlich jemand ertrunken, ein junger Mann, ein Fremder, der bei den Weißen Felsen wieder an Land geschwemmt wurde. Später erzählte man sich, er habe jemanden gesucht, der ihn auf die andere Seite bringt.«

»Na, lustig«, meinte Ken.

Das Telefon läutete.

»Es ist für Sie«, sagte Mr. Hocking.

»Hallo, Liebling, bist du's?«, ertönte Judiths Stimme aus dem Hörer. »Du, es hat sich da ganz glücklich was ergeben. Die Jones sind tatsächlich schon weg, aber auf dem Rückweg bin ich so einer komischen Alten begegnet, die zum Dorf rüberfährt und mich mitnimmt. Ich hab ihr ein bisschen was angeboten, als Bezahlung, meine ich, aber sie will es umsonst machen, weil heute Weihnachten ist. Also, in zehn Minuten bin ich bei dir. In Ordnung?«

»Halt, Augenblick! Judith!«, rief Ken, außer sich vor Erregung, aber sie hatte schon aufgelegt. »Vermittlung, bitte geben Sie mir noch mal Polhale dreihundertzwanzig.«

»Tut mir leid, es meldet sich niemand«, antwortete das Mädchen einen Moment später.

Ken lief auf die Anlegestelle hinaus, blieb neben dem beleuchteten Christbaum stehen und starrte über das

Wasser. Inzwischen war es richtig dunkel geworden. Die Flut brach herein, und auf ihrem Rücken brachte sie Nebel. Ken konnte am jenseitigen Ufer keine Lichter sehen. Dem Nebel folgte Kälte, und er zitterte. Er strengte seine Augen und Ohren an und fragte sich dabei, ob er nicht das Knarren und Platschen eines Bootes hörte, Stimmen, die von der Flussmitte her kamen. Aber alles war still.

Nachdem Judith den Hörer aufgelegt hatte, eilte sie wieder vors Haus.

»Ich bin gleich fertig, ich muss mir nur noch die Nase pudern«, sagte sie zu der alten Frau. »Mein Gott, Sie sehen ja halb erfroren aus! Möchten Sie nicht hereinkommen und eine Tasse Tee trinken, während Sie warten? Ich habe gerade welchen gemacht.«

Die seltsame alte Frau schien am ganzen Leib zu schlottern. Judith nahm ihre Hand – du liebe Güte, war die kalt! – und zog sie ins Haus.

»Setzen Sie sich doch ans Herdfeuer, dort ist es schön warm. Gerade habe ich mir gewünscht, es wäre noch jemand da, um Tee mit mir zu trinken. Wollen Sie Zucker?«

»Danke, Ma'am.« Die alte Frau saß stocksteif da. Ihre Kleider waren von verschossenem Schwarz. »Früher wohnte ich selbst in diesem Haus.« Aber sie würdigte ihre Umgebung keines Blickes, ihre Augen blieben auf Judith geheftet.

»Ach, wirklich?«, sagte Judith, während sie sich vor

dem Spiegel über der Spüle die Nase puderte. »Es ist ein zauberhaftes Haus. Der Abschied muss Ihnen schwergefallen sein.«

»O ja, der Abschied war schwer.«

»Greifen Sie ruhig zu! Nehmen Sie sich eines von meinen Hackfleischpastetchen. Dieses Jahr sind sie besonders gut. Aber Sie haben ja noch gar nicht von Ihrem Tee getrunken. Nur zu, solange er heiß ist; der wird Sie aufwärmen. – Was ist das für ein sonderbarer Armschmuck?« Judith hatte die Bleiklötze bemerkt, die an den Handgelenken der Alten baumelten. »Ist das ein Amulett?« Vor lauter Erleichterung, endlich Gesellschaft zu haben, plapperte sie drauflos und holte ihren Mantel, ohne recht auf eine Antwort zu warten.

Als Ken zehn Minuten später aus dem Boot sprang, das er sich ausgeliehen hatte, sah er seine Haustür weit offen stehen, und ein helles Lichtviereck fiel auf die Treppe. Im Haus war es vollkommen still.

»Judith!«, rief er.

Sein Ärmel blieb an den Stechpalmenzweigen hängen, als er durch den Eingang stürmte. Judith lag in einem der Sessel neben dem Herdfeuer. Als Ken hereinstürzte, setzte sie sich benommen auf und rieb sich die Augen.

»O Ken! Ich muss tatsächlich eingeschlafen sein! Wohin ist denn Mrs. Poysey?«

»Wer?«

»Die alte Frau, die mich rüberfahren wollte. Wahrscheinlich ist ihr die Warterei zu dumm geworden. Sie war schon ein bisschen merkwürdig, nicht mehr ganz richtig im Kopf, glaube ich. ›Sie haben ein kühnes Herz, meine Liebe. Gar wenige speisten gern mit Mutter Poysey‹, hat sie gesagt, und noch etwas von wegen, dass ihr Haus jetzt endlich in guten Händen sei. Wahrscheinlich ist sie weiter flussaufwärts, als sie hier fortzog. Was guckst du denn so, Ken?«

Er starrte auf den anderen Sessel, über den eine durchnässte Masse von Seilen hing. Und an den Seilen hingen mehrere kleine Bleiklötze.

»Mit diesen Gewichten haben sie sie versenkt«, sagte er. »Hoffen wir, dass sie ihre Fesseln jetzt los ist.«

Sie sahen die alte Frau nie wieder.

H. P. LOVECRAFT
Die Katzen von Ulthar

Es heißt, in Ulthar, das jenseits des Flusses Skai liegt, darf niemand eine Katze töten; und wenn ich sie betrachte, die am Feuer sitzt und schnurrt, kann ich das durchaus glauben. Denn die Katze ist kryptisch und vertraut mit seltsamen Dingen, die den Menschen verborgen sind. Sie ist die Seele des alten Aigyptos und Trägerin von Geschichten aus vergessenen Städten in Meroe und Ophir. Sie ist vom Geschlecht der Herren des Dschungels und Erbin der Geheimnisse des ehrwürdigen und sinistren Afrika. Die Sphinx ist ihre Kusine, und sie spricht ihre Sprache; aber sie ist viel älter als die Sphinx und erinnert sich an das, was jene vergessen hat.

In Ulthar lebten, bevor die Bürger das Töten von Katzen überhaupt verboten, ein alter Kätner und dessen Frau, die ihr Vergnügen daran fanden, die Katzen ihrer Nachbarn in Fallen zu fangen und umzubringen. Warum sie dies taten, ich weiß es nicht; außer, dass vielen die Stimme der Katze in der Nacht verhasst ist und sie es übel aufnehmen, dass die Katzen im Zwielicht verstohlen über Höfe und Gärten huschen. Doch aus welchem Grund auch immer, diesem alten Mann und seiner Frau machte es Spaß, jede Katze zu fangen und umzubringen, die in die Nähe ihrer elenden Hütte kam;

und wegen mancher Laute, die nach Einbruch der Dunkelheit erklangen, stellten sich viele Einwohner vor, dass die Art des Umbringens mehr als eigentümlich war. Doch die Leute sprachen mit dem alten Mann und seiner Frau nicht über solche Dinge; das lag an dem habituellen Ausdruck auf den verwelkten Gesichtern der beiden und daran, dass ihre Hütte so klein war und so dunkel verborgen unter den Eichen hinter einem vernachlässigten Hof lag. So sehr wie die Katzenbesitzer diese merkwürdigen Leute hassten, fürchteten sie sie in Wahrheit doch mehr; und anstatt sie als brutale Meuchelmörder anzugehen, besorgten sie nur, dass sich kein umhegter Liebling oder Mäusefänger zu dem abgelegenen Schuppen unter den dunklen Bäumen verirrte. Wenn wegen eines unvermeidlichen Versehens eine Katze vermisst wurde und nach Einbruch der Dunkelheit Laute erklangen, dann lamentierte der Betroffene machtlos; oder tröstete sich damit, dem Schicksal zu danken, dass es sich nicht um eines seiner Kinder handelte, das so verschwunden war. Denn die Leute von Ulthar waren einfältig und wussten nicht, woher alle Katzen ursprünglich kamen.

Eines Tages betrat eine Karawane seltsamer Wanderer aus dem Süden die engen Kopfsteinpflasterstraßen Ulthars. Dunkelhäutige Wanderer waren das und unähnlich dem anderen umherstreifenden Volk, das zweimal jedes Jahr durch die Stadt zog. Auf dem Marktplatz weissagten sie für Silber, und von den Händlern kauften sie glänzende Perlen. Aus welchem Land die Wanderer stammten, vermochte keiner zu sagen; doch zeigte sich, dass sie seltsamen Gebeten zugetan waren, und dass sie auf die Seiten ihrer Wagen merkwürdige Figuren mit menschlichen Körpern und den Köpfen von Katzen, Falken, Widdern und Löwen gemalt hatten. Und der Führer der Karawane trug einen Kopfputz mit zwei Hörnern und einer eigentümlichen Scheibe dazwischen.

Zu dieser sonderbaren Karawane gehörte ein kleiner Junge, der weder Vater noch Mutter hatte, nur ein winziges schwarzes Kätzchen zum Liebhaben. Die Pest war zu ihm nicht freundlich gewesen, hatte ihm jedoch dies kleine bepelzte Wesen zur Linderung seines Kummers gelassen; und wenn man sehr jung ist, kann man in den lebhaften Possen eines schwarzen Kätzchens viel Trost finden. So lächelte der Junge, den die dunkelhäutigen Leute Menes nannten, viel öfter als er weinte, wenn er, mit seinem anmutigen Kätzchen spielend, auf den Stufen eines wunderlich bemalten Wagens saß.

Am dritten Morgen des Aufenthaltes der Wanderer in Ulthar konnte Menes sein Kätzchen nicht finden; und als er auf dem Marktplatz laut schluchzte, erzählten ihm gewisse Dorfbewohner von dem alten Mann und seiner Frau, von den Lauten in der Nacht. Und als er diese Dinge vernahm, wich sein Schluchzen tiefem Nachdenken und schließlich einem Gebet. Er streckte seine Arme der Sonne entgegen und betete in einer Sprache, die kein Dorfbewohner verstehen konnte; allerdings bemühten sich die Dorfbewohner auch nicht sehr darum, etwas zu verstehen, denn den größten Teil ihrer Aufmerksamkeit beanspruchten der Himmel und die unheimlichen Formen, die die Wolken annahmen. Es war sehr sonderbar, doch als der kleine Junge seine Bitte hervorbrachte, da schienen sich oben die schattenhaften, nebulösen Figuren von exotischen Wesen zu bilden; von hybriden Geschöpfen, gekrönt mit hornumrahmten Scheiben. Die Natur ist voll solcher Illusionen, die auf die Einbildungskraft wirken.

In dieser Nacht verließen die Wanderer Ulthar und wurden nie wieder gesehen. Und die Familienoberhäupter beunruhigten sich, als sie bemerkten, dass in der ganzen Stadt nicht eine Katze zu finden war. An allen Feuerstellen fehlten die vertrauten Katzen; große Katzen und kleine, schwarze, graue, getigerte, gelbe und weiße. Der alte Kranon, der Bürgermeister, schwor, dass die dunkelhäutigen Leute die Katzen mit sich fortgenommen hätten, aus Rache, weil Menes' Kätzchen umgebracht worden war; und er verfluchte die Karawane und den kleinen Jungen. Aber Nith, der dürre Notar, erklärte, der alte Kätner und seine Frau wären hierfür weitaus verdächtigere Personen; denn ihr Katzenhass sei notorisch und würde zunehmend dreister. Indes, keiner wagte es, gegen das finstere Paar Klage zu führen; selbst dann nicht, als der kleine Atal, der Sohn des Schankwirts, beteuerte, er habe im Zwielicht alle Katzen von Ulthar auf jenem verfluchten Hof unter den Bäumen gesehen, wie sie ganz langsam und feierlich einen Kreis um die Hütte beschrieben, zwei und zwei nebeneinander, als vollführten sie irgendein unerhörtes tierisches Ritual. Die Dorfbewohner wussten nicht, wie viel sie einem so kleinen Jungen glauben sollten; und obwohl sie befürchteten, dass das böse Paar den Katzen den Tod angehext hatte, zogen sie es doch vor, den alten Kätner erst dann zu schmähen, wenn sie ihn außerhalb seines dunklen und abstoßenden Hofes träfen.

So legte sich Ulthar in unnützer Angst schlafen; und als die Leute im Morgengrauen erwachten – siehe da! jede Katze war wieder an ihren gewohnten Herd zurückgekehrt! Große und kleine, schwarze, graue, getigerte, gelbe und weiße, nicht eine fehlte. Sehr geschmeidig und fett schienen die Katzen, und sie schnurrten vernehmlich vor Wohlbehagen. Die Bürger besprachen die Angelegenheit untereinander und verwunderten sich nicht wenig. Der alte Kranon beharrte wieder darauf, es sei das dunkelhäutige Volk gewesen, das sie fortgeführt habe, denn von der Hütte des alten Mannes und seiner Frau würden keine Katzen lebendig zurückkommen. Doch alle stimmten sie in einem Punkt überein: nämlich, dass die Weigerung aller Katzen, ihre Fleischportionen zu verzehren oder ihre Milchschüsselchen zu schlabbern, höchst sonderbar sei. Und zwei volle Tage lang wollten die geschmeidigen, fetten Katzen von Ulthar keine Nahrung anrühren, sondern nur am Feuer oder in der Sonne dösen.

Es dauerte eine ganze Woche, ehe den Dorfbewohnern auffiel, dass im Abenddämmer in den Fenstern der Hütte unter den Bäumen kein Licht brannte. Dann meinte der dürre Nith, dass keiner den alten Mann oder seine Frau seit der Nacht, in der die Katzen verschwunden waren, mehr gesehen hätte. Noch eine Woche später beschloss der Bürgermeister, seine Angst zu überwinden und von Amts wegen die so befremdlich stille Behausung aufzusuchen, wobei er sich jedoch darauf bedacht zeigte, Shang, den Hufschmied, und Thul, den Steinmetz, als Zeugen mitzunehmen. Und als sie die hinfällige Tür eingedrückt hatten, fanden sie nur dies: zwei peinlich gesäuberte Skelette auf dem irdenen Fußboden und eine Anzahl eigenartiger Käfer, die in den schattigen Ecken umherkrochen.

Hernach gab es viel Gerede unter den Bürgern von Ulthar. Zath, der Leichenbeschauer, disputierte des Langen und Breiten mit Nith, dem dürren Notar; und Kranon und Shang und Thul wurden mit Fragen überhäuft. Selbst der kleine Atal, der Sohn des Schankwirts, wurde genauestens verhört und bekam ein Stück Zuckerwerk zur Belohnung. Sie redeten von dem alten Kätner und seiner Frau, von der Karawane der dunkelhäutigen Wanderer, vom kleinen Menes und seinem schwarzen Kätzchen, von Menes' Gebet und vom Himmel während dieses Gebets, von den Taten der Katzen in der Nacht, als die Karawane fortzog, und von dem, was man später in der Hütte unter den dunklen Bäumen in dem abstoßenden Hof fand.

Und am Ende erließen die Bürger dies bemerkens-

werte Gesetz, von dem die Händler in Hatheg erzählen und über das die Reisenden in Nir diskutieren; nämlich, dass in Ulthar niemand eine Katze töten darf.

JULIO CORTÁZAR
Die Nacht auf dem Rücken

Und sie zogen aus zu bestimmten Zeiten, Feinde zu jagen;
sie nannten es den erhabenen Krieg.

Mitten in der weiten Halle des Hotels fiel ihm ein, dass
es spät sein musste, und er beeilte sich, auf die Straße
zu treten und das Motorrad aus dem Winkel zu holen,
wo der Portier von nebenan es ihm unterzustellen er-
laubte. In dem Juwelierladen an der Ecke sah er, dass
es zehn vor neun war; er hatte also reichlich Zeit, um
an sein Ziel zu gelangen. Die Sonne sickerte zwischen
den hohen Gebäuden der Innenstadt hindurch, und
er – denn für sich selber, in seinen Gedanken hatte
er keinen Namen – bestieg die Maschine und genoss
die Spazierfahrt. Das Motorrad schnurrte zwischen seinen Beinen, und ein frischer Wind zerrte an seinen
Hosen.

Er ließ die Ministerien (das rosafarbene, das weiße)
und die Reihe von Geschäften mit gleißenden Vitrinen
in der Hauptstraße an sich vorüberziehen. Jetzt trat er
den angenehmsten Teil der Strecke an, die wirkliche
Spazierfahrt: eine breite, von Bäumen gesäumte Straße, mit wenig Verkehr und weitläufigen Villen, deren
von niedrigen Hecken kaum abgegrenzte Gärten bis
an den Bürgersteig reichten. Vielleicht etwas zerstreut,

aber vorschriftsmäßig rechts fahrend, ließ er sich von der Anmut, der leichten Spannung des kaum begonnenen Tages tragen. Möglicherweise hinderte ihn seine unwillkürliche Entspanntheit daran, den Unfall zu verhüten. Als er sah, dass die an der Ecke wartende Frau, obwohl die Ampel auf Grün stand, auf die Fahrbahn trat, war es für die einfachen Lösungen schon zu spät. Er bremste mit dem Fuß und der Hand, und wich nach links aus; hörte den Schrei der Frau, und mit dem Aufprall verlor er das Bewusstsein. Es war, als schliefe man schlagartig ein.

Jäh kehrte er aus der Ohnmacht zurück. Vier oder fünf junge Männer waren dabei, ihn unter dem Motorrad hervorzuziehen. Er verspürte einen Geschmack nach Salz und Blut, ein Knie schmerzte ihn, und als sie ihn aufhoben, schrie er, weil er den Druck im rechten Arm nicht ertragen konnte. Stimmen, die nicht zu den über ihm schwebenden Gesichtern zu gehören schienen, machten ihm mit Scherzen und Beteuerungen Mut. Er war bloß erleichtert, dass man ihm versicherte, er sei im Recht gewesen, als er um die Straßenecke bog. Er fragte nach der Frau und versuchte dabei, den Brechreiz zu unterdrücken, der ihm die Kehle hochstieg. Während man ihn in der Rückenlage zur nächsten Apotheke trug, erfuhr er, dass diejenige, die den Unfall verursacht hatte, mit ein paar Schrammen an den Beinen davongekommen war. »Sie haben sie kaum erwischt, aber der Anprall hat die Maschine auf die Seite geworfen...« Meinungen, Erinnerungen, langsam tragen sie ihn ausgestreckt hinein, so geht es gut, und jemand im weißen Kittel gibt ihm einen Schluck zu trinken, der ihm im Halbdunkel einer kleinen Vorortapotheke Linderung verschaffte.

Die Ambulanz der Polizei kam nach fünf Minuten, und sie hoben ihn auf eine weiche Krankenbahre, auf der er sich nach Belieben ausstrecken konnte. Völlig klar, doch in dem Bewusstsein, dass er unter den Auswirkungen eines schrecklichen Schocks stand, gab er der Polizei, die ihn begleitete, seine Personalien. Der Arm schmerzte ihn kaum noch; von einer Schnittwunde an der Braue tropfte Blut über das ganze Gesicht. Ein- oder zweimal leckte er sich die Lippen, um es zu trinken. Er fühlte sich wohl, es war ein Unfall, Pech; einige Wochen Ruhe, und es hatte sich. Der Polizist sagte ihm, dass das Motorrad anscheinend nicht sehr beschädigt sei. »Natürlich«, sagte er. »Ich hatte mich ja druntergelegt.« Beide lachten, und der Schutzmann gab ihm, als sie beim Krankenhaus ankamen, die Hand und wünschte ihm alles Gute. Die Übelkeit kehrte jetzt nach und nach zurück; während sie ihn mit einer Krankenbahre auf Rädern unter Bäumen voller Vögel bis zu einem im Hintergrund gelegenen Pavillon schafften, schloss er die Augen und wünschte, er schliefe oder wäre betäubt. Aber, sie ließen ihn ziemlich lange in einem Raum liegen, der nach Krankenhaus roch, füllten ein Personalblatt aus, nahmen ihm die Kleider ab und zogen ihm ein hartes graues Hemd an. Sie bewegten vorsichtig seinen Arm, ohne dass er ihm wehgetan hätte.

Die Krankenschwestern machten die ganze Zeit über Scherze, und wenn da nicht die Magenkrämpfe gewesen wären, so hätte er sich sehr wohl, beinahe froh gefühlt.

Sie brachten ihn in den Röntgensaal, und zwanzig Minuten später fuhr man ihn, die noch feuchte Platte wie einen schwarzen Gedenkstein auf der Brust, in den Operationssaal hinüber. Jemand in Weiß, groß und schlank, näherte sich ihm und vertiefte sich in die Röntgenaufnahme. Frauenhände legten seinen Kopf zurecht, er nahm wahr, dass man ihn von einer Bahre auf eine andere legte. Der Mann in Weiß näherte sich ihm, lächelnd, abermals, mit einem Gegenstand, der in seiner rechten Hand glänzte. Er klopfte ihm auf die Backe und gab einem hinter ihm Stehenden ein Zeichen.

Der Traum als solcher war sonderbar, denn er war voller Gerüche, und er träumte niemals von Gerüchen. Zuerst war da ein Geruch nach Morast, denn links von der Straße begannen die Sümpfe, die Moorböden, aus denen niemand zurückkehrte. Aber der Geruch hörte auf, und an seine Stelle trat ein Duft, vielschichtig und dunkel wie die Nacht, in der er vor den Azteken flüchtete. Und alles war so natürlich, er musste vor den Azteken fliehen, die auf Menschenjagd gingen, und seine einzige Chance war, sich im Wald, wo er am dichtesten war, zu verbergen, immer darauf achtend, sich nicht von der festen Straße zu entfernen, die nur sie, die Moteken, kannten. Am schlimmsten marterte ihn der Geruch, als ob selbst noch in der absoluten Anerkennung

des Traums etwas gegen das rebellierte, was unge-
wohnt, bis dahin nicht im Spiel gewesen war. »Es riecht
nach Krieg«, dachte er, instinktiv den Steindolch berüh-
rend, der in seinem aus Wolle gewebten Gürtel steckte. Ein unerwarteter Laut ließ ihn sich ducken und reglos verharren, zitternd. Dass er Angst hatte, war nicht
befremdlich; in seinen Träumen wucherte die Angst.
Er wartete, von den Zweigen eines Strauches und der
sternlosen Nacht verdeckt. Sehr weit weg, wahrscheinlich auf der anderen Seite des großen Sees, mussten
Biwakfeuer brennen; ein rötlicher Glanz färbte jenen
Teil des Himmels. Der Laut wiederholte sich nicht. Es
hatte sich angehört wie ein knackender Ast. Vielleicht
ein Tier, das wie er vor dem Geruch des Krieges floh:
Er richtete sich langsam auf, witternd. Man hörte nichts,
aber die Angst war noch da wie der Geruch, dieser
süßliche Weihrauch des erhabenen Kriegs. Er musste
weiter, zur Mitte des Waldes gelangen, dem Morast
ausweichend. Aufs Geratewohl, sich jeden Augenblick
bückend, um den härteren Boden der festen Straße zu
befühlen, machte er einige Schritte. Er wäre gern los-
gelaufen, aber die Moorböden federten neben ihm. Auf
dem Pfad in der Finsternis suchte er die Richtung seines Weges. Dann nahm er einen schrecklichen Schwall
dieses Geruchs wahr, den er am meisten fürchtete, und
sprang verzweifelt nach vorn.

»Sie werden noch aus dem Bett fallen«, sagte der
Kranke neben ihm. »Machen Sie nicht solche Sprünge,
Freundchen.«

Er öffnete die Augen, und es war später Nachmittag, die Sonne stand schon tief in den Fenstern des langen Saales. Während er seinem Nachbarn zuzulächeln versuchte, löste er sich fast körperlich von der letzten Vision des Albtraums. Der Arm, eingegipst, hing in einem Apparat mit Gewichten und Schlaufen. Er empfand Durst, als ob er kilometerweit gelaufen wäre, aber man wollte ihm nicht viel Wasser zu trinken geben, nur gerade genug, um die Lippen zu netzen und einen Mundvoll zu nehmen. Das Fieber nahm langsam von ihm Besitz, und er hätte wieder einschlafen können, aber er genoss das Vergnügen, wach zu bleiben, mit halb geöffneten Augen dem Gespräch der anderen Patienten lauschend, dann und wann auf eine Frage zu antworten. Er sah ein weißes Wägelchen heranrollen, das neben sein Bett gestellt wurde, eine blonde Krankenschwester rieb ihm den Oberschenkel mit Alkohol ein und stieß dann eine dicke Nadel hinein, die mit einem Schlauch verbunden war, der bis zu einer Flasche voller opalisierender Flüssigkeit führte. Ein junger Arzt kam mit einem Apparat aus Leder und Metall, den er an seinem gesunden Arm anbrachte, um irgendetwas festzustellen. Die Nacht brach herein, und das Fieber versetzte ihn sanft in einen Zustand, in welchem die Dinge hervorstachen wie durch ein Opernglas, leibhaftig und mild, und zugleich ein wenig widerlich waren; als ob man sich einen langweiligen Film anschaut und denkt, auf der Straße ist es noch schlimmer; und daher bleibt.

Dann kam eine Tasse mit wunderbarer goldener Bouillon, die nach Lauch, Sellerie, Petersilie duftete. Ein kleines Stückchen Brot, köstlicher als ein ganzer Festschmaus, verschwand Krume um Krume. Der Arm tat ihm überhaupt nicht weh, und nur in der Braue, wo man genäht hatte, sirrte bisweilen ein heißer, kurzer Schmerz. Als die Fenster an der Stirnseite sich in Flecken von dunklem Blau verwandelten, dachte er, dass es ihm nicht schwerfallen würde, einzuschlafen Ein bisschen unbequem, die Lage auf dem Rücken, aber als seine Zunge über die ausgetrockneten und glühenden Lippen fuhr, schmeckte er die Fleischbrühe und seufzte vor Glück hingebungsvoll auf.

Zuerst war es ein Durcheinander, ein Anziehen aller für einen Augenblick abgestumpften oder verworrenen Empfindungen. Er begriff, dass er lief, und zwar in völliger Dunkelheit lief, obwohl oben der Himmel, durchkreuzt von Baumkronen, weniger schwarz als der Rest war. »Die Straße«, dachte er. »Ich bin von der Straße abgekommen.« Seine Füße versanken in einem Kissen aus Blättern und Schlamm, und er konnte keinen Schritt mehr tun, ohne dass die Zweige der Sträucher gegen seinen Oberkörper und die Beine schlugen. Keuchend, sich bewusst, dass er trotz der Dunkelheit und Stille umzingelt war, bückte er sich, um zu lauschen. Vielleicht war die Straße nah, mit dem ersten Licht des Tages würde er sie wieder sehen. Nichts konnte ihm gegenwärtig helfen, sie zu finden. Die Hand, die, ihm selbst nicht bewusst, den Griff des Dolches umklam-

mert hielt, stieg wie ein Skorpion aus dem Sumpf zu
seinem Hals empor, wo das schützende Amulett hing.
Fast ohne die Lippen zu bewegen, sprach er leise das
Maisgebet, das die glücklichen Monde bringt, und das
Bittgebet an die Sehr Erhabene, die Spenderin der Gü-
ter der Moteken. Aber zur gleichen Zeit fühlte er, dass
seine Knöchel langsam im Schlamm versanken, und
das Warten im Dunkel des unbekannten Eichengehöl-
zes wurde ihm unerträglich. Der erhabene Krieg hatte
mit dem Neumond begonnen und dauerte schon drei
Tage und drei Nächte. Wenn es ihm gelang, sich ins
Waldinnere zu flüchten, indem er weiter oberhalb der
Sümpfe die Straße verließ, würden die Krieger vielleicht
nicht auf seiner Fährte bleiben. Er dachte an die vielen
Gefangenen, die sie sicher schon gemacht hatten. Aber
nicht die Masse zählte, sondern die heilige Zeit. Die
Jagd würde weitergehen, bis die Priester das Zeichen
zum Rückzug gaben. Alles hatte seine Zahl und sein
Ziel, und er befand sich innerhalb der heiligen Zeit, auf
der Seite der Gejagten.

Er hörte die Schreie und sprang, den Dolch in der
Hand, mit einem Satz auf die Beine. Als ob der Himmel am Horizont in Brand geriete, sah er Fackeln, die
sich zwischen den Zweigen bewegten, sehr nah. Der
Geruch nach Krieg war unerträglich, und als der erste Gegner ihm an die Kehle sprang, fühlte er beinahe
Lust dabei, ihm die Klinge aus Stein mitten in die Brust
zu stoßen. Schon umgaben ihn die Lichter, die Freu-
denschreie. Er durchschnitt wohl noch ein- oder zwei-

mal die Luft, doch dann fing ihn von hinten ein Seil ein.

»Das ist das Fieber«, sagte sein Bettnachbar. »Mir ist es genauso ergangen, als ich am Zwölffingerdarm operiert wurde. Trinken Sie einen Schluck Wasser, und Sie werden sehen, wie gut Sie danach schlafen.«

Verglichen mit der Nacht, aus der er gerade zurückkehrte, kam ihm der laue Halbschatten des Saales köstlich vor. Eine violette Lampe wachte oben an der Wand im Hintergrund wie ein schützendes Auge. Man hörte Gehüstel, schweres Atmen, manchmal ein mit leiser Stimme geführtes Gespräch. Alles war angenehm und sicher, ohne diese Hetzjagd, ohne … Aber er wollte nicht länger an den Albtraum denken. Es gab so vieles, womit er sich die Zeit vertreiben konnte. Er begann, den Gips an seinem Arm zu betrachten, die Schlinge, die ihn ganz bequem in der Luft hielt. Man hatte ihm eine Flasche Mineralwasser auf den Nachttisch gestellt. Er trank, gierig, gleich aus der Flasche. Jetzt konnte er auch die Umrisse des Saales, die dreißig Betten, die Glasschränke ausmachen. Bestimmt hatte er weniger Fieber, sein Gesicht fühlte sich frisch an. Die Braue tat ihm kaum noch weh oder nur wie eine Erinnerung. Er sah sich abermals aus dem Hotel treten, das Motorrad hervorholen. Wer hätte gedacht, dass es so enden würde? Er versuchte, sich den Augenblick des Unfalls zu vergegenwärtigen, und wurde wütend, als er merkte, dass es da so etwas wie ein Loch, eine Leere gab, die er einfach nicht auszufüllen vermochte. Zwischen dem

Aufprall und dem Augenblick, da man ihn vom Boden aufgehoben hatte, lag eine Ohnmacht oder was das auch gewesen war, die ihn nichts sehen ließ. Und zur gleichen Zeit hatte er das Empfinden, dass jenes Loch, jenes Nichts, eine Ewigkeit gedauert hatte. Nein, nicht einmal Zeit, viel eher so, als wäre er in diesem Loch durch etwas hindurchgegangen oder als hätte er unermessliche Entfernungen zurückgelegt. Der Zusammenstoß, der heftige Aufprall auf dem Pflaster. Auf alle Fälle hatte er beim Verlassen des schwarzen Schachts fast eine Erleichterung verspürt, während ihn die Männer vom Boden aufhoben. Trotz des Schmerzes im gebrochenen Arm, des Bluts aus der klaffenden Braue, der Quetschung am Knie; trotz alledem war er erleichtert, als er wieder zu sich kam und fühlte, dass man ihn stützte und ihm half. Und das war sonderbar. Er sollte den Amtsarzt einmal danach fragen. Jetzt überkam ihn wieder der Schlaf, zog ihn langsam nach unten. Das Kopfkissen war so weich, und in seiner fieberheißen Kehle die Frische des Mineralwassers. Vielleicht könnte er wirklich Ruhe finden, ohne die verwünschten Albträume. Das violette Licht der Lampe in der Höhe erlosch nach und nach.

Da er auf dem Rücken schlief, kam es für ihn nicht überraschend, sich in dieser Stellung wiederzufinden, wohingegen der Geruch nach Feuchtigkeit, nach reichlich sinterndem Gestein, ihm jedoch die Kehle zuschnürte und ihn zwang, zu begreifen. Vergebens öffnete er die Augen und blickte in alle Richtungen; absolute Dunkelheit hüllte ihn ein. Er wollte sich aufrichten und spürte die Fesseln an den Handgelenken und den Fußknöcheln. Er lag angepflockt auf dem Boden, in einem eisigen und feuchten Raum aus Schieferquadern. Kälte bemächtigte sich seines nackten Rückens, der Beine. Mit dem Kinn suchte er ungeschickt die Berührung mit seinem Amulett und erkannte plötzlich, dass sie es ihm abgerissen hatten. Jetzt war er verloren, kein Gebet konnte ihn vor dem Ende bewahren. Von weitem, wie zwischen den Steinen des Kerkers hindurchsickernd, hörte er die Trommeln des Festes. Sie hatten ihn zum Teocalli gebracht, er befand sich in den unterirdischen Verliesen des Tempels und wartete darauf, dass er an die Reihe käme.

Er hörte es schreien, einen heiseren Schrei, der von den Wänden zurückprallte. Noch einen Schrei, der in Wehklagen endete. Er war es, der in der Finsternis schrie, schrie, weil er am Leben war, sein ganzer Körper sich mit dem Schrei gegen das wehrte, was kommen würde, das unausweichliche Ende. Er dachte an seine Gefährten, die andere Kerkerzellen füllten, und an jene, die schon die Stufen zum Opfertisch emporstiegen. Er schrie erneut, aber erstickt, er konnte den Mund fast nicht öffnen, seine Kinnladen waren verkrampft und zugleich wie aus Gummi, und sie öffneten sich langsam, unter grenzenloser Anstrengung. Das Kreischen der Riegel traf ihn wie eine Peitsche. Zitternd, sich windend, kämpfte er, um sich der Fesseln zu entledigen, die sich in sein Fleisch gruben. Sein rechter Arm, der stärkere, zog so lange, bis der Schmerz unerträglich wurde und er aufhören musste. Er sah, wie sich die Doppeltür öffnete, und der Geruch der Fackeln drang eher zu ihm als das Licht: Nur mit dem zeremoniellen Lendenschurz bekleidet, kamen die Gehilfen der Priester auf ihn zu und betrachteten ihn mit Verachtung. Die Lichter spiegelten sich auf den schweißnassen Oberkörpern, in dem schwarzen, reich befiederten Haar wider. Der Druck der Fesseln ließ nach, und an ihrer Stelle packten ihn heiße Hände, hart wie Bronze; er spürte, dass er hochgehoben und, immer noch auf dem Rücken liegend, von den vier Tempeldienern gezerrt wurde, die ihn durch den engen Gang trugen. Die Fackelträger gingen voran und beleuchteten undeutlich die nassen Wände des Stollens und eine so niedrige Decke, dass die Tempeldiener ihre Köpfe senken mussten. Jetzt trugen sie ihn, trugen ihn fort, das war das Ende. Auf dem Rücken, einen Meter unter der Felsdecke, die der Widerschein der Fackel für Sekunden erhellte. Sobald anstelle der Decke die Sterne zum Vorschein kamen und sich ihm gegenüber die von Schreien und Tänzen entflammte Freitreppe erhob, war das Ende gekommen. Der enge Gang nahm kein Ende, und doch würde er einmal zu Ende gehen, plötzlich würde er den freien, von Sternen übersäten Himmel riechen, aber noch war es nicht so weit, noch trugen sie ihn ohne Ende durch das rote Halbdunkel, zerrten burtal an ihm, und er wollte nicht, aber wie sollte er sie hindern, nachdem sie ihm das Amulett abgerissen hatten, das sein wahres Herz, die Mitte des Lebens war.

Mit einem Satz sprang er in die Nacht des Krankenhauses, unter den hohen, freien Himmel des holden Plafonds, in den weichen Schatten, der ihn umgab. Er dachte, er hätte geschrien, aber seine Bettnachbarn schliefen still. Die Wasserflasche auf dem Nachttisch hatte etwas von einer Blase, einem Bilde an sich, das gegen das bläuliche Dunkel der Fenster durchsichtig wirkte. Er keuchte, suchte seinen Lungen Linderung zu verschaffen, jene Bilder zu vergessen, die sich weiterhin an seine Augenlider hefteten. Jedes Mal, wenn er die Augen schloss, sah er, wie sie im Nu Gestalt annahmen, und er richtete sich erschrocken auf, genoss es aber gleichzeitig zu wissen, dass er jetzt wach war, dass ihn die Nachtschwester beschützte, dass es bald tagte, mit dem guten tiefen Schlaf, in den man um diese Zeit fällt, ohne Bilder, ohne alles ... Es fiel ihm schwer, die Augen offen zu halten, das Bedürfnis nach Schlaf war stärker als er. Er machte eine letzte Anstrengung, mit der gesunden Hand tastete er nach der Wasserflasche; er bekam sie nicht zu fassen, seine Finger schlossen sich um eine Leere, die abermals schwarz war, und der schmale Gang wollte kein Ende nehmen, Felsen um Felsen, mit jähen rötlichen Strahlen, und er lag auf dem Rücken und stöhnte schwach, weil die Decke endlich aufhörte, anstieg, sich auftat wie ein Schattenmund; die Tempeldiener richteten sich auf, und aus großer Höhe schien ein abnehmender Mond ihm ins Gesicht, dessen Augen ihn nicht sehen wollten, sich verzweifelt schlossen und öffneten, weil sie auf die andere Seite zu gelangen suchten, um die schützende flache Decke des Saales von Neuem zu entdecken. Und jedes Mal, wenn sie sich öffneten, war da die Nacht und der Mond, während sie ihn, nun mit dem Kopf nach unten hängend, die Treppe hinauftrugen, und zuoberst waren die Scheiterhaufen, die roten Säulen duftenden Rauchs, und plötzlich sah er den roten Stein, glänzend von Blut, das troff, und das sinnlose Baumeln der Füße des Geopferten, den sie fortschleiften, um ihn über die Treppen im Norden hinunterrollen zu lassen. Da war seine letzte Hoffnung, dass er die Augenlider fest zusammenkniff und stöhnte, um wach zu werden. Eine Sekunde lang glaubte er, es würde ihm gelingen, denn abermals lag er unbeweglich im Bett, abgesehen von dem Kopf, der nach unten hing und schwankte. Aber er roch den Tod, und als er die Augen öffnete, sah er die blutbefleckte Gestalt des Opferpriesters, der mit dem Messer aus Stein in der Hand auf ihn zukam. Es gelang ihm, abermals die Lider zu schließen, obwohl er nun wusste, dass er nicht mehr erwachen würde, dass er wach war, dass der wunderbare Traum der andere gewesen war, absurd wie alle Träume; ein Traum, in welchem er über sonderbare Avenuen einer Stadt gefahren war, mit grünen und roten Lichtern, die ohne Flamme und Rauch brannten, mit einem gewaltigen Metallinsekt, das unter seinen Beinen summte. In der grenzenlosen Lüge jenes Traums hatte man ihn auch vom Boden aufgehoben, hatte sich ihm auch jemand mit einem Messer in der Hand genähert, ihm, der auf

dem Rücken lag, ihm, auf dem Rücken liegend, mit geschlossenen Augen zwischen den Scheiterhaufen.

TEXTNACHWEISE

Joan Aiken (1924-2004)
Die Fähre, S. 220. Aus: Richard Dalby (Hg.), O du grausame Weihnachtszeit.
Aus dem Englischen von Stefan Troßbach. Für die deutsche Fassung © 1998 Droemersche Verlagsanstalt Th. Knaur Nachf. GmbH & Co. KG, München. Abdruck mit freundlicher Genehmigung

Lady Cynthia Asquith (1887-1960)
Der Verfolger, S. 125
Aus: Das unsichtbare Auge. Eine Sammlung von Phantomen und anderen unheimlichen Erscheinungen. Herausgegeben von Kalju Kirde. Suhrkamp Verlag Frankfurt am Main 1979. (Deutsch von Michael Walter)

Margaret Atwood (*1939)
Die kriechende Hand, S. 134
Aus: Susan Rich (Hg.), Mein kleiner Horrortrip: Die kürzesten Schockgeschichten aller Zeiten. Aus dem Englischen von Karsten Singelmann. Copyright © 1983 by O. W. Toad Ltd. Reprinted by permission of Creative Artist Agency UK Ltd., an behalf of O. W. Toad, Ltd. © der deutschen Übersetzung 2011 Beltz & Gelberg in der Verlagsgruppe Beltz, Weinheim/Basel

Ambrose Bierce (1869-1951)
Eine Straße im Mondenschein, S. 135
Ambrose Bierce, Das Spukhaus und andere Gespenstergeschichten. Aus dem Amerikanischen von Gisela Günther, Anneliese Strauß und Karl Bruno Leser. © Insel Verlag Frankfurt am Main 1969

Algernon Blackwood (1869-1951)
Besuch von Drüben, S. 79
Aus: Algernon Blackwood, Besuch von Drüben. Gruselgeschichten. Deutsch von Friedrich Polakovics. © Insel Verlag Frankfurt am Main 1970

Julio Cortázar (1914-1984)
Die Nacht auf dem Rücken, S. 236
Park ohne Ende, S. 9
Aus: Julio Cortázar, Die Erzählungen. Band 1: Die Nacht auf dem Rücken. © Suhrkamp Verlag Frankfurt am Main 1998

Washington Irving (1783-1859)
Die Sage von Sleepy Hollow, S. 152
Washington Irving, Die Sage von Sleepy Hollow und andere unheimliche Geschichten. Aus dem Amerikanischen von Erika Kröger. © Insel-Verlag Leipzig 1975

Marie Luise Kaschnitz (1901-1974)
Gespenster, S. 22
Aus: Marie Luise Kaschnitz, Gesammelte Werke. Vierter Band: Die Erzählungen. Herausgegeben von Christian Büttrich und Norbert Miller. Insel Verlag Frankfurt am Main 1983. © MLK-Erbengemeinschaft München. Abdruck mit freundlicher Genehmigung

H. P. Lovecraft (1890-1937)
Die Katzen von Ulthar, S. 229
Aus: H. P. Lovecraft, Die Katzen von Ulthar und andere Erzählungen. Herausgegeben von Kalju Kirde. Aus dem Amerikanischen von Michael Walter. © Suhrkamp Verlag Frankfurt am Main 1980
Die Musik des Erich Zann, S. 108

Aus: H. P. Lovecraft, Cthulhu. Geistergeschichten. Deutsch von H. C. Artmann. © Insel Verlag Frankfurt am Main 1968

Edgar Allan Poe (1809-1849)
Das verräterische Herz, S. 12
Berenice, S. 204
Aus: Edgar Allan Poe, Horrorgeschichten. Das Beste vom Meister des Unheimlichen. Aus dem Amerikanischen von Arno Schmidt und Hans Wollschläger. © Insel Verlag Frankfurt am Main und Leipzig 2008

Edith Wharton (1862-1937)
Allerseelen, S. 37
Aus: Edith Wharton, Gespenstergeschichten. Aus dem Amerikanischen von Andreas Vollstädt. © Insel Verlag Frankfurt am Main und Leipzig 1991